赤 心

隠密絵師事件帖

池 寒魚

JN167638

集英社文庫

目次

赤心

隠密絵師事件帖

河鍋暁斎『風流蛙大合戦之図』一八六四年 部分
河鍋暁斎記念美術館蔵

第一話　九十九里異変

　草莽崛起《そうもうくつき》は民衆に蜂起をうながした吉田松陰《よしだしょういん》が唱えたとされ、西国雄藩、とくに長州、土佐、薩摩《さつま》の専売特許のように伝えられるが、勝者ゆえ名が残ったに過ぎない。

　幕府の強大な権勢にかげりが見えた幕末、諸国において志ある者たちが次々起《た》ちあがっていた。勝者もあれば、敗者もあるのが世の習い、また、方法もさまざまだった。

　だが、世直し——何のことはない。飢えた口に食い物を、というだけだ——を求めてやまない赤心《せきしん》、すなわち純粋、無垢《むく》なる意志において何人《なんぴと》も変わるところはなかった。

一

　少しばかり気の利いた江戸っ子なら、すねにぼてっとまとわりつく袷《あわせ》を嫌い、真冬でも羽二重《はぶたえ》の単衣《ひとえ》で通す。

　司誠之進《つかさせいのしん》は、磐城平《いわきたいら》藩《はん》の江戸藩邸に生まれ、二十七になろうとする今までほとんど江戸の外に出たことがない。これみよがしに粋を気取るつもりはないにせよ、野暮といわれたくないだけの心根はある。

しかし、師走の明け方、霜でも降りそうな中にうずくまっていると、寒気は肉をあっさり通り抜け、骨まで凍《し》みていた。

伊達《だて》の薄着にも加減というものがある……、と思っているうちに鼻の奥がむずがゆくなってきた。あわてて鼻をつまんだ。くしゃみはくぐもって不発、音はたてなかったもののすっきりとはしない。

『出たってよ、これが』

そういって胸の前で両の手をだらりと下げて見せたのは、研ぎ師の秀峰《しゅうほう》だ。

『うちの裏の川岸にさ』

季節外れだろうと誠之進はいった。幽霊は真夏のものと相場が決まっている。

『柳は生えてるがな』

しゃあしゃあという秀峰だが、柳にしても葉が落ち、細い枝ばかりになっている。

秀峰の店、〈研秀《とぎしゅう》〉は芝にあった。周りを大名屋敷に囲まれている。中でもすぐ北側の一帯は松平大隅守《おおすみのかみ》――薩摩藩島津家の宏大《こうだい》な上屋敷が占めていた。店のすぐ南には同じく薩摩藩の中屋敷、さらに下って海岸に出ると蔵屋敷があった。

江戸城北東の鬼門は寛永寺が、南西の裏鬼門は増上寺が封じ、邪悪から城を守っている。その増上寺の南側を占めるのが薩摩藩の屋敷群で、東照大権現こと徳川家康が何を邪悪と捉えていたか一目瞭然だ。

秀峰のいう裏の川とは、薩摩上屋敷の堀へ通じる入間川《いりあいがわ》にほかならない。

『出るのは、大蛸《おおだこ》のお化けだそうだ』

秀峰がぼそりとつけくわえた。

話を聞いたその夜から誠之進は研秀の作業場に泊まりこみ、明け方近くになると入間川の岸に来ては大蛸のお化けを探していた。すでに三日目になる。寒気が日一日と厳しくなっていた。

二日間は大蛸を見かけなかった。辺りがうすぼんやりと明るくなってきた頃、今朝も空振りかと思いながら鼻先にある石造りの火除《ひよ》け用水槽を見てぎょっとした。

うっすら氷が張り、乏しい朝の光にきらきら輝いている。

腹の底から震えがきて、思わず両手で自分を抱きしめたとき、木が軋《きし》み、かすかな水音が聞こえてきた。

何者かが櫓《ろ》を使って近づいてくる。誠之進はさらに躰《からだ》を低くして、川面《かわも》をうかがった。

背を丸めたことで腰の後ろに差したキセル筒が食いこむ。キセル筒とはいっても鋼の無垢棒に銀を巻きつけ、精緻に龍が彫りこまれているだけだ。もちろん蓋は抜けない。

一尺五寸もあろうかという鉄製のキセルはタバコも服《の》めるが、喧嘩《けんか》のときには得物にもなる。誠之進はタバコをやらないので喧嘩キセルならぬ喧嘩キセル筒を持ち歩いた。

鋼の芯に柔らかな銀を巻きつけてあるのがミソで、相手が撃ちこんできた刀を受けたとき、銀に刃が食いこみ、吸いつくようになる。

紐《ひも》でつながった革のタバコ入れには葉が入れてあるが、その下にはドングリの実ほどの鉛玉が入っていた。指弾《しだん》という。中指と薬指の間に挟み、手首を鋭く動かして放つ。五間のうちであれば、相手の目であれ手であれ狙ったところに撃ちこめた。

しかし、櫓の音を耳にしてからというものキセル筒が食いこむ痛みも、骨まで凍らせそうな寒さも消えうせていた。

ちゃぷ、ちゃぷというかすかな音が対岸にある西應寺《さいおうじ》に渡る廻り橋《まわりばし》の下を抜けたかと思うと立ちのぼる川霧を割って一艘《そう》の猪牙《ちょき》が現れた。五人の男たちが乗っていて、艫《とも》に立った船頭が櫓を使っている。

猪牙は誠之進の少し手前で止まった。そこから岸に上がる石段がついているのだ。川岸には材木問屋がずらりと並んでいて、そのうちの一軒の前に置かれた用水槽の陰に誠之進はかがみこんでいた。

男たちが石段を踏んで岸に上がってくる。直後、廻り橋のたもとにある問屋の陰から巨大な蛸が現れた。石段の登り口に近づいていく。まだうす暗かったが、顔ははっきり見分けられた。

鮫次《さめじ》。

身の丈六尺を超える肥満漢で頭をつるつるに剃《そ》りあげているため、大蛸呼ばわりされることが多い。

誠之進は口元を歪《ゆが》めた。鮫次が着ているのはぼってりとした袷に同じ生地の羽織、紺足袋を履《は》いて草履をつっかけている。足を大きく踏みだすと案の定裾がからみついたが、気にする様子はない。しかも割れた裾からのぞいた足は股引《ももひき》に包まれている。

野暮といえば、房州漁師の倅《せがれ》よ、気にするけえと開き直るだろう。野暮の、粋のという前に霜降る夜明けだ。鮫次の方がよほど賢い。

岸に上がった男たちの一人が鮫次に気がついた。

「おれたちに何の用だ」

眉間に皺《しわ》を刻んでいる。癇癖《かんぺき》の強そうな顔をしていたが、ほかの連中も似たり寄ったりの面構えだ。

「いやいや」鮫次が顔の前で手を振る。「用があるのはあんたらじゃねえ。その船頭よ。ちょっくら訊《たず》ねてえことがあってね」

最初に声をかけた男が鮫次の前に立ちふさがる。鮫次が両手を挙げ、相手を抑えるような仕種《しぐさ》をする。

「今いったように用があるのはあんたらじゃねえんだ。どこでもとっとと行ってくれ」

鮫次にしてみれば、用向きを伝えただけなのだろう。しかし、伝法な口振りは喧嘩を吹っかけているようにしか聞こえなかった。

男が刀に手をかけた。

「おお、剣呑《けんのん》剣呑」

鮫次の口振りはどこまでも相手を小馬鹿にしたような響きがある。

五人の男たちは小袖に短袴《たんこ》――だんだんと明るくなってきて、ところどころかぎ裂きやらつぎあてが見え、袴《はかま》の裾がほつれているのがわかった――で、大小刀を手挟《たばさ》んでいる。

最初に鮫次に声をかけた男の肩に手をかけ、後ろにいた男が前に出た。大柄な中年男で月代《さかやき》も剃らず、伸ばした髪を適当にまとめてあるだけだ。

男の顔を見たとたん、誠之進は戦慄し、腰の後ろに差したキセル筒を思わずつかんだ。

ちょうど一年前の万延元年師走、赤羽川にかかる中ノ橋附近、旗本青木孫太郎《あおきまごたろう》の屋敷前でアメリカ総領事の秘書兼通辞ヒュースケンと、護衛の役人が襲撃される事件が起こった。ヒュースケンと三人の役人はいずれも騎馬でつごう四頭、それに従僕三人、馬丁二人が従っていた。

襲ったのは浪士組を名乗る七名と、その後の調べでわかっている。

その日、ヒュースケンは赤羽橋前にあるプロイセン国王の使節宿舎を訪ね、夕食をともにしたあと、麻布にある善福寺に置かれたアメリカ公使館への帰途についていた。亥《い》の刻《こく》（午後九時ごろ）ゆえ夜更けといえる。

覆面で顔を隠し、抜刀した浪士組は四方から駆けより、従僕、馬丁を蹴散らし、まずは護衛役人に斬ってかかった。

しかし、牽制《けんせい》に過ぎない。白刃におびえた馬たちが激しく足踏みする中、たくみに手綱を操り、馬首をめぐらせ、逃げる隙をうかがっていたヒュースケンの左右から二人の男が襲いかかった。そのうちの一人の長刀が馬上にあったヒュースケンの腹を深々と貫いたのである。

一撃は左の脇腹から入り、右腰の上部に抜けた。

しかし、ヒュースケンは気丈にも血と臓物が溢《あふ》れでようとする傷口を片手で押さえ、もう一方の手で手綱を握って馬の脾腹《ひばら》を蹴った。

たった一撃とはいえ、腸を断ちきられるほどの深手で、二町といかないうちに落馬してしまった。騒ぎを聞きつけた近所の門衛たちが駆けつけ、堀の対岸にある筑後久留米藩上屋敷に救いを求めた。医師がただちにやって来たが、すでにヒュースケンの目に光なく、そのまま落命してしまった。

ヒュースケンを刺殺したのが薩摩脱藩の浪士、伊牟田尚平《いむだしょうへい》といわれている。

その伊牟田が目の前に現れ、鮫次の前に進みでた。誠之進はキセル筒から手を離し、代わりにタバコ入れから指弾を五つばかりつかみとった。

実は、ヒュースケン殺害事件のあった当日、誠之進は伊牟田を目撃している。品川宿から芝まで来る間、尾《つ》けてきたのだ。

これも何かの縁か、と肚《はら》の底でつぶやく。身を潜めているのが材木商の軒先であり、品川宿から芝まで伊牟田に付き添っていた男もまた材木商をしていた。木場の大店《おおだな》の番頭だが、唐国の人間で大量に抱えた材木を売りさばくのに江戸市中を火の海にしようと画策していた。

芝浜で材木屋と対峙《たいじ》したその夜、空に鋭い笛の音が響きわたったのを憶《おぼ》えている。それこそヒュースケン襲撃を知らせる呼び子に違いなかった。

またしても鼻の奥がむずがゆくなってきた。今度ばかりは遠慮せず、思いきり放った。

ぶぁっくしょい――。


ようやくすっきりした鼻を引っぱりながらひょいと立ちあがった誠之進は、伊牟田はじめ五人の男たち、それに鮫次に向きあった。中でも鮫次がもっともぎょっとした顔つきで口をぱくぱくさせている。伊牟田は濃い眉を寄せ、険しい顔で鮫次を見ており、ほかの四人はいずれも強《こわ》ばった顔を誠之進に向けていた。

手前にいた三人が素早く位置を変え、壁でも作るように誠之進の前に立ちはだかる。

誠之進は誰にも見えるように両手をだらりと下げていた。必要以上に男たちを刺激したくない。もっとも仕込みは済んでいる。右手の中指と薬指の間に指弾を一粒挟み、丸めた小指に一粒、左手に三粒握っていた。

相手を一人ずつ見ていく。いずれも無精髭《ぶしょうひげ》がまだらに生えた汚らしい顔立ちで目ばかりぎらぎらさせていた。鮫次に突っかかっていた男がもっとも若そうだ。最後に伊牟田を見る。

伊牟田がゆっくりと顔を向けてきて、目が合った。

やはり最初《はな》はこいつだな――肚の底でつぶやく。

男たちはいずれもごたいそうな長剣をかんぬきに差しているものの、まともに使えそうなのは伊牟田だけのようだ。右の中指、薬指に挟んだ第一弾は伊牟田の顔面に撃ちこまなくてはならない。あとはキセル筒で何とかいなすことができそうだ。

無造作に踏みだす。二間ほどに近づいて、足を止めた。

壁役の三人組がいずれもすっと躰を低くし、左手で鞘《さや》を握り、右手を柄《つか》に載せた。だが、さまにはなっていない。

舌打ちしそうになる。

目算違いが一つあった。鮫次に対峙していた若い男もなかなか使えそうだ。さりげなく足の位置を変え、鮫次に対して半身になっている。刀に手をかけてはいない。しかし、躰の力は抜けている。瞬時に抜き撃ちを放てば、鮫次の首が飛ぶ。

伊牟田と同時にこの若い男にも指弾を放つか……。

第一の目標たる伊牟田の動きを何とか封じたとしても鮫次を確かに助けられるか。身の丈六尺を超える巨漢ながら鮫次に武術の心得はなく、喧嘩はもっぱら口先だ。今も若い男の間合いにぼうっと突っ立っている。

「そうだ」ふいに伊牟田がいい、眉根をぱっと開いた。「あんた、司誠之進だな。品川の女郎屋で用心棒をしておるという」

女郎屋ではなく、旅籠《はたご》だと誠之進は肚のうちでいい返したが、表情は変えなかった。本業は絵師だが、その稼ぎではとうてい食っていくことができず品川宿の旅籠大戸屋《おおとや》で用心棒兼雑用係をして小遣い銭を稼いでいる。

品川宿の旅籠では、給仕をするための食売女《めしうりおんな》と称して遊女を置いていた。大戸屋も例外ではない。伊牟田が誠之進の背後にちらりと目をやった。

「木場の材木屋から聞いた。あんたのおかげであいつが用立てるはずだった金子《きんす》が入らなかった。大いに難儀したぜ」

伊牟田の言葉にはかすかだが、訛《なま》りがあった。薩摩生まれなのだ。

「そう……、あれはあの日だった」

伊牟田がヒュースケンを殺害した夜を指す。今、立っている入間川からもほど近い芝の浜で誠之進は材木屋の番頭、雑貨商と対峙していた。何とか雑貨商は斃《たお》したものの、材木商の番頭には逃げられている。

二人とも唐国北方の、今は滅びてしまった国の生まれだった。

「材木屋がいってたよ。あんたにはひどい目に遭わされたとな」

伊牟田の口元から笑みが消えていた。

壁役の三人が今にも鯉口《こいぐち》を切らんとして身構える。その背へ伊牟田がのんびりした声をかけた。

「やめとけ。おはんらの手に負える相手じゃなか」

そのとき川に目をやった鮫次が声を上げた。

「こらっ、どこへ行きやがる」

男たちの乗ってきた猪牙が川岸を離れ、入間川の中ほどに達したかと思うとたくみにくるりと反転する。さかんに櫓を使ってもいたが、下りだけに舟足は速い。またたく間に離れていった。

川に向かって罵りつづける鮫次を尻目に伊牟田が四人を引きつれ、薩摩藩上屋敷の方へと歩き去る。

誠之進は材木商の軒先まで退き、男たちをやり過ごした。

「伊牟田が江戸にねぇ」

火鉢を前にした秀峰がぼそりといった。作業場の一角に設けられた畳敷きの蹴上がりで火鉢を挟んで誠之進と鮫次が向かいあっている。誠之進は大ぶりの湯飲みを両手で包みこむようにしていた。中味は白湯《さゆ》だったが、温《ぬく》もりがありがたい。

伊牟田たちが立ち去ったあと、誠之進は鮫次の腕を引くようにして研秀へ連れてきた。あぐらをかいた鮫次は湯飲みを目の前に置いたまま、手を伸ばそうともせず、じっと見つめていた。入間川の岸を離れてから黙りこんだまま、ひと言も発していない。

誠之進は猪牙が川を上ってきて岸に着け、鮫次が現れたところからの顚末《てんまつ》を秀峰に話した。その間、幾度も鮫次を見たが、顔を上げようともしなかった。

「あいつは私のことを知っていた」

誠之進の言葉に秀峰が目を向けてくる。そもそも伊牟田が何者なのか教えたのが秀峰なのだ。芝にある研秀には、薩摩藩士たちも多く出入りしており、伊牟田も常連の一人だった。

「材木屋から聞いたそうだ」

「そうか」秀峰がうなずき、タバコ盆を引きよせる。「あいつは逃げたんだったな」

芝浜で二人の唐国人と対決したとき、秀峰も同じ場所にいた。伊牟田が材木屋の番頭とともに品川宿の土蔵相模《さがみ》——相模屋だが、なまこ壁の造りが土蔵のように見えるので、その異名があった――を出てきたところを誠之進と秀峰は尾けたのである。

芝まで来たとき、伊牟田と番頭は右と左に分かれ、誠之進は浜に向かった番頭を追った。あとから思えば、あのとき、伊牟田が向かった先こそ赤羽橋だった。

「伊牟田の差料は会津乕徹《こてつ》といわれていた」

火鉢に目を落とし、秀峰がいう。誠之進は目を向けた。

乕徹は長曽禰興里《ながそねおきさと》の作になる名刀の異名で誠之進が父に押しつけられている刀こそそれである。会津乕徹とは、会津の刀工三好長道《みよしながみち》が作刀した刀の別称だった。身幅が厚く、大ぶりな豪剣で長曽禰興里の刀に勝るとも劣らないところから会津乕徹と呼ばれた。

「銘は切られてなかったが、大したものだった」

秀峰のところへ研ぎに出してきたことがあったのだろう。

「攘夷《じょうい》を為《な》した刀だと自慢してたようだ」

ヒュースケンを刺殺した剣ということか。

外がすっかり明るくなっていた。ひょいと首を伸ばし、鮫次の前に置かれた湯飲みを見た秀峰が声をかけた。

「冷めちまったろう。取り替えよう」

「ああ」

ようやく声を発し、のろのろと顔を上げた鮫次が秀峰を見る。心なし落ちくぼんだ目がぼんやりとしている。

誠之進は鮫次に顔を向けた。

「鮫さん、どうしたい？　あの船頭に何の用があったんだ？　もう何日も入間川の岸をうろついてるっていうじゃないか」

力のない目を誠之進に向けた鮫次が唇を嘗《な》め、圧《お》しだすようにいった。

「野郎……、おれの弟なんだ」

直後、目がくるりと反転し、白目を剝《む》いたかと思うと鮫次は後ろ向きにひっくり返った。

二

いきなり白目を剝いて昏倒《こんとう》した鮫次が震えだした。ひたいに手を当てる。熱い。誠之進の顔を見た秀峰が辻駕籠《つじかご》を拾ってくるといい置いて飛びだした。さて、どうすると相談するまでもない。担ぎこむ先は品川本宿で口入れ稼業をしている橘屋藤兵衛《たちばなやとうべえ》のところしかない。

秀峰が近所に巣くっている顔見知りの辻駕籠を呼び、ぐったりした鮫次を乗せた。一足先に誠之進は駆けだし、駕籠には秀峰が付き添った。

芝の研秀から橘屋までは東海道をまっすぐ一里南に下る。橘屋の土間に入ると、藤兵衛はいつもの長火鉢の前であぐらをかいていた。汗まみれの誠之進を見ても藤兵衛は落ちつき払って訊《き》いた。

「どうかなさりましたか」

「鮫次が……」

事情を話すと、うなずいた藤兵衛が徳《とく》を呼ぶ。

橘屋に居着いて五年ほどでしかないが、機転の利く男でつねに藤兵衛のそばにいてあれこれ用を足していた。誠之進とも顔なじみだ。もともと品川宿の生まれで宿場の隅から隅まで知り尽くしている。

徳がてきぱきと仕切り、若い衆に奥の一間に床を延べさせ、別の男に近所の医者を連れてくるよう命じた。

口入れ屋は人材斡旋《あっせん》業で、橘屋はもっぱら男手を品川宿の旅籠や料理屋などに入れていた。そのためつねに仕事を求める男衆《おとこし》が十数人出入りしており、住み込みも五、六人はいた。

宿場の旅籠は男手が欲しいときに頼むだけでなく、客同士、客と旅籠、旅籠同士などに揉《も》め事《ごと》が生じたときにも藤兵衛に相談した。その場に藤兵衛がやって来て、ここは私《わっし》に免じてというと大半は丸くおさまる。

相手がひどく酔っ払っていたり、わきまえなかったりしたときには……。

藤兵衛の後ろには、見るからに頑丈そうな大男がついているときもあったが、藤兵衛自身、喧嘩が強い。町内の顔役にくわえ、二年ほど前から南町奉行所の町方与力江坂友《えさかとも》之輔《のすけ》に頼まれ、手先――いわゆる岡っ引きも務めていた。

ほどなく橘屋の軒先に駕籠が着き、秀峰が飛びこんできた。

「大蛸を頼む」

徳をはじめ、若い衆が五人がかりで大柄な鮫次を奥へと運んで寝かせた頃、茶色の風呂敷につつんだ薬箱をぶらさげた医者がやってきた。朝早いためか、さかんに欠伸《あくび》をしていた。すでに徳の手配で湯水、さらし木綿などの支度は整っている。

研秀で気を失ったときには血の気が引き、真っ白な顔をしていた鮫次だったが、橘屋にかつぎこまれたときには顔を真っ赤にして荒い息を吐いていた。体中から噴きだした汗が袷のところどころにしみを作っていた。

医者はまず鮫次を素っ裸にして全身を拭かせ、浴衣に着替えさせたあと、持参した熱冷ましの散薬を服ませた。

「寒いといってがたがた震えだせば、布団をかけてやれ。浴衣が汗で濡れるだろう。そのときは取り替えろ。熱いといえば布団を剝いでもいい」

医者は徳にてきぱきと命じ、薬箱から散薬の袋を取りだして渡した。

「午過《ひるす》ぎと夕方に一包ずつ服ませなさい。腹が減ったといえば、まずは重湯でも飲ませてやれ。まあ、腹が減るのは早くても明日の朝だろうがな」

薬箱を風呂敷に包みなおし、立ちあがった医者が廊下で正座していた誠之進に目を向けた。互いに品川宿の住人で、すれ違えば挨拶くらいはする。

「熱さえ取れれば、まずは案ずるほどではない」

誠之進は廊下に手をつき、一礼した。

「お手数をかけました」

医者がにやりとする。

「気にするな。薬礼は大戸屋からしっかりもらっとく」

落ちついたところで長火鉢の前に戻り、秀峰のとなりに腰を下ろした。向かいに藤兵衛が座っている。誠之進は頭を下げた。

「世話になった」

「何、大したこっちゃありやせんや」藤兵衛が顔の前で手を振る。「野郎、どうしたんです？　鬼の霍乱《かくらん》って奴《やつ》ですか」

ちらりと秀峰に目をやってから誠之進は藤兵衛を見た。

「鮫さんだが、ここ何日か明け方近くに入間川の岸で人探しをしていた」

「この寒い時節に……」藤兵衛が顔をしかめる。「で、どなたを」

「弟だそうだ。今朝方、猪牙が川を上ってきた。その船頭がどうやら弟らしい」

「へえ」

藤兵衛が秀峰を見やる。秀峰が指先で宙に十文字を書き、丸で囲んだ。薩摩島津家の家紋を表している。

藤兵衛も商売柄多少の得物は用意している。せいぜいが匕首《あいくち》や長脇指だが、いずれも秀峰に研ぎに出していて、それで知り合った。二人とも六十前後で歳《とし》が近く、何よりうまが合うようだ。

秀峰の仕種を見て、藤兵衛の表情がますます渋くなる。だが、小さくうなずくとまったく別のことをいった。

「二人とも朝飯がまだでしょう。湯漬けに香の物《こうこ》くらいだが、支度させやしょう」

そういったときには、盆を手にした徳がやって来ていた。誠之進と秀峰の間に置く。住み込みや出入りする男衆のため、毎朝大量の飯を炊くのが橘屋の習いだ。

誠之進と秀峰は礼をいい、丼を手にした。湯漬けを掻きこみ、人心地がついたところで誠之進は紙と筆を借り、二通の手紙を書いた。

一通目は、当代随一の人気絵師にして、鮫次と誠之進の師匠河鍋狂斎《かわなべきようさい》宛で、鮫次が人を探すため夜な夜な三田辺の川べりを歩きまわった挙げ句、高熱を発して倒れたことを書いた。さらに品川宿の橘屋——狂斎も何度か訪れている——で臥《ふ》せっているが、すでに医者に診てもらっており、心配は要らないといわれたことも書き添える。

筆を走らせながら狂斎との縁を思った。

かれこれ三年になるか――。

きっかけは鮫次の酒癖の悪さにあった。深夜、誠之進は大戸屋で茹《ゆ》でた大蛸が暴れていると呼びだされた。用心棒であれば、よくあることだった。行ってみると真っ赤な顔をして汗をかき、鼻息を荒くしている鮫次はなるほど大蛸に違いなかった。

その場を取り鎮めたものの翌朝になって鮫次が金がないといいだし、今度は付け馬となって取り立てに行くことになった。訪ねた先が狂斎宅だったのである。

二通目は、本所のさらに東、横川にある磐城平藩下屋敷に住む父に宛てた。

父――津坂東海《つさかとうかい》は磐城平藩の江戸藩邸で藩主の側用人《そばようにん》を務めていた。今は隠居し、役目も兵庫助《ひょうごのすけ》の名も嫡男――誠之進の兄――に譲っている。隠居の身とはいえ、いや、むしろ隠居したからこそ自由に動けるところがある。その立場を利用し、側用人である兄を、ひいては藩主を助けていた。

父への手紙には、鮫次が倒れた顚末はさらりと書いた。肝心なのは、入間川の岸辺で相対した五人の男たちの頭目が伊牟田尚平だったことだ。

藩主安藤対馬守《つしまのかみ》は現在、幕閣において老中の重職にあるだけでなく、昨春大老井伊掃《いいかも》部頭《んのかみ》が暗殺されてからというもの、久世大和守《くぜやまとのかみ》とともに老中の筆頭に立ち、幕政を切り盛りしていた。その幕府にとって今もっとも警戒を要する相手が薩摩、長州など西国の大藩であり、伊牟田は脱藩士とはいえ、薩摩の者なのだ。

二通の手紙は徳が若い衆を選んで届けさせるよう手配してくれた。

空いた器が片づけられ、徳が濃茶を入れた湯飲みを三つ運んできて、誠之進、秀峰、そして藤兵衛の前に置いた。

茶をひと口すすった秀峰がぼそぼそという。

「誠さんも大変だな。ついこの間大事が成ったばかりだってえのに」

聞いていた藤兵衛がうなずく。

まだ成ってはいない、と誠之進は肚の底で答え、茶をすすった。豊かな香りが鼻腔《びくう》に抜け、躰全体に温かさが広がる。

父が何者か秀峰、藤兵衛に話したことはない。だが、かれこれ付き合いは五年であり、誠之進が品川宿で売れない絵師、大戸屋の用心棒をしている理由を二人ともに察しているようだった。

大事とは、皇女和宮《こうじょかずのみや》の御降嫁《おんこうか》にほかならない。それこそ安藤対馬守が世情の安寧を取りもどすべく画策した大きな一手にほかならなかった。

熱冷ましが効いて穏やかな眠りについた鮫次を藤兵衛に託し、誠之進と秀峰は橘屋を出た。街道を右と左に分かれ、秀峰は芝へ、誠之進はすぐ裏にある法禅寺《ほうぜんじ》の長屋へ戻ってきた。

建て付けの悪い障子戸をわずかに持ちあげて――これがコツだ――開け、三和土《たたき》に三畳の板の間という住処《すみか》にあがる。

夜明け前に研秀を出て、入間川のほとり、橘屋と目まぐるしく回った。晴れわたった冬の日、すでに陽《ひ》は高い。眠かったが、まだ横になるわけにはいかない。窓際に置いた文机《ふづくえ》に向かった誠之進は正座し、瞑目《めいもく》した。

ゆっくりと息を吸い、吐いた。二度、三度とくり返す。落ちついたところで硯《すずり》を真ん前に置き、丘に少しばかり水を差して墨を擦りはじめた。手を動かすほどに今朝からの情景が切れ切れに浮かんでくる。

くしゃみのあと、立ちあがった誠之進を見てぽかんとした鮫次、濃い眉を寄せ、鮫次を見ていた伊牟田、剣呑な顔つきの若い男、壁となって立ちふさがった三人組……。

思いは猪牙の艫で櫓を使っていた船頭に凝集する。一瞥《いちべつ》しただけだが、茶の小袖、袴を着けていた。今にして思えば、船頭にしてはいささか立派すぎる形《なり》だ。

『野郎……、おれの弟なんだ』

鮫次の声が脳裏を過《よぎ》っていく。小柄で痩せぎす、歳の頃は十七、八か、もう少し若いかも知れない。弟というわりには、鮫次に似たところがなかった。もっとも顔を子細に見たわけではない。

墨を擦りおえ、硯を右わきに寄せ、代わりに白い紙を広げる。しわを伸ばし、文鎮を置いて立ちあがると神棚に向かった。二礼し、二度手を打ち、一礼する。それから上げておいた紙を取った。

そこには径二寸ほどの円が一つ描かれているだけだった。

一年ほど前になる。誠之進は鮫次とともに書画会で泥酔した狂斎に付き添って神田明神下の自宅まで送ったことがあった。だが、狂斎は寝所には向かわず仕事場に入った。どれほど深酒し、何十、ときには百を超える座画を描きとばしても床に就く前に筆なおしをするのが習いだと鮫次が教えてくれた。

投げかけられた画題に対し、当意即妙に描いてみせるのが座画だ。誠之進も何度か画会で狂斎の筆さばきを目の当たりにしたが、とにかく速く、迷いがない。まるで白い紙のうちから鴉《からす》や老松、おぼろ月、骸骨が浮かびあがってくるように見えた。

筆なおしと鮫次がいったのに狂斎はいくら描いても筆が荒れることなどないと訂正し、酒を飲むほど、頭が芯まで冴《さ》えて、画趣が湧きあがって尽きず、それを鎮めるため、観《かん》世音菩薩《ぜおんぼさつ》を一幅描きあげるとつづけた。落ちついたところでようやく寝に就くのだが、そのまま仕事に移ることも少なくないらしい。

一年前のその日、ふいに狂斎が応挙《おうきょ》の線、北斎《ほくさい》の円とつぶやき、ぬきんでた技量《うで》だが、自分ならどちらも描けると付けくわえた。

九歳で狩野派《かのうは》に学び、どれほど優れた者でも一人前になるまで十二、三年はかかるといわれる中、九年で洞郁《とういく》の号を授かった。しかし、古い絵をありがたがり、模写に明け暮れる塾の風潮を嫌って飛びだし、以来、あらゆる画法を学び、ことごとく手の内に入れてきた。

筆を手にしたかと思うとさらりと円を一つ描き、誠之進に差しだして静かにいった。

『これを写してみなさい』

線は一定の太さで終始変わりなく、紙を横にしてもひっくり返しても姿が変わらない。つまり真円だった。おまけにどこに筆が入り、どこから抜けたかまるでわからなかった。以来、一年にわたって日々模写しているのだが、いまだ満足に写しきれずにいる。

狂斎の円を左に置き、筆を手にした。軸の上部をつまむように持ち、墨池に浸してから丘で余分を落とす。

呼吸を整え、今度こそと思いさだめて円を描く。比べるまでもないのはわかっていたが、目を左右に動かし、手本とたった今描きあげたばかりの円を交互に見る。打ちのめされ、ぐっと奥歯を嚙《か》む。ふたたび筆を動かす。見比べる。

くり返すうち、鮫次も伊牟田も脳裏から消えていった。

紙の上には、一列に五つ、四列の、ほぼ同じ大きさの円が並んでいた。一年前に比べれば、格段にうまくなったと自惚《うぬぼ》れてはいたが、二十も並んだ円はいずれも狂斎の描いた手本に比べ、線に太い、細いがあり、形も少しずついびつだ。

溜《た》めていた息を吐き、紙を取り替える。

だが、筆を手にすることはなく、文机から下がるとごろりと横になり、手枕をした。

「ええい」

唸《うな》る。筆先に思いを集中できないおのれが情けなかった。今朝からの情景は消すことができたものの、秀峰がぼそりといった大事——和宮御降嫁のことが脳底にまとわりついて離れなかった。

すべては朝廷と幕府の関係修復、いわゆる公武一和のためだった。

発端は八年前、アメリカのペルリが突然やって来た、いわゆる黒船騒動にある。その後、イギリス、ロシア等々もやって来て開国を求めた。かねてより幕府が唯一交易の相手と認めているオランダが諸国の特性、事情を逐一知らせてきている。

厄介なのは、イギリスだ。もう二十年以上も前、イギリスは大国清《しん》を攻め、大勝して領土の一部を割譲させている。

欧米列強が求めているのは交易だけでなく、あわよくば戦争をしかけ、植民地にしようというのである。清がイギリスに蹂躙《じゅうりん》された事実を見れば、彼我の兵力の差はもとよりかの国の容赦ない侵略の手口は歴然としている。

ついにときの大老井伊掃部頭が一部の湊《みなと》を開くこともやむなしとし、アメリカ、つづいてロシア、イギリスと条約を締結する。朝廷には事後に報告したのだが、ここで想定外の事態が起こる。今上天皇が無類の異人嫌いで、無勅許で条約を結んだと激怒、井伊掃部頭と御三家を京へ呼びつけた。このとき幕府はのらりくらりと躱《かわ》し、代わりに江戸から老中を派遣、京都所司代代官とともに参内させた。

今上天皇は異人嫌いというが、本当のところはわからない。御簾《みす》の向こう側から天皇が声をかけるのは側近であって、幕府に対しては側近から下されるのみなのだ。小さな咳払《せきばら》い一つが痛烈なお言葉として伝えられる。

ここから朝廷と幕府の関係がこじれていく。

朝廷とはいうものの実態は反幕府派の公家《くげ》、西国を中心とする大名たちだ。彼らは一貫して異人嫌いの天皇の御意志に従えと称し、幕府に攘夷——異国、異人をことごとく打ち払えと迫る。

清の例を見るまでもなく、兵力差は明らかだった。清はイギリスの軍隊に負けたわけではない。たった数隻の軍艦に打ちのめされ、降伏のやむなきに至ったのである。攘夷など不可能なのだ。

反体制勢力が実行不可能な政策を実現せよと迫り、いざ実行できなければ、それ見たことかと責めたてるのは常套策《じょうとうさく》である。ならば反体制派に代案はあるか。後世、明治政府を樹立した連中は、声高に攘夷を叫んでいた口をさらりと拭い、これこそが文明開化と、諸外国の風習、政策をどんどん採り入れ、街並みも庶民の服装も欧米化させてしまう。

攘夷を実現したあとの展望など最初からない。

朝廷と幕府の関係を修復するため、前代未聞の鬼手が企画される。それが今上天皇の妹にして、前の天皇の第八皇女和宮を第十四代将軍徳川家茂《いえもち》に降嫁させようというものだった。これまで豪族や武家の娘を天皇家に嫁がせ、生まれた皇子が天皇に即位することで外祖父として権力を握ることはあった。いにしえの藤原道長が三代にわたる天皇の外祖父として一門の栄華を実現し、武家では平清盛、徳川家二代将軍秀忠の娘が生んだ皇子が天皇となっている。

しかし、逆は一度もない。

武家はすべからく天皇の家来たるべく、家来から天皇家へ娘を献上することはあっても天皇家から家来へ娘が下されることはなかった。鬼手の所以《ゆえん》である。

幕府から持ちかけた話だったが、前例もなく、順逆がひっくり返ることでもあって朝廷は当初乗り気ではなかった。和宮にしてもすでに婚約者があり、何より醜夷《しゅうい》が跋扈《ばっこ》する東国を恐れ、降嫁を拒んだ。

ここでまた想定外が出来《しゅったい》する。昨年三月、大老井伊掃部頭が暗殺されてしまった。

ところが、およそ三月《みつき》後、内々ながら降嫁に勅許が下ったのである。これまた天皇の意志だったのかは疑わしい。降嫁には種々の条件がつけられ、中でも攘夷実現が高らかにうたわれていたためだ。すでに条約は締結されており、五ヵ所の開港も具体化に向かっている中、今さら攘夷は明らかに流れに逆らう施策であり、実現不可能、つまりは井伊掃部頭を失い、弱体化した幕府をさらに追いつめようというのが狙いだった。

誠之進を気鬱《きうつ》にさせているのは、先頭に立って和宮御降嫁を進めてきたのが他ならぬ安藤対馬守、つまりは我が殿であるためでもある。

正式に降嫁が勅許されたのは昨秋、今年になってようやく準備が始まり、和宮一行が京を出たときには十月になっていた。行列は三万を超え、十数里にわたって人、車馬がつづいたと聞いたとき、他人《ひと》ごとながら誠之進は幕府の懐を心配した。

一行が江戸城内清水屋敷に入ったのが先月、側近として付き添ってきた二人の公家が先着し、安藤対馬守、久世大和守の両老中と面会している。婚儀の予定は、これから話し合って決めていくとされ、朝廷側から無理難題を吹っかけられることが予想されていた。

大事はまだ成っていないと無言のうちに反駁《はんばく》した理由である。

障子戸ががたつき、物思いから引き戻された誠之進は起きあがり、声をかけた。

「どなたか」

「東海様の使いにございます」

東海は隠居した父の号である。おそらく今朝方送った手紙の返事だろう。それにしても聞こえてきたのは若そうな男の声で、父のところにいる中間《ちゅうげん》治平《じへい》ではない。

「今、開ける」

三和土に降りた誠之進は戸を持ちあげるように開けた。

若い男が立っていた。

「東海様からの文を持ってまいりました」

「ご苦労」誠之進は相手をまじまじと見た。「お前さんは？」

「小弥太《こやた》と申します。治平の又甥《またおい》にございます」

三

晴れわたった空の下、青黒い海面がみるみる盛りあがり、小山のようなうねりとなる。舳先《へさき》の鋭く尖《とが》った舟はあちらこちらを軋ませながら何とか上りきり、頂を乗りこえると頭からどっとすべり落ちた。

「ひゃあ」

腹の底がふわりと持ちあがるのが心地よく、誠之進は思わず歓声を上げた。外海を走る舟に乗るのは、萩《はぎ》を訪れて以来、二年ぶりになる。雲一つなく晴れてはいたが、さすが師走の風は冷たく、強かった。

入間川の岸で鮫次を探し、はからずも伊牟田を見かけてから四日が経《た》っていた。今、誠之進は鮫次とともに房州に向かう舟に乗っていた。

舟は九十九里から干鰯《ほしか》を運んできて、品川湊に降ろし、木綿の反物や諸道具、雑貨を積み、帰途にあった。木更津や、鮫次の生家がある房州の和田浦に寄り、そのほかにもいくつかの湊を経て、九十九里まで戻るという。

誠之進と鮫次は、舟の真ん中に積みあげられ、荒縄で固くいましめられた荷を背にして並んで座っていた。

「相変わらず舟には強いな、誠さん」

鮫次がしみじみといった。

「久しぶりだ。実に愉快だ」

二年前、萩へ行ったときにもいっしょだった。品川から大坂、大坂からさらに西、馬関（下関）を経て萩へ至る舟に乗せてもらえるよう船頭と交渉してくれたのがほかならぬ鮫次である。大坂に到着するまでの間、嵐に遭い、荒れ狂う海に翻弄されながらはしゃいでいた誠之進を思いだし、舟に強いというのだろう。

江戸から萩まで陸路を行けば、どれほどの日数を要したか想像もつかない。海路だったから品川から大坂まで四日、大坂から萩まで五日で行き着いた。

陽光に目を細めている鮫次を見返した。熱が下がるまで二日かかり、三日目でようやく粥《かゆ》をすすれるまでに回復したものの、さすがにげっそりやつれ、いつになく顎が飛びだしていたが、顔色は戻っていた。

「すっかり世話になった上に野暮用に付き合わせることになって……」

くどくどいいかける鮫次から目を逸《そ》らし、前を見やる。

「大きな舟だな」

「船頭は二百といってた」

二百石積みということだ。

誠之進は目を上げ、左からの風をはらんでいる白い帆を見上げた。帆桁が大きく右に傾き、船尾の楫《かじ》が逆に切られている。

「冬は乾《いぬい》の風だ」

乾は北西を指す。品川を出た舟は順風を受けて南下した。早朝湊を出て、午過ぎには木更津に到着、荷の積み下ろしを済ませ、出港した。いくぶん西に傾いたとはいえ、まだまだ陽が高いうちに安房《あわ》の南端を回りこんで外海に出た。とたんにうねりは大きくなったが、舞いあがり、揺れおちる舟が誠之進にはたまらなく面白かった。

鮫次が手を上げ、前を指さす。

「帆柱が舳先の近くにあるだろ。ほかの舟なら帆柱は真ん中から後ろに立っている。だけどこいつは前にある。さあ、どうしてかわかるかい？」

「いや」

誠之進は首をかしげた。

「柱の根元を見てみな。大きな金具がついてる。この舟は帆を畳んで、柱を後ろへ倒せるようになってる」

鮫次の言葉を聞きながら誠之進は身を乗りだすようにして帆柱の根元を注視した。なるほど頑丈そうな金具がついている。鮫次をふり返った。

「どうしてそんなからくりが？」

「川を上るためさ。帆柱だけじゃねえ。この舟は長さのわりに幅が狭い。それに平底で楫を上げちまえば、真っ平らになる。そうすりゃ川舟んなって河岸に横付けできるって寸法だ。艀《てんま》要らずよ」

外海を航走する舟はそれなりに大きくなる。横付けできる栈橋があるのは大きな湊にかぎられるし、そもそも川をさかのぼるようにはできていない。そのため荷を下ろすには湊の中ほどに錨泊《びょうはく》し、あとは艀《はしけ》を往復させなくてはならない。艀を使わずに済めば、大いに手間を省ける。

「二百石もある舟がねぇ」

「五百を超えるのもあるって話だ」鮫次がふたたび前方を指した。「それに一本水押《みお》しだろ」

舳先に太い柱が突きでているように見える。それが水押しだと鮫次がいう。外海に出られる舟は図体がでかいばかりでなく、舳先が平たくなっているものが多いらしい。その方が安定する。だが、上り下りの舟で混みあう川を遡っていくには尖った舳先の方がすれ違うのに都合がいい。

「あれで波を割って走る。だから速《はえ》えんだ。だけど、平底の上に吃水《きっすい》も浅い」

「それでなのか」

舳先を下にしてうねりから落ちかかるとどっと滑っていくのに合点がいった。

房州の漁師の息子に生まれついた鮫次は舟だけでなく、海人《あま》にも通じていた。板子一枚下は地獄という言葉を躰で知っている海人にしか知りようのない世間があるという。

「ありがとうよ」

鮫次がいう。誠之進は前方に顔を向けたまま答えた。

「何だよ、藪《やぶ》から棒に」

「誠さんには相談したかった。だけど身内の恥だからな。どうしたものかと思案に暮れていた。入間川の岸でいきなりくしゃみをかまされたときには仰天したが、誠さんの顔を見て心底ほっとした。その上、こうして……」

「よしなよ。鮫さんが困ってるんだ。黙っていられるか」

入間川の岸辺で鮫次が探していたのは弟だ。生家を飛びだし、品川湊周辺に来ていたらしい。ようやく見つけたものの逃げられてしまった。

まずは生家に行き、弟が家出をした経緯《いきさつ》を調べようといいだしたのは、実は誠之進である。すでに家に戻っていればよし、そうでなければ改めて探すことにしよう、と。行方を追うにあたって、どのような輩《やから》と付き合っていたのかがわかれば多少なりとも手がかりになるはずだと付けくわえた。

そういうと鮫次の表情が明るくなったが、誠之進は胸の底がちくちく痛むのを感じた。房州行きには別の思惑があったからだ。

四日前、鮫次を橘屋藤兵衛宅に担ぎこみ、父に手紙を送った日、治平の又甥の小弥太が長屋にやって来た。父からの返書を携えてきたのである。

そこには、申《さる》の正刻（午後四時）に茶屋〈金扇《かねおうぎ》〉に来いとあった。いくら師走とはいえ、まだ明るいうちだ。父にしては珍しいと思いながら金扇に行ってみると父のほか、二人の男が待っていた。

金扇に行くとすぐに奥の座敷へと案内された。そこに父東海と、横目付手代の藤代《ふじしろ》のほかにもう一人、見知らぬ男が待っていた。わずかながらもまだ陽のあるうちに呼びだされたわけはすぐにわかった。三人の前には茶菓が置かれているだけで、それもしばらく談じこんでいた様子がうかがえたからだ。

定紋付きの黒羽織、黒の小袖に縞《しま》の袴をきちんと着けた男が両手をつき、丁寧に辞儀をする。

「黒木清五郎《くろきせいごろう》と申します。以後、お見知りおきの程を」

「司誠之進にございます」

辞儀を返したところで藤代が口添えをする。

「黒木殿は関東取締出役《かんとうとりしまりしゅつやく》の手代をされておられます」

誠之進にとって初対面の人物がいるせいだろう。藤代の口調はいつになく固かった。

藤代とはかれこれ三年の付き合いになる。諸藩の監視役である横目付配下で、長州藩の動向を監視していた。父の命で長州萩へ行くことになったが、当地でも会っている。

横目付は総責任者であり、実際に諸国を巡り——ときに潜入し——、実任務にあたるのが手代だ。一年ほど前には長州藩士を追い、横浜にまで同行している。役目柄さまざまな姿に身を変え、町人を装うときにはくだけた口調にもなった。

関東取締出役は関八州取締、八州廻りなどとも称される。勘定奉行配下で関八州——上野《こうずけ》、下野《しもつけ》、常陸《ひたち》、上総《かずさ》、下総《しもうさ》、安房、武蔵《むさし》、相模において治安維持、犯罪や風俗の取り締まりにあたっていた。

関八州は、いずれにおいても幕府の直轄地――いわゆる天領や、周辺諸藩の飛び地、諸大名領、旗本領、寺社領が複雑に入り組んでおり、強い支配力が及ばないきらいがあった。天領や大藩の所領でもせいぜい数百石ほどしかなければ、いちいち代官を置くこともなく、さらに旗本や寺社の所領であれば、目の行き届かないことが多く、騒動や犯罪が起こっても下手人が隣接する他領に逃げこんでしまえば召し捕りもできなかった。そのため昔から無宿者、犯罪者の出入りが激しく、食いしばった犬の歯が嚙み合う様子に似ているとして犬牙《けんが》の地とさえ揶揄《やゆ》されてきた。

そうした弊害を改めるため、設置された役職が関東取締出役、八州廻りである。八州廻りは誰の所領であれ、境界を越え、無宿人などの追跡、捕縛、取り締まりができる立場にあった。

手代と藤代はいった。現地で任務にあたるのが手附《てつき》、手代だが、手附には下級幕臣の御家人が就くのに対し、手代は地元の事情に通じた庄屋、豪農、大商家などの有力町人の子弟から選ばれ、幕府の許可を得て就任する。とりわけ優秀で、好成績を挙げれば、幕臣に取り立てられることもあった。

黒木は四十年配、日に焼け、引き締まった顔立ちをしている。左右の鬢《びん》に擦れた跡――面擦れがあった。手代というからには元々武士ではないのだろうが、熱心に剣術を学んだことがうかがえる。聡明そうな表情を見れば、おそらく学問もしてきたのだろう。

藤代が付けくわえる。

「黒木殿は長年安房、上総を回られ、ご苦労されてきました」

ははあ、なるほど——誠之進は肚のうちでつぶやいた。今朝方、父に送った手紙には鮫次と弟のことを記しておいた。鮫次は房州安房国の出である。

黒木が父、藤代に目配せし、二人がうなずくと誠之進に顔を向けてきた。

「今朝ほど伊牟田尚平を見かけられたとか」

「はい」

「念のため……」黒木がまっすぐ誠之進を見て圧しだすようにいう。「間違いござらぬか」

「言葉を交わしました。伊牟田は私のことを知っておりましたゆえ、間違いはないでしょう」

これには黒木のみならず藤代、父までが目を剝いた。父がうめくようにいう。

「伊牟田がお前を？」

「ちょうど一年前、芝の浜に行った夜を憶えておいでですか」

「うむ」

芝浜での一件には父も立ち会っている。

「あれが伊牟田がヒュースケンを刺した日です。そして伊牟田は品川宿から材木屋といっしょに芝まで来たのでした」

「材木屋には逃げられたな」

そういって父は唇の端を下げたが、誠之進は平然とつづけた。

「その材木屋から私のことを教えられたようでございます。品川宿で用心棒稼業をしている、と」

「そうか、あの夜であったか」

父が大きく息を吐いた。

江戸市中を火の海にしようという材木屋の悪だくみについては藤代も承知している。それでともに横浜まで赴くことになったのである。黒木がどこまで事情を知っているかはかりかねたが、当惑した様子を見せず言葉を継いだ。

「その伊牟田でございますが、ヒュースケンを殺したあと、下総国へ逃げ、さらに北へ向かいました。我々も八方手をつくし、行方を追っておりましたが、杳《よう》として知れず……」

「それが入間川に現れたわけですね」

あえて薩摩藩の名前は出さなかった。

黒木が顎を引くようにうなずく。

「これは藤代殿もご承知のことではございますが、ヒュースケンを殺したのはコビの会の者どもにございます」

「コビとは？」

「虎の尾と書いて虎尾、あえて虎の尾を踏む意気を表したものとか」

あくまでも今までにわかっていることながらと前置きした上で黒木が言葉を継いだ。

虎尾の会は攘夷を合い言葉とする結社で、昨年師走の異人殺害は攘夷を実行したものだという。会に名を連ねる人物が告げられるうち、誠之進は危うく声を上げそうになった。

山岡鉄太郎《やまおかてつたろう》——のちの鉄舟《てっしゅう》もその一人だというのだ。

玄武館《げんぶかん》で鬼鉄の異名を取るほどの剣の達人にして講武所の師範を務め、一方で禅に通じ、書もよくする。誠之進は以前、山岡を直《じか》に見ている。それこそ一年前、師匠河鍋狂斎とともに書画会を行っていたからだ。

ひと通り黒木が話し、あとを藤代が引きついだ。

「鮫次の弟が伊牟田の一派に加わっているとなれば、のっぴきなりませんな」

誠之進はうなずいた。

そこまで話したところで藤代と黒木が出ていき、父と二人になったところで酒肴《しゅこう》が運ばれてきた。

しばらくの間、黙然と酒を飲んでいた父がぼそりといった。

「鮫次の弟の動静を探れ。伊牟田の行方がつかめるかも知れん」

砂浜にぽつんとある岩場を利用した小さな湊に入ると、舟は楫を撥《は》ねあげ、帆を巻いた。そのまま河岸に設けられた木の桟橋に横付けする。鮫次が船頭に挨拶し、誠之進とともに降りた。

浜は狭く、山並みが迫っている。山裾に家屋が点在しており、浜には漁師舟が引き上げられていた。

並んで歩く鮫次に目をやった。懐手をして顎を引き、下唇を突きだしている。眉間に深いしわを刻んでいた。

「何だか浮かない顔してるな。せっかく帰ってきたというのに」

「ああ」

生返事をした鮫次は懐から片手を出し、頭を搔く。とたんに足の運びが遅くなった。どうしたと訊こうとした誠之進は二人の前に立ちはだかっている男に気がついた。横目で鮫次をうかがい、訊ねた。

「知り合いか」

「兄貴だ」

鮫次がぼそりと答える。

大男だった。六尺を楽に超える鮫次よりさらに背が高そうだ。袖無しの刺し子を羽織り、荒縄を腰に巻いている。下帯だけの裸、裸足《はだし》で砂浜に両足を踏まえていた。剝きだしになった両腕を組んでいる。肩から二の腕、前腕にはぼこぼこ筋肉が盛りあがっていた。顎が大きく張りだし、唇の両端を下げていた。

大きな目が鮫次に向けられていた。誠之進には一瞥もくれない。

鮫次が足を止めた。

鮫次と兄は見合ったが、言葉を交わそうとしない。たしかに鮫次より上背がありそうだが、兄の立っている場所の方が少し高い。そのためさらに見下ろされていた。

「しばらく」

ようやく鮫次が声をかけた。だが、兄はふんと鼻を鳴らしただけで、くるりと背を向け、去って行く。

「愛想のねえ兄貴ですまねえ」

「いや……」遠ざかっていく鮫次の兄の背に目をやったまま、誠之進は首を振った。

「それにしても機嫌が悪そうだった」

「あいつの笑った顔なんざ、生まれてこの方、一度も見たことがない」

浜を横切り、立派な門構えの屋敷の前まで来る。

「ここが？」

「ああ、おれん家《ち》だ」

浮かない顔で答えた鮫次が懐手をしたまま門をくぐる。誠之進はあとにつづいた。丸い踏み石が埋められ、玄関先まで点々とつづいていたが、鮫次は途中から右に外れ、裏へと回った。勝手口から土間に入り、声をかける。

「帰《けえ》ったぜ」

かまどの前にしゃがんでいた女が立ちあがった。鮫次を見て、次いで誠之進に気づくと頭に被《かぶ》っていた手ぬぐいを取り、深々と頭を下げた。誠之進も礼を返す。

「兄弟弟子の誠之進さんだ」鮫次がふり返る。「姉のトヨだ」

「トヨでございます」

辞儀をしたままいい、躰を起こした。鮫次ほどではないにしろ大柄で、ひょっとしたらおれより背が高いなと誠之進は思った。

四

トヨに案内された奥の座敷は広々としていた。磨きあげられた床の間には山水の掛け軸がかかっている。もっとも筆さばきを見れば、名のある絵師のものではないとわかる。欄間には、何羽もの鶴が精緻に彫られてあった。

障子越しの残照が朱《あか》く染めた座敷には小便臭さが立ちこめていた。

中央に敷かれた夜具には老爺《ろうや》が横たわっている。すっかり肉が落ちた顔は顎の骨ばかりが目立ったが、それでも大柄だとわかった。誠之進と鮫次は夜具のわきに並んで端座し、トヨは老爺の足下に座った。

「親父《おやじ》だ」

となりに座った鮫次がぼそりといった。だが、それきり何もいわないので誠之進は挨拶をしたものか迷った。

仰向《あおむ》けに寝て、箱枕に頭を載せている老爺は目を閉じていた。青白い顔には深いしわが刻まれていたが、眉間は緩みきっていた。夜具の腹部辺りがかすかに上下していることで、かろうじて息をしているのがわかる。

鮫次が父親に目を向けたまま、ぼそぼそという。

「お袋は、おれが十三のときに死んだ。それから親父は後添えをもらったんだ。十以上も若い女でね。だが、連れ子があった」

誠之進は鮫次の横顔をうかがい、ついでトヨを見やった。トヨは顔を伏せ、父親の足を見ている。

「後添えをもらうにしても何も子連れじゃなくてもいいだろうと思ったが、何のことはない。女は小関《こせき》……、九十九里の方にある旅籠にいて、親父の方がのぼせ上がったってわけだ」鮫次が誠之進の横顔を見る。「わかるだろ」

「うむ」

誠之進は目を伏せたまま、小さくうなずいた。

品川宿の旅籠には食売女と称して女郎を置いていた。小関という地名を耳にしたことはなかったが、浜の旅籠だ。察しはついた。

「お袋はうすうす勘づいていたんだろう。それで寿命を縮めちまったのかも知れん。女の連れ子ってのが親父のタネだった。本当のところはわからんがね」

父親は相変わらず静かで微動だにしない。鮫次の声が聞こえているのかもはっきりしなかった。誠之進は顔を上げられなかった。

入間川の岸で見かけた弟というのがその連れ子なのだろう。

「うおう」

ふいに父親がうめき声を上げた。見ると目を開いている。だが、天井を見上げたままだ。トヨがさっと掛け布団をはぐった。父親は浴衣を着せられていたが、裾が乱れ、下半身が丸出しになっている。下帯は木綿布を何枚も重ねて縫ってあった。下帯ではなく、おむつだ。

トヨは慣れた手つきでおむつを外すと陶器の壺を下腹にあてがった。誠之進は顔を伏せた。直後、かすかに水音が聞こえた。夜具を直す気配がして、トヨが立ちあがり、座敷を出て行く。

ようやく顔を上げると父親はふたたび目を閉じていた。

「中気だ」鮫次が低い声でいう。「あたっちまったんだ。もう二年にもなるか。後添えはてめえのガキだけ連れて出ていった。姉貴は隣村に嫁いでたんだが、亭主が死んじまって後家ぇやってた。兄貴は独《ひと》り者《もん》だし、おれは十四のときに飛びだしてから寄りつきもしない。仕方なく姉貴は向こうの家に暇ぁもらって帰ってきた。姉貴がいなけりゃ、親父なんざとっくにくたばってた」

「ううお」

ふたたび父親がうめく。目を開き、鮫次を見ていた。口をもぐもぐ動かしたが、うめきが漏れ、よだれが溢れだした。

「しようがねえな」鮫次が懐から手ぬぐいを出し、父親の口元を拭った。「食って、寝て、垂れて、寝て、また食って、寝て、垂れて……、さっさと逝っちまった方が本人も楽だろうに」

突然だった。父親の両目から涙が溢れだしたのだ。鮫次は何もいわず元の場所に戻ると手ぬぐいを懐に収めた。

「わかってるよ。多吉《たきち》のことだろ。だからこうして帰《けえ》って来たんじゃねえか。ちゃんと探してやるから安心して養生してな」

トヨが戻ったところで鮫次にうながされ、座敷を出て、いろりのある板間に移った。

鴨居の上に長大な柄のついた三本の銛《もり》が掛けてあった。下から上へ行くに従って大きくなっている。誠之進は猪口《ちょこ》を手にしたまま、銛を眺めていた。

いろり端に丸い茣蓙《ござ》を敷いて座り、酒となった。あては鯵《あじ》の身と味噌《みそ》を合わせてすりつぶしたものと菜漬けで、どちらも塩辛い。

「ほら」

鮫次が声をかけてくる。目をやると徳利を差しだしていた。猪口の酒を飲みほし、受ける。注《つ》ぎながら鮫次がいった。

「うちは代々鯨獲《くじらと》りだった。もう昔の話だけどな。それでも親父が海に出てた頃はまだやれたんだが、兄貴んときにゃ駄目んなってた」

「駄目というと？」

「鯨が来なくなっちまったのさ。わけは知らねえ。鯨にでも訊いてくれ」鮫次がいろりの縁に置いた猪口に手酌する。「今じゃ、地曳《じびき》だ」

「それでも網元だろ」

「そうだ」

「立派なもんだ。屋敷にしても」

「屋敷なんてたいそうなもんじゃねえよ。漁のときは人手が要るからな。そいつらが雑魚寝できるようにでかくしてあるだけだ」

「そういえば、兄さんは帰ってこないのか」

「おそらく番屋で寝るんだろ。漁の時節だけど、破れた網を直したり、いろいろやることはある」

鮫次がいろりに目をやった。兄弟仲など訊くべきではないだろう。誠之進はふたたび銛に目をやった。

「あれは親父さんが使ってたのか」

「そう。一番下の小さいのが早銛《はやもり》といってな。まっさきに打つ。軽いんだ。真ん中が碇銛《いかりもり》だ。使うときには太い綱で碇をつなげる。その上が柱銛《はしらもり》といってな、銛だけで三尺はある。八百匁《もんめ》もあるかな。鯨が弱ってきたところであれで止《とど》めを刺す。親父はうまかった。誰よりも先に早銛を投げた。まず外さなかった。そして最後に柱銛を打ちこむのも親父だった」

銛を見上げて話す鮫次の小鼻は広がり、口元に笑みを浮かべている。父親が自慢なのだろう。そうした鮫次の顔を見るのは初めてだった。

ふっと笑みが消え、鮫次が首をかしげる。

「地曳になってからがいけねえな」

「どうして」

「鯨を獲ってた頃は漁師仲間ばかりだった。鯨を囲いこむにしても、銛を打つにしてもまずは舟を自在に操れなきゃならんし、揺れる舟の上で踏ん張れなきゃ仕事はできねえ」

海人のつながりとは、鮫次がよく口にするところだ。

「ところが、雑魚なら陸《おか》の上で網さえ引っぱってりゃいい。誰でもできる」

鯨以外はすべて雑魚だと鮫次はいう。そして網を曳《ひ》く人手が厄介だとつづけた。

「誰でもいいが、魚が来るときには何十人、ときには百人もの手がいる。女子供まで浜に出るが、それでも足りねえ。だから無宿だろうと何だろうと引っぱり込む。都合がいいのか悪いのか、ここらの浜にゃ得体の知れない連中がうようよしてやがる」

誠之進の脳裏に八州廻り手代黒木の言葉が蘇《よみがえ》る。

犬牙の地——安房国だけでなく、関八州全体を見ても所領が複雑に入り組み、強い支配力が及ばない。それで数多くの無宿人が横行する。そうした輩が網元の呼びかけに応じて集まってくるのだろう。

「さらに悪いことにゃ、いつも魚が来るわけじゃねえ。漁が終われば、お役御免だが、もともと行き場がなくて無宿になった連中だ。仕方なくここらに残る。仕事がなくても腹は減るからな。で、賭場でも開くしかねえわけだ。親父の後添えがいた小関なんかも旅籠が数十あって、そうした連中がとぐろを巻いてやがる」

「なるほど厄介だな」誠之進は二度、三度とうなずいた。「ところで、多吉といっていたが、それが入間川にいた弟なんだな」

「ああ。うちへ来たときには、まだ三つかそこらだった」

鯨獲りの銛打ちをしていた父親だけでなく、鮫次兄弟の母親も大柄な人だったという。そのためトヨ、長兄――豪左右衛門《ごうざえもん》という名を父から継いでいるが、鮫次は豪左といった――、それに鮫次の三人は躰が大きかったが、多吉は小柄だ。入間川で見かけたとき、猪牙の艫に立っていた若い男はたしかに痩せていて、背もそれほど高くなかった。母親が小柄だったせいらしい。

鮫次がつづける。

「あいつは親父がぶっ倒れたときには十か、十一だな。ちょうどその頃か、あの女が倅に算術を習わせたいなんていいだしやがった」

後添えがあの女になり、吐きすてるような口振りになる。

「算術？　算盤《そろばん》ではなく？」

「ああ、おれも算盤だろっていったよ。そしたら多吉の奴、算盤などではなく関流《せきりゅう》のナントカなんて小生意気なご託を並べやがったんで殴ってやった」

「算術か」

「もうずいぶん昔になるが、九十九里の方で塾を開いた男がいたんだ」

関流の和算家植松是勝《ぜしょう》が宿村《しゅくむら》（現在の東金市《とうがね》）に算学教授所を開いたのは文政年間（一八二〇年代）のことである。算術だけでなく、算盤も教えたこともあって九十九里では大いに流行《はや》った。

「そいつの弟子だって連中が出稽古なんてよけいなことをしやがった。あの女はもともと九十九里にいたからその話を知ってたんだろ」

「ここから九十九里というと遠いんじゃないのか」

「ざっと二十里かな。だけど舟がある。それに小関にはあの女の親類だかがいて、出稽古があるときにはそこに預けてた。本当に親類かは怪しいもんだがね。ひょっとしたら多吉の……」

鮫次が渋い顔をして言葉を切る。誠之進は徳利を取り、差しだした。鮫次が持ちあげた猪口に注ぐ。

「それが間違いの元だ。おかげでどこの網元でも鼻つまみになっちまった」

「わからんな」

「漁師は数なんか勘定できなくたっていいんだ。多吉は小僧のくせに網元に食ってかかったのよ。獲れ高がこれだけあるんだからおれの取り分はかくかくしかじかのはずだって。それで嫌われてな。爪弾《つまはじ》きよ。あいつにしてみりゃ、仲間のためによかれと思ってやったんだが、網元に喧嘩売ったってしようがねえ。誰もあいつの肩を持とうとはしなかった」

その後、多吉は算術だけでなく、漢学なども学ぶようになったらしい。

「チビ助だったからな。兄貴のようにはなれない。だが、親父にすれば、歳をとってからの子で格別な思いもあったんだろ。だから学問をさせることにした」

今では母親といっしょに九十九里の方で暮らしているという。

「多吉が家を出たと知らせてきたのは、その後添えか」

「そう。あの女、倒れた親父を放りだして出ていったくせに時々金の無心には来てた。自分のためじゃねえ、倅のためだってね。ところが、肝心の多吉が家を出たきり戻らなくなった。それが半年くらい前だ。女ぁ、血相変えてやって来たらしい。江戸に出て、もっと学問をするって書き置きがあったって話だ。それで姉貴からおれのところへ手紙が来た。あてにするなと返事を書いたものの、姉貴の後ろにゃ親父がいる。仕方ねえから海人の連中にいろいろ訊いてみたら……」

鮫次が誠之進を見上げ、小さくうなずく。

「さっき姉貴に川岸での一件を教えた。親父に話しゃしないだろうけど」

「それで、どうするね、鮫さん」

「どうしたもんかね、誠さん」

「多吉の母親に話を聞いてみるか」

「そうするしかねえだろうな」

鮫次は暗い表情でうなずいた。

九十九里の生まれながら多吉は、愚かで粗暴な漁師どもを心底嫌っている。板子一枚下は地獄などとうそぶき、日銭が入れば、その日のうちに酒と博奕に消して、気に入らない奴があれば、女子供でも容赦なく殴りつけた。

満足に物心もつかないうち、和田浦へ連れていかれ、爺ぃに引きあわされた。お前のお父《と》っつぁんだよと母がいった。図体がでかく、かつては鯨獲りをしていたらしい。だが、酒に酔っては壁に掛けた銛を自慢するだけの老いぼれに過ぎなかった。

鯨など、もう何十年も来ていないというのに……。

漁師の中でもとりわけ鯨獲りが嫌いになったのは、くだんの老いぼれのせいだ。

爺ぃが中気で倒れたのをもっけの幸いとして母が九十九里に戻りたいといいだした。多吉に算術を学ばせたいからというが和田浦から逃げだす口実に過ぎない。十歳になるかならないかだった多吉にさえわかった。

ところが、算術が多吉の目を開かせてくれる。算術だけでなく、漢学も熱心に学んだのは、いつか江戸へ出られると夢見るようになったからだ。一廉《ひとかど》の人物になろうなどと考えたわけではない。ひたすら九十九里から逃げだしたかっただけだ。

そして目論見《もくろみ》通り江戸へ出た。それどころか志の高い男たちの知遇を得るに至ったのだ。まさに望外といってよい。

目の前にいる伊牟田尚平こそ、これまで出会った中でもっとも尊敬できる人である。これまでも伊牟田の豪胆さに驚かされつづけていた多吉だったが、すっかり陽は落ちたとはいえ、人通りの多い品川宿を堂々と闊歩《かっぽ》している姿に度肝を抜かれ、感服さえしていた。

「夢を見てるようだな」

伊牟田がいい、多吉は足を速め、右後ろについた。

「夢でございますか」

「見てみろ。どいつもこいつもにやけた面ぁして、頭にあるのは妓《おんな》のことばかり。馬鹿馬鹿しくなってくるな。京だ、常陸だ、北国だと走りまわって、おれはいったい何をしてるのかって」

斜め後ろからうかがっているので伊牟田の表情はわからなかったし、口調ものんびりしていた。それでも胸中の苦々しさは多吉には伝わってきた。

二人は土蔵相模に入った。伊牟田がのれんを分けて入ると女がたらいを抱えてすぐに寄ってくる。多吉の足下にも女がかがみ込む。上がり框《かまち》に腰を下ろし、足を洗ってもらうのはどことなくこそばゆかった。

足を拭き終えると、案内も乞わずに廊下を進む伊牟田を多吉はあわてて追った。もっとも奥の座敷の前まで来ると伊牟田が片膝をつく。多吉はすぐ後ろで正座をした。

「ごめん」

一声かけた伊牟田が返事を待たずに障子戸を開ける。中には二人の男が並んで端座していた。多吉は敷居の前で両手をつき、一礼したあと、中に入って戸を閉めた。

このところ毎夕伊牟田を入間川の河岸まで迎えに行き、品川湊まで乗せて来ていた。たいていは誰かほかの者がいっしょだが、今日は一人だけだった。湊に着いたところでいっしょに来いといわれた。猪牙を舫《もや》って、あとに従うと相田《あいだ》という男に会うのでついてこいといわれた。

「お待たせした」

腰の大小刀を取り、伊牟田が二人の男の前に膝をそろえて座る。多吉は戸の前にひかえていた。

「お久しぶりでございます」

二人連れのうち、年かさの方が丁寧に辞儀をする。おそらく相田であろう。もう一人は若く、自分とそれほど変わらないのでは、と今年十七になる多吉は思った。

二人とも定紋のついた黒い羽織にきちんと袴を着け、両刀をかたわらに置いていた。だが、容貌は対照的とさえいえる。相田は日焼けが肌の奥深くまで染みこんでいるような四角い顔をしているのに対し、若い男は細面の白皙《はくせき》だ。

相田が両膝に置いている手に多吉はちらりと視線を走らせた。大きな手は顔と同様日に焼け、指が太い。長年野良で鍬《くわ》をふるってきたと想像がつく。

伊牟田が鷹揚《おうよう》にうなずき、相田が若い男を示していう。

「この者が越後から参りました豊原《とよはら》にございます」

「豊原邦之助《くにのすけ》と申します。以後お見知りおきの程を」

「伊牟田です」

ふたたび相田が口を開いた。

「あちらの様子はいかがでございますか」

「今のところは平穏……、嵐の前の何とやらかも知れませんが。江戸の方が騒がしいかと思っておりましたが、さすが品川、何ともにぎやかですな」

「世の中が騒がしいせいでしょう。こちらでもあれこれ噂《うわさ》が流れております。だからこそ今のうちにせいぜいくり出しておこうという輩が多いのでございましょう」

相田がわずかに身を乗りだし、声を低くしてつづけた。

「噂といえば、小賢《こざか》しきかの奸物《かんぶつ》が天子様の御譲位をあれこれ画策しておるといわれておりますが、まことにございましょうか。畏れ多くもこたびの御降嫁もそのためだ、と」

「いかにも」

伊牟田が重々しくうなずく。

噂は多吉も聞いていた。皇女の御降嫁を仰いだのは、あくまでも公武一和のためと幕府はいっているが、真の狙いは八歳の皇太子が即位することで姻戚としての影響力を利用し、まずは無勅許で結んだ諸外国との条約をなしくずしに認めさせようというところにあるとされていた。今上天皇の異国嫌いはつとに知られている。

「やはりやるしかありませんな」

相田が圧しだすようにいった言葉に伊牟田がにやりとする。

「そういわれると思っておりました」

湊からの道すがら伊牟田から相田について聞かされていた。

今年五月、イギリス公使館が置かれていた高輪東禅寺《たかなわとうぜんじ》に浪士の一団が斬りこみ、惜しくも代表たる公使は逃したものの、書記官、長崎駐在の領事二名を負傷させる事件が起こった。襲撃した浪士団のうち、三名が討ち死に、あとは現場を脱したが、四名は逃げ切れず自刃して果て、一名が捕縛され、のちに斬首された。

相田はからくも逃げおおせた一人だという。かたわらに置かれた相田の刀を見やり、多吉は胸のうちでつぶやいていた。

これで異人を斬ったのか……。

「おい、吉田《よしだ》」伊牟田がいい、苦笑いしてもう一度くり返した。「吉田」

多吉ははっとして伊牟田を見た。

「ご無礼いたしました」

「しようのない奴だ。ぼやっとするな」

叱られはしたが、伊牟田の口元には笑みが浮かんでいる。

吉田は多吉の変名であった。房州漁師倅多吉ではなく、吉田嘉十郎《かじゆうろう》を名乗っている。吉田は多吉をひっくり返して吉多、変じて吉田とした。名前も変えろと伊牟田にいわれたもののとっさには浮かばず嘉平《かへい》と答えた。幼なじみの名だった。だが、武士には相応《ふさわ》しくないとされ、嘉十郎にしろといわれた。

名を変えただけで別人になったような気がしたが、まだ馴染《なじ》んでいない。

「お主ぁ、アンコウ鍋は好きか」

「は？　アンコウでございますか」多吉は首を振った。「申し訳ございません。一度も食べたことがありません」

「何も謝ることではない。あれはうまいぞ。とくに冬場は躰が芯から温まる……、いや、熱くなる」

伊牟田がそういうと相田までがにやにやしはじめた。豊原は目こそ多吉に向けていたが、表情は変わっていない。

「相田殿は常陸国の御仁なれば、アンコウの吊《つ》るし切りがお得意でな」

五

翌日、誠之進と鮫次は、ふたたび舟に乗って海岸沿いに北を目指した。前日に乗った舟よりも小ぶりではあったが、同じように帆柱を倒し、川舟としても使えるようになっている。向かったのは、多吉の母親が住むという九十九里の村だ。

陸路なら数日がかりの道のりも舟なら二刻《にこく》、風次第ではその半分しかかからないという。相変わらず乾の風が強く、うねりもあったが、帆と楫とを巧みに使い、舟はすべるように進む。

『お前、アンコウを知っておるか』

五日前、金扇で父に訊かれた。名前は聞いたことがあるが、口にしたことはないと答えた。

『見た目は奇っ怪だが、なかなかいける。七つ道具といってな……』

父は指を折りながら説明した。肝、とも、と呼ばれる胸びれと背びれ、卵巣《ぬの》、胃、えら、皮、そして身である。身そのものは淡泊だが、肝を溶かした汁で炊《た》いた通称どぶ汁といわれる鍋は絶品だという。

絶品とほめるわりに父は浮かぬ顔をして、誠之進の差しだす徳利から酒を受けては、ひどく苦いものでも口に入れたような顔つきで飲みくだした。

『身が柔らかいゆえまな板の上ではうまく切れない。それで吊るしておいて切る』

顎に鉤《かぎ》を引っかけ、吊るしたまま皮を剝ぎ、腹を裂いて身や臓物を切り離していくという。まな板の上ではぐにゃぐにゃした身をきれいに切ることができないらしい。

どうしてそんな話を、と思った。金扇でアンコウを食わせるなど聞いたこともない。

発祥は常陸国の海側で、五代将軍の頃には広く流行っていたというからかれこれ二百年ほども前からある料理らしい。

父の眼光がふいに鋭くなった。

『水戸殿の御家中でも大いに食いたがってる者が大勢いる。吊るし切りにして』

わかるなというように父が誠之進の目をのぞきこんでくる。

はっとした。老中の重職にあり、磐城平藩の藩主、父子にとっての主君が安藤対馬守――、つまり安藤公である。

『前《さき》の午年《うまどし》……』

午年――安政戊午《ぼご》五年（一八五八）のことと父はいう。幕府は勅許を得ないまま諸外国との条約を結んだ。このとき今上天皇が異国嫌いをあらわにし、事態は思わぬ方向へ進む。

『掃部頭が京へ呼びつけられたんだが、諸事多難の時節で大老自ら京にのぼるなどできない相談だ。代わりに老中を京にやり、京都所司代とともに参内させた』

幕府としての立場を説明するためだった。

『ところが、火に油を注ぐことになった。怒り狂った天子様は即刻勅命を出された。攘夷せよ、とな。命に従わずば、退位するとまでいう。そうなれば大老とはいえ、無傷では済まない』

そこまでいって父は少しの間黙りこみ、一つ、二つと杯を重ねた。やがて静かに言葉を継ぐ。

『本当のところなどわかるものか。何しろ相手は御簾の向こうから伝奏《てんそう》にお言葉を伝えるばかり……』

父がまっすぐに誠之進を見る。

『まあ、それは今に始まったわけではない。問題は勅命が書状の形で幕府と、よりによって水戸殿に下されたことだ』

勅書は天皇の一存で出せるものではなく、朝議を経て、天皇補佐役の頂点に立つ関白、太閤《たいこう》が見た上で承認しなくてはならなかった。当時、井伊大老は関白を抱きこんでいて、朝議を欠席させることに成功したのだが、何と朝廷は勅書を発行してしまう。

正規の手続きを踏んでいないところから後年〈戊午の密勅〉と呼ばれるようになる。

とても攘夷などできる状態にない幕府としては、正規の勅書ではないことを理由に朝廷に対しては無効にするよう働きかけ、水戸藩には返上を求めた。

よりによって水戸藩と父がいうのは、またしても殿にからんでいる。

安藤対馬守が若年寄に抜擢《ばってき》されたのが安政五年八月、翌年八月に水戸家用向扱方《ようむきあつかいかた》を命じられ、老中となった今も役職に変わりはない。つまり水戸藩に対し、密勅を返上させるため、交渉する責任者というわけだ。

水戸藩は拒否する。

そもそも十四代将軍の座をめぐって井伊大老と水戸藩前藩主斉昭《なりあき》が争い、大老が強権によって斉昭の子一橋慶喜《よしのぶ》を退け、当時紀州藩主だった現将軍家茂を据えた。激怒した斉昭が登城し、無勅許で異国との条約を結んだことで大老を面罵した。さすがに将軍継嗣に敗れたことを持ちだすわけにはいかなかったからだ。しかし、その無断登城を咎《とが》めた大老は斉昭を隠居させ、さらに永蟄居《えいちっきょ》にまで追いこんだ。

水戸藩にすれば、恨み骨髄である。ついに水戸脱藩浪士が中心となって大老暗殺という暴挙に出る。

公武一和のため、皇女降嫁を実現し、なおも密勅返上を求めつづける安藤対馬守に恨みは集中する。しかも今や井伊掃部頭は亡い。大老暗殺から半年後、斉昭が病死し、永蟄居を解かれているのだが、その後、隠居させられていた一橋慶喜までもが復権している。安藤対馬守のみならず将軍家茂までがいわば四面楚歌《しめんそか》にある。

幕府、そして安藤対馬守に恨みを持つ輩が次々に水戸藩籍を脱し、常陸、下総、上総、安房そのほかの土地に潜入して暗躍しているという噂があった。そのため誠之進も八州廻りの黒木に引きあわされ、鮫次の弟のことで九十九里に赴いて動静を探れと命じられた。

アンコウの吊るし切り……。

「誠さん」

鮫次に声をかけられ、誠之進の思いは途切れた。舟はすでに河岸に横着けとなっている。河口が湊になっていた。

「降りるぜ」

舟を降り、浜を横切って道に出ると鮫次が足を止めた。右の方を指さす。

「川の向こう側が小関の村だ。旅籠が十ばかりある。とても品川にゃ及ばないが、ここらじゃ結構なもんだ。あそこにちょいと大きな二階屋が見えるだろ」

「ああ」

「大村屋って旅籠で、ここらじゃ、一番大きい」

「へえ」

「こっちだ」

川を挟んで東が小関新開《こせきしんかい》、今歩いているのが片貝村《かたがいむら》だと鮫次はいった。川を隔てているだけで両岸には同じように家々が並んでいる。

「結構にぎやかだね」

「地曳が盛んだからね」

しばらく歩き、松林が途切れた辺りで鮫次が周囲を見まわした。

「ここら辺りと聞いては来たんだが……」

前から釣《つ》り竿《ざお》を担ぎ、魚籠《びく》をぶらさげた年寄りがやって来るのに目をつけ、鮫次が声をかけた。

「ちょっとばかりものを訊ねたいんだが、ここらにおみつさんて人の家はないかい。房州の方に行ってたけど、出戻ってきてる」

「ああ」年寄りが左の方を示す。「そこに曲がった松があるだろ。その裏だよ。でも、今はおらんはずだが」

「いない」鮫次が禿《は》げ頭を搔く。「まいったな。おみつさんは十六、七の倅といっしょだと思うんだが」

「多吉か」年寄りが顔をしかめる。「あれはいかん」

「ほう、多吉はいけねえか」鮫次が年寄りの手を取り、何かを握らせた。「どういう風にいけねえんだ」

老人が手を開き、手のひらに置かれた二朱銀を見るとすぐに手を握って袖の中に引っこめた。

「理屈ばっかりこねて、ちっとも働かん。稽古場なんぞに通わせるからだ」

誠之進が割りこんだ。

「稽古場というのはこの近くか」

「いや、川上へ三里も行った屋形村《やかたむら》って辺りだ。川沿いに三本榎《さんぼんえのき》があって、その前にある。文武稽古場の看板が下がってるはずだが……」

言葉を切った年寄りがいぶかしげに誠之進、次いで鮫次を見た。

「あんたら何者だ？　おみつか多吉に金でも貸してるのか」

「いやいや」鮫次が小柄な年寄りを見下ろし、にやりとする。「多吉はおれの弟なんだ」

そろえた膝の上に置いた両手を固く握り、多吉は背筋を伸ばしていた。

三本榎のそばにある文武稽古場に通うようになったのは二年前だが、初めて塾頭の書斎に招じいれられた。それほど広い部屋ではない。窓辺に置かれた文机の上や左右の壁に設《しつら》えられた書棚のみならず床にも書物が積みあげられている。

薄茶の袷に柿色の綿入れ袖無しを羽織り、総髪をきちんとまとめて細い髷《まげ》にした塾頭は左手を火鉢にかざして炙《あぶ》りながら右手にもった手紙を読んでいた。すでに五十を過ぎ、髪は半ば以上白い。

仙台藩士の子として生まれ、二十歳の頃に脱藩、江戸へ出て、儒学、書、西洋医学まで貪欲に学び、剣は桃井《もものい》道場で修行した。九十九里にやってきたのは三十を過ぎてからで、最初は網元の離れを借りて講義をはじめ、数年後、現在の三本榎の下に塾を建てた。それから二十数年にわたって講義をつづけており、門弟はゆうに千名を超える。

いずれも師範代や先輩の塾生から聞いた。

多吉が通いはじめた頃には、塾頭が直接講義をすることはなく、儒学、書、剣とそれぞれを担当する師範代が代講していた。塾頭の姿を見るのは庭をぶらぶら歩いているときか、月に一度の全体講話くらいでしかなかった。

昨夜、多吉は伊牟田に紹介された相田に二通の手紙を預けられていた。一通は分厚く、厳重に封印されていたが、表書きはなかった。もう一通が塾頭宛であった。

昨夜のうちに多吉は日本橋の魚河岸に行き、知り合いの船頭を訪ねて九十九里への戻り舟に相乗りさせて欲しいと頼んだ。夜が明け、九十九里から魚を運んできた押送舟《おしおくりぶね》にわたりをつけてくれたのはその船頭である。そのおかげで午過ぎには塾にほど近い湊までやって来ることができた。

物心がつくより前、母に連れられて行った先が和田浦の漁師の家だった。昔は鯨獲りをしていて、今は地曳の網元をしている。

父だという男は多吉を可愛《かわい》がってくれたが、二人の息子——多吉にすれば兄にあたる——とはあまりうまくいかなかった。姉は優しくしてくれたものの多吉が五歳のときに嫁に行ってしまった。

二人の兄のうち、次兄は多吉と入れ替わるようにぷいと家を出ていたので、ついこの間、入間川でばったり顔を合わせたときには、心の臓が飛びだしそうなほど驚き、後先考えずに逃げだしてしまった。次兄の顔は、この十数年の間に二、三度しか見ていないが、頭をつるつるに剃りあげた巨漢は間違いようがない。

櫓を漕ぎながら母を罵ったものだ。

よけいなことをしやがって……。

多吉が家出したと和田浦の家へ告げ、泣きついたのは母で、そこから次兄に知らせが行ったのだろう。

封印された一通を前に置き、塾頭は自身宛の手紙を読んでいる。表情はまるで変わらなかった。

読みおえると塾頭は手紙を元通りにきちんとたたみ、そのまま火鉢に放りこんだ。薄青い煙が立ちのぼったかと思うとぱっと燃えあがる。わずかに顔をしかめ、手紙が燃える様子を眺めていた塾頭だったが、炎が小さくなると火箸を取って丹念すぎるほど燃えかすをつつき、粉々にした。

火箸を置き、腕組みして目の前の封書を見つめたままいった。

「相田殿に伝えて欲しい」

目を上げ、多吉を見る。顎が震えそうになるのを抑え、声を圧しだした。

「はい」

「趣旨は承ったが、大橋《おおはし》先生はこのところ見えていない。ひょっとしたら当塾には二度と顔を見せられないかも知れない。ただ宇都宮や水戸から来ている塾生はおるし、幸いなことに剣術の師範代はもともと水戸様の御家中にあった者だ。とりあえず連絡《つなぎ》はつけてみる、と」

多吉は畳に両手をついた。

「かしこまりました」

上体を起こす。塾頭はふたたび封書を見下ろしたが、相変わらず表情は険しい。

「期待はせんで欲しいとも伝えてくれるか。大橋先生が宇都宮で何をされているか、儂《わし》とて風の便りに聞くばかりなのだ」

塾頭は江戸に遊学している間に昨今流行りの尊皇攘夷の考えに深く共感し、それにからまる交友もあったという。昔親交のあった人たちが時おり塾を訪れていた。中には西国雄藩の重役や攘夷運動に加担している大物もいて、大橋先生というのもその一人なのだろうとは察したが、どのような人物か訊ねるのは憚《はばか》られた。

書斎を辞し、裏口に出ようとしたとき、後ろから声をかけられた。

「多吉」

ふり返る。ひょろりとした若い男が満面に笑みを浮かべて立っている。幼なじみで、変名を名乗るときに思いうかべた嘉平だ。

「おお」

多吉も笑顔になり、二人は歩みより、互いの腕に触れた。

「変わりないな」

「そっちこそ」多吉はうなずく。「お前もこの塾に来てるのか」

「いや。おれは井之内村《いのうちむら》で楠《くすのき》先生の寺子屋に通ってる」

井之内村は片貝から小関を通った先にあるが、いずれの村も浜沿いの道でつながっている。

「楠先生？」

「お前が知らないのも無理はない。先生が寺子屋を開かれたのは去年のことだ」

嘉平が次々に名前を出す。いずれも片貝村で近所に住んでいた幼なじみばかりだ。小関で生まれた多吉は三歳くらいのときに和田浦へ移ったが、十歳の頃から片貝村の親戚の家に預けられることが多くなり、いわば出戻りだ。算術塾に通うためとしていたが、和田浦の家は多吉にとって居心地が悪いのを母も察してくれたのだろう。

嘉平が多吉の二の腕をさすりながらいう。

「お前はまだここの塾生なのか」

「いや、今は江戸にいる」

「江戸ぉ」嘉平が目を剝いた。「どこか学問所にでも通っているのか」

嘉平も多吉と同じように小柄で痩せこけており、漁師の倅たちには馬鹿にされて育った。そのことが二人を強く結びつけたともいえる。いずれ学問で身を立てようと誓い合った仲なのだ。

「まだ、そこまでは……」

あいまいに言葉を濁した。だが、嘉平はなおも多吉の腕をさすりつづける。

「お前ならきっと一廉の人物になる。おれの目に狂いはない。どこかの学問所に腰を落ちつけたらおれを呼んでくれ」

「ああ」多吉は嘉平の腕をそっと外した。「お前こそ、どうしてここへ？」

「うちの先生の使いで来たんだ。書を届けに来た。用を済ませて帰ろうとしたとき、お前が入ってくるのを見かけた」

嘉平が苦笑いし、頭を搔く。

「お前はひどく急いでいるようだったし、もし人違いでもしたら恥ずかしいから、出てくるのを待って今一度確かめようとしてたんだ」

塾頭の書斎にいたのは四半刻《しはんとき》ばかりでしかない。待っていたとしてもそれほど長くはないはずだ。

嘉平の笑みが翳《かげ》る。

「おれはもう帰らなくちゃいけない。でも、お前に会えてこんなに嬉《うれ》しいことはない。一度、井之内村の寺子屋にも来てくれ」

「楠先生といわれたな」

「ああ、そうだ。近所じゃ有名だから井之内に来て、そこらの者に訊けばすぐに教えてくれるよ」

「一度、訪ねてみよう」

「是非」

嬉しそうにうなずく嘉平の腕をぽんと叩《たた》き、多吉は裏口を出た。塾の建物を回って門から出ると湊に向かって歩きだす。だが、わずかも行かないうちに目の前に男が立ちふさがった。尻《しり》っ端《ぱし》折《よ》りをして、股引を剝きだしにしている。中年で底意地の悪そうな、いやな目つきをしていた。

「ちょっと話を聞かせてもらいたいんだが」

「どちら様でしょうか。私はこのあと所用がありまして、急いでおります」

「何、手間はとらせねえ。おれは八州廻り様の案内をしてる辰《たつ》って者《もん》でね」顎をしゃくって稽古場を指す。「ここの連中は前から気にしてるんだ。どうやらあんたは江戸から来た客のようでもあるし、どんな用事で来たのか、その辺を聞かせてもらいたい」

「いえ」多吉は顔の前で手を振った。「私は房州漁師の倅で多吉と申します。以前、こちらの塾にお世話になっておりました。今日はたまたま近所に別の用があって参りましたもので、ちょっとご挨拶に立ち寄らせていただいただけで」

「へえ、さようでございますか……」辰の口元から笑みが消える。「で済ませちゃ、八州廻り様のお役目はできねえよ。四の五のいわずにいっしょに来やがれ」


片貝で出会った年寄りがいっていた川沿いの三本榎はすぐに見つかった。鮫次が足を速める。

だが、誠之進はその袖を引いた。足を止めた鮫次がふり返る。

「何だよ？」

「まわりを見てみなよ。何だかおかしな雲行きだ」

三本榎の下に建つ塾の周囲に家並みはなかった。ぐるりと生け垣がめぐらせてある。その角に男が三人、しゃがみ込み、門の方を見ていた。反対側の角にも三人、そのうちの一人は裾をからげ、帯に挟んでいる。裾をからげて股引を剥きだしにしている男以外は腰に刀を差していた。脇指だが、いずれも一尺以上はありそうで、それだけでも禁令に触れる。

門から若い男が出てきた。商人風の出《い》で立《た》ちだが、鮫次にはすぐわかったらしい。

「多吉の奴だ」

門を出た多吉が左に向かう。その先には湊があった。だが、生け垣の角から裾をからげた男が出てきて多吉の前を塞いだ。

「何だ、あの野郎……」

鮫次が低い声でいう。生け垣の角では大脇指を差した男たちがしゃがんで、多吉と中年男の様子をうかがっている。

「どうするよ、誠さん」

「さて……」

誠之進は顎を撫《な》でた。

第二話　一大事

一

　文武稽古場の裏手から生け垣に沿って回りこむと三人組がしゃがみ込んでいるのが見えた。先頭で生け垣の角から門の方をのぞいている小男、二人目が大きな背中を誠之進に向けている。

　角力《すもう》か……。

　角力取り崩れが博徒や無宿人の下で用心棒をしていることが多かった。最後尾の男はまたしても小柄だ。三人揃《そろ》って大脇指を腰に差している。両刀ではなく、ご禁制の大脇指だけとなれば、地回りの破落戸《ごろつき》だろう。

　どこの誰か、まるで見当もつかなかったが、いずれにせよ鮫次の弟を待ち伏せしているに違いない。

誠之進は後ろからついてきた鮫次を手で制し、しんがりの男に近づいた。手を伸ばし、肩をぽんと叩く。何ら警戒することなく――おそらく誠之進が近づいていることにも気づいていない――、ふり返った。その鼻先へ無造作に顔を近づける。

人には結界がある。見知らぬ男がいきなり鼻先が触れそうなところへぬっと顔を出せば、結界が破られ、恐怖にとらわれる。

顔を引き攣《ひっ》らせたが、声は出せなかった。右手で柄を握り、抜こうとする。誠之進はさらに身を寄せ、柄頭に右手をあてた。男が目を剝く。

物音に気づいた大男がやはり大脇指に手をかけ、振り向きざまに立ちあがろうとする。誠之進は右手をあてていた柄頭をぐいと下げた。腰を支点に鐺《こじり》が上を向く。そこへ大男が自ら突っ込んできた。

「野郎……」

鐺が深々と大男の鳩尾《みぞおち》に突き刺さる。

「げっ」

何かを吐きだすように湿った音を漏らし、大男がくの字に躰《からだ》を曲げ、上体が倒れこんでくる。

先頭の小男がふり返った。

しんがりの男と躰《たい》を入れ替えた誠之進は大男の肩を蹴った。声もなくのけぞった大男が先頭の小男を押しつぶすように倒れこんだ。その間にしんがりの男に足払いをかけ、地面に叩きつける。離れ際、男の腰から大脇指を鞘ごと抜き、生け垣の向こうに放り投げた。

背を丸め、鳩尾を押さえてうめいている大男と、その下でもがく小男の大脇指も同じように鞘ごと抜いて生け垣のうちへ放りこむ。

小男が目を見開き、叫び出しそうになったので顎に蹴りを入れて黙らせた。

「相変わらず強《つえ》えなぁ」

のんびりした口調でいう鮫次の足下でしんがりの男が地面に両手をつき、躰を起こそうとしていた。鮫次が足を上げ、男の後頭部を踏んづける。顔面から落ちた男は手足をつっぱらかせ、二、三度躰を震わせたかと思うとぐったり動かなくなった。

門の方をうかがったあと、誠之進は鮫次に目を向けた。

「多吉に声をかけてるのが親玉だろう。こいつらは呼ばれるのを待っていたんだと思う」

「だろうね」足下で伸びたり、うめいたりしている三人を眺め、鮫次がうなずいた。

「さて何者かね」

「さあ」

「どっちにしたってろくな連中じゃねえや」

「親玉が声をかけてきたら鮫さんはこっちから出てってくれ。私は生け垣の反対の角に回って、残り二人を始末する」

「合点」

うなずく鮫次を残し、誠之進は生け垣に沿って駆けだした。


泣く子も黙る八州廻りとは、多吉も子供の頃から聞かされていた。和田浦でも片貝でも年に一、二度は回ってきたからだ。

来れば、村の庄屋か周囲でもっとも大きな旅籠に何日か逗留《とうりゅう》し、うまいものを食い、酒をたらふく飲んで、女をはべらせ、村を出るときには少なからぬ土産——ときには金子——を受けとっていた。何のことはない。村役人たちが一生懸命接待しているのだ。

八歳のとき、多吉は片貝村で八州廻りの大捕物を目にしたことがあった。となりの小関新開にあった旅籠に博徒たちが巣くい、盛大に賭場を開いているのを一掃することになったのである。

八州廻りは駕籠に乗り、ざっと四十人ほどの家来を引きつれ、道案内も十人を超えていた。駕籠がくだんの旅籠の近くに止まり、白い緒の草履《ぞうり》がかたわらに置かれると八州廻りが颯爽《さっそう》と降りたった。きらびやかな陣羽織に小袖、袴、足袋すべて綾織りの白という派手な出で立ちで、家来の差しだす大小を腰に差し、陣笠《じんがさ》を被ったあと、やおら房のついた大きな十手を腰から抜いた。

次いで軍配よろしく十手を振りかざし、家来、道案内たちに旅籠を囲ませ、号令一下一気に踏みこませた。

旅籠の中で何があったのか多吉には見ることができなかった。だが、所詮多勢に無勢と観念したのか、さしたる混乱もないまま、後ろ手に縛られた六人の博徒が連れだされ、庭に並んで正座をさせられた。

八州廻りが声を張りあげた。

『この者ども日頃より賭場を開き、百姓相手に博奕《ばくち》をさせ、あまつさえご禁制の大脇指をこれ見よがしに差して往来を闊歩、種々の乱暴狼藉《ろうぜき》これあり、さらに大人しくお縄につくべきところ手向かいいたしこと、不埒千万《ふらちせんばん》につき……』

八州廻りの言上が終わるや六人とももことごとく首を刎《は》ねられた。

道案内と称する者たちが地元の事情に通じているのにはわけがあった。村の生まれながら生家を逃げだし、無宿者となった者が多かった。村人たちの不正を見つけては八州廻りの名をちらつかせて口止め料を取ったり、中には博徒や無頼の者たちといっしょになって賭場を開いたりしていた。つまりは地域の悪事、裏事情を知り尽くしていたのである。

道案内だの目明かしだのと自称していたが、村人たちは八州番太と呼んでいる。日頃、悪事のかぎりを尽くしているからこそ、悪人どもの巣窟へ案内できた。

　八歳の時に目撃した大捕物にしても発端は博徒同士の縄張り争いにあった。片方の身内に八州番太がいただけでなく、番太たちを取り仕切っていたのが村役人の一人だった。八州廻りにも少なからぬ金品が渡ったのは容易に察しがつく。つまり八州廻りの力を利用して縄張り争いに決着をつけたのである。後ろ手に縛られ、庭に正座して並んでいる男たちが手向かいしたか否か、ついにわからなかった。

　その八州番太が多吉の前に立ちふさがっている。手紙を運んできた多吉は商人体で身に寸鉄も帯びていない。よしんば刀を差していたとしても武芸の心得があるわけではなく、さらに子供の頃から喧嘩をして勝てた例《ためし》がなかった。

　いきなり辰が多吉の頬を張った。頭にかっと血が昇る。喧嘩はからきしのくせに気が短く、かっとなるとどんな相手にも向かっていくところがある。算術を学んでからは、漁師たちが勘定できないことにつけこんで手間賃をごまかす網元に腹を立て、食ってかかったことも一再ならずあった。

　いつか見た大捕物ばかりでなく、八州番太どもが村役人、大庄屋、網元などと日頃から行き来しており、小遣い銭をもらっているのも見てきた。

　頬を張られたことで日頃肚《はら》の底に溜めこんでいる怒りに火が点《つ》き、思わず辰を睨《にら》みつけた。

「おや……」辰が片方の眉を吊り上げ、せせら笑う。「ずいぶんなご面相じゃねえか。八州廻りに楯突《たてつ》くとはいい度胸だ」

多吉の鼻先に顔を近づけた辰が睨《ね》めあげてくる。生臭い口臭が立ちのぼり、吐き気がこみ上げてきた。

「何か臭うぜ」

鼻をくんくん動かす辰を見て、胸のうちで吐きすてる。

臭うのはお前の方だ……。

さっと躰を離した辰が声を張りあげる。

「おい、出てこい」

ひゅうと風が吹き抜ける。臭い息から逃れられただけでも多吉はほっとした。

辺りは静かなままだ。辰の顔が醜く歪む。

「何してやがる。さっさと出てこねえか」

辰の肩越し、生け垣の角から一人の男が出てくるのが見えた。黒羽二重の着流し姿は垢抜《あかぬ》けた遊び人風だが、だらりと下ろした両手に何も持たず、無腰だ。それでも多吉は縮みあがった。辰一人でも持てあましているのにさらに加勢があったのでは手向かいしようもない。

だが、辰は大きく目を見開き、多吉の背後を見つめている。口も開きっぱなしでよだれが糸を引いた。

多吉は後ろを見た。

紬《つむぎ》の羽織を着て、縞の帯に両手の親指をひっかけて近づいてくるのは、次兄の鮫次だった。

多吉は思わずつぶやいた。

「どうして……、こんなところに……」

ぎゃっという悲鳴に驚いてふたたび辰に向きなおる。着流しの男が辰の肩に手をかけていた。

身じろぎし、男の手を振りほどいたかと思うと一目散に逃げていった。

誠之進は鮫次、多吉とともに川沿いを歩き、河口にある小さな湊まで来た。砂浜には幾艘もの漁師舟が引き上げられ、並んでいた。鮫次が漁師たちと話をして、すぐに戻ってくる。

「ちょうどよかった。うちの浦に行く舟があって乗せてもらえるようにしてきた」

「うち……」多吉が探るような目を鮫次に向ける。「片貝ではなく？」

「そう。和田浦だ」がっくり肩を落とし、顔を伏せた多吉に鮫次がたたみかける。「で、さっきの野郎はどこのどいつだ？」

「八州廻りの道案内をしている辰といってました」

「八州番太かよ」

鮫次が顔をしかめる。初めて耳にする言葉だが、鮫次の顔を見ていれば、いい意味ではないことはわかる。

「その番太がお前に何の用だったんだ？」

「わかりません。文武稽古場は以前私が通っていた塾なので、近所に来たついでにご挨拶に寄っただけなのにいきなり呼びとめられて」

「近所に来たついでだと？」眉根を寄せた鮫次が多吉をのぞきこむ。「お前、何やってるんだい」

「貸本屋の手伝いをしております。それで品川宿に行く用もあれば……」

ずっと顔を伏せている多吉を誠之進は何もいわずに見つめていた。時おり目玉が動くのがまぶたを通してわかる。

「この間はおれの顔を見て逃げだしたろう。あれも貸本屋の用だというのか」

「馴染みのお客様です。品川宿に逗留されていて、入間川まで行く用があるといわれました。旅籠は猪牙《ちょき》を持っているのですが、櫓《ろ》を操れる者がおらず」

「船頭もいなくて猪牙だけがあるってのか。おかしかねえか」

「猪牙は何艘もあるといっておりました。船頭といわれましたが、旅籠の先から入間川の岸まで漕《こ》いでいくだけですから私にもできます。兄さんほどうまくはございませんが」

「おれだってうまいってわけじゃねえけどよ」

そういいながらも鮫次の口元はだらしなく緩んでいる。また、多吉の目が動いた。伏せたまま、誠之進の足下を見ているようだ。

割りこんだ。

「塾に本を届けに来たのかい」

「いえ」

多吉が顔を上げ、はじめて誠之進をまっすぐに見る。鮫次に似たところは一つもない。ただ大きな瞳には聡明さが見てとれた。

そいつがかえってあだになったか、と誠之進は肚の底でつぶやいた。躰は小さく、痩せている。まだ若そうだが、十六、七にはなっているだろう。鮫次や鮫次の父親、姉、兄のような巨漢にはなれそうもない。

見交わしたのはほんの一瞬に過ぎなかった。ふたたびうつむいた多吉がぼそぼそといら。

「川の上流にあるお寺に本を届けに参ったのでございます。ご住職が前々から所望しておられた本が入ったので届けるよう主《あるじ》にいわれまして」

寺の名と貸本屋の屋号も口にした。一応、筋は通っているが、訊かれもしないのにぺらぺら喋《しゃべ》るところ、何より今にもはち切れそうなほど張りつめている表情が気にかかる。

誠之進は鮫次に目を向けた。

「すまんが、私は直接江戸に戻りたいんだが、かまわないか」

「ああ、もちろん。おれもこいつを実家に送りとどけたら帰るつもりだが、そこまで誠さんを付き合わせる気はない。ちょっと待っててくれ」

ふたたび鮫次が漁師たちのところへ戻っていく。誠之進は多吉に目を向けた。さっと顔を伏せる。今まで誠之進をうかがっていたのはわかっていた。

鮫次が戻ってくる。

「昨日和田浦まで乗ってきた舟がここに寄って、江戸に向かうらしいが、やってくるのは明日の夜明けだって話だ。和田浦にも寄るのかと思ったら別の湊を回って、最後は品川に入る。でも、着くのは明日の午過《ひるす》ぎになるらしいが……」

「かまわない。そこらで宿でも探して、明日の夜明けには湊に来ていよう」

房州和田浦に向かう舟に乗りこむ鮫次、多吉と別れ、誠之進はふたたび川沿いを歩きだした。途中、何軒かがかたまっている集落があった。宿、飯という看板も目にしている。小さな旅籠に入り、出てきた番頭に今宵《こよい》の宿と飯を頼んだ。

「かしこまりました。田舎ゆえ、たいした料理などございませんが、魚だけは新鮮なものをご用意できます」

「そりゃ、楽しみだ」誠之進は二朱銀を出し、番頭に渡した。「ところで、近所に八州廻りの道案内をしている辰さんというお人はいねえかい」

「お客様は辰蔵のお知り合いで？」

「会ったことはない。ここらにいるというのを聞いただけだ。昔、私の知り合いが世話になってね。御公儀の役をなさってるんだ、立派な人なんだろ。挨拶しておいても損はないと思って」

番頭が顔の前で手を振り、関わり合いにならない方がいいという。それでもと頼みこむと、一軒家が辰蔵の自宅で番所代わりに使っていると教えてくれた。

旅籠を出た誠之進は辰蔵の家に向かった。障子戸に辰の文字が大書され、丸で囲んである。戸を開け、声をかけた。

「ごめんよ」

狭い土間を挟んですぐ板の間になっている。上がり框もなかった。数人の男たちが傷に薬を塗っている。中でも大柄な一人が誠之進を見て、ぎょっとしたように目を剝いた。

「お前《めえ》は……」

角力取りかと察しをつけた男だ。さすがに今さっきの出来事ゆえ、誠之進を憶えていた。

そのとき奥の障子が開き、辰蔵が顔を出す。

「何だよ、うるせえな」

ひょいと入口を見て、誠之進だと気づくと目を見開き、口をあんぐり開けた。誠之進はにっこり笑ってみせた。

「さきほどは無礼をした。それがし、関八州取締出役の手附《てつけ》をしておって、黒木清五郎殿とは同役でな。親分さんが道案内をしているとわかっていれば、きちんと挨拶をしたのだが……」誠之進は一礼した。「あいすまなかった」

「いえ、それはようがすが、旦那ぁ、あの塾を訪ねてきた小僧と関わりがおありになるんで？」

「私の連れがいたろう。あの者の身内で、私は今日初めて会った」誠之進は笑みを消し、顎を引いた。「親分さんが出ていたということはやはり何かありそうだな」

「やはりといわれますと……」

そこまでいいかけた辰蔵がはっとした顔になる。誠之進を土間に立たせたままだと気づいたようだ。

「ちょっと混みあった話もありますれば、汚いところでござんすが、どうぞ、奥へ」

「かたじけない」

誠之進は鷹揚に辞儀を返した。

二

九十九里から戻って三日目も午下がりとなっていた。

窓辺に置いた文机に向かって端座していた誠之進はゆっくりと目を開いた。障子越しの柔らかな光に純白の紙が輝いている。

左に目をやった。

師匠狂斎による手本をしばらく眺める。そこには完璧の円がさらりと描かれてある。

呼吸を整え、低くつぶやいた。

「よし」

筆軸の上端をつまんだ誠之進は、擦りたての墨に筆先を浸し、丘で余分を落とした。筆先を紙の上へ持っていき、まなじりを決していざという刹那、ぽとりと墨滴が落ち、紙を汚す。

いかんぞ、誠之進……。

おのれを叱ったものの遅かった。熱く湧きあがった血がこめかみに結集する。奥歯を嚙む。そのまましばらく動かなかった。

落ちつけ、落ちつけ、落ちつけ……。

筆を置いた誠之進は文机の前から下がり、そのまま板間に寝転がって手枕をかった。

鮫次の弟を見つけ、実家に帰る二人を見送った日、誠之進は河口に設けられた小さな湊近くの宿に一泊し、翌未明、品川湊を出るときに乗った舟を見つけた。幸い船頭が顔を憶えていてくれ、すぐに話がつき、その日の午過ぎには品川に戻ってきた。しかし、長屋には向かわず芝の〈研秀〉に寄って預けていた大小刀を受け取り、町人から武家に身なりを変えて父東海宅へ行った。

房州、九十九里で見聞きしてきたことをひと通り話し終えたところで父が訊いてきた。

『どうして辰蔵に話を聞く気になった？』

八州廻りの道案内をしている男である。理由は二つあると前置きして話しはじめた。

『一つには、稽古場から出てくるのを辰蔵が待ちかまえていたことです』

『もう一つは』

『多吉の話の筋が通りすぎているような気がしました。あとで辰蔵に聞きましたが、たしかに寺はありましたし、辰蔵の手下が確かめに行くと住職が多吉が本を届けに来たと答えたそうです。貸本屋は品川宿に出入りしているということで、とりあえず大戸屋の主に訊いてみたのですが、何年も前から来ていて貸本屋も知っているといっておりました。ただし多吉ではなく、主人にしか会ったことがないそうで……。その古本屋がよく出入りしているのは相模屋にございました』

父が渋い顔つきで吐きすてるようにいう。

『また、土蔵相模か』

相模屋には、攘夷を標榜《ひょうぼう》する浪士たちが数多く出入りしている。父がつづけた。

『なぜ辰蔵は稽古場を見張っていたんだ？』

『塾頭がいわくありげなれば……』

その男が九十九里に来たのは、かれこれ二十数年前になると辰蔵はいった。仙台伊達御家中の家来の家に生まれながら四男なので、一念発起し、江戸に出てきたらしい。

『優秀な人物ではあったようです。江戸へ出てから儒学を亀田鵬斎《ほうさい》、書を市川米庵《べいあん》に学び、剣は士学館で修行、さらに佐倉藩藩医佐藤泰然《たいぜん》の下で西洋医学まで身につけたといいます』

『なかなかの奴のようだが、それほどできる男ならば、何も九十九里くんだりまで引っこまずとも私塾の一つや二つは開けたろう』

『九十九里に来たときには女人がいっしょだったようで』

『女？』父が眉根を寄せる。『それが江戸を出た理由か』

『どうでしょう』誠之進はわずかに首をかしげ、父の目を見た。『ひょっとしたら逃げだしたのかも知れません。稽古場には時おり客人があったそうですが、田舎では滅多に見ないような立派な身なりの御仁が多かったとか』

『それで八州廻りが目をつけ、辰蔵に見張りを命じたというわけか』父が顎を撫でながらつぶやく。『それにしても士学館とはな』

江戸市中でも名の通った塾や剣術道場には、諸国から優秀な人士が集まる。若い者が多く、夜ごと酒を飲んでは熱く語り合うことが多い。昨今の流行の話題は攘夷だ。議論が白熱してくれば、幕府の応接は手ぬるい、大砲の前に腰砕けになっている、ならば我々が御公儀に成り代わって異人どもを成敗してくれる……。

江戸三大道場の一つといわれる桃井春蔵《もものいしゆんぞう》の士学館も例外ではない。屋形村の稽古場に出入りしている輩《やから》にも声高に尊皇の、攘夷のと激高する手合いが混じっていたのだろう。

中には一声も吠《ほ》えず、黙って人を斬るような者もある。

伊牟田尚平のように……。

多吉が手伝いをしているという貸本屋は品川宿の相模屋に出入りし、伊牟田も常連客の一人だ。元鯨獲りである鮫次の実家で育てられた多吉は多少舟を扱える。それで貸本屋の得意先でもあった伊牟田に頼まれ、猪牙で入間川の河岸まで乗せたという。

『お前のいうように多吉の話は筋が通っておるが、なるほどできすぎのきらいがあるな。入間川で伊牟田を運び、かつて通っていた塾には不逞《ふてい》の輩が出入りしていた。お前たちに入間川で見つかった直後、九十九里まで行っている。なぜか……』

『伊牟田か、その仲間に何か頼まれたのかも知れません。辰蔵の話では、稽古場には江戸より上総、野州、それに常陸から来ている者が多かったようです』

『そこで関八州の出番というわけか』

九十九里屋形村は江戸と関八州各地からちょうど等距離にある。互いに連絡をするのに都合がいいばかりでなく、いわゆる犬牙の土地で元々氏素性のはっきりしない人間があまた行き来している。攘夷を掲げ、御公儀に異心を抱く者が糾合するにはまことに都合のいい土地だ。

『辰蔵が多吉に目をつけたのは、いかにも江戸者という匂いがしたからだそうで』

誠之進の言葉に父が低く唸り、眉根を寄せた。

『鮫次には悪いが、いっそのこと辰蔵が多吉を締めあげてくれていれば、何か吐いたかも知れんな』

片眉を上げ、誠之進をうかがった父が苦笑する。

『まあ、そういうわけにもいかないわな。とりあえずお前から聞いた話は勘定奉行にも上げてもらうことにしよう。辰蔵が何かいってこないか、気にかけてもらいたい、とな』

関八州取締出役の総元締めが勘定奉行になる。

その辰蔵だと胸のうちでつぶやき、仰向けになって両手を重ねて頭の下に入れた。

黒木の名を出したせいか、気安くなった辰蔵が奥の座敷に誠之進を招じいれ、一通り話をしたあと、酒と膳部が出てきた。田舎ゆえろくなものはないが、魚だけはうまいと、宿の番頭と似たような自慢をしたのがおかしかった。

しばらく酌み交わしたあと、辰蔵が自嘲気味に語りだした。

『八州番太などと鼻つまみになってるのは承知しておりやす。今でこそこんなざまにございますが、これでも昔は高持で……、野州の在のことで、猫のひたいほどといえば、猫が怒りそうなほどちっぽけな田んぼでやしたがね。それでも十九になったときには、隣村から嬶《かかあ》をもらい、赤ん坊も生まれやした』

男の子で、今から三十年近くも前、天保の巳年《みどし》――四年のことという。辰蔵の息子は自分より三歳年上かと思ったことを憶えている。辰蔵もそれなりの年齢のようだ。

天保四年には、もう一つ、大きな意味があった。その年、大雨、洪水に冷夏が重なり、未曽有の不作となった。後年、寛永、享保、天明と並び、江戸の四大飢饉《ききん》と呼ばれるようになるが、被害は天保の大飢饉がもっとも大きかった。しかも天保四年から始まり、以降四年つづくのだが、当時の人々は知る由もない。

息子の生まれた年、辰蔵は田を質に入れ、村の豪農から金を借りて何とかひと冬をやり過ごした。しかし、二年目も不作。一年年季で借りた金を返すあてもなく、田は豪農の手に渡り、翌年は別の小作人が入ることになった。同じ頃、妻がいやな咳《せき》をしはじめたかと思うと雪が来る前に寝こみ、年の暮れに亡くなった。肺病だった。流行病ゆえ、近所ばかりでなく、親戚縁者との付き合いもうまくいかなくなり、二歳だった息子も母親のあとを追うように死んでしまう。

妻子を相次いで失った辰蔵は、二度の弔いをきちんと済ませ、村を出て、九十九里にやって来た。浜に来れば、地曳の手伝いをして小遣い銭を稼ぎ、何とか食いつないでいくことができると人伝《ひとづて》に聞いていたからだ。だが、仕事には身が入らなかった。わずかばかりの手間賃が入ると酒と博奕で消してしまった。そのうち浜へ出るのも億劫《おっくう》になり、賭場に寝泊まりしながら一宿一飯の恩義とばかり博徒たちにいわれるまま小銭稼ぎの手伝いをするようになる。

縄張り争いが起こると、辰蔵は真っ先に飛びこんでいった。

『死にたかったわけじゃござんせんが、生きていても面白みなんぞありはしねえんで』

度胸がいいといわれ、博徒の仲間内では一目置かれるようになる。とくに目をかけてくれた親分の一人に見こまれ、跡を継ぐことになった。くだんの親分が八州廻りの道案内をしていたため、役目もそのまま引き継いだ。

天保の飢饉のあとも各地で大地震が起こったり、死病が大流行したりした。幕府や天朝は黒船だ異人だと騒いでいるが、町人、百姓にしてみれば、飢饉や震災、台風、疫病の方がはるかに怖い。

鼻つまみと自嘲していた辰蔵だが、天保の飢饉さえなければ、女房、子供とともに高持でありつづけたかも知れない。そして今ごろは、代を息子に譲り、孫の相手でもしながら安寧に暮らしていただろう。

もし、辰蔵が本物の悪党ならば……。

障子戸ががたがた音をたて、誠之進の思いは途切れた。わずかばかり開いて罵声が聞こえた。

誠之進は起きあがった。五寸ほど開いた障子戸の間に鮫次が顔をのぞかせる。

「いてくれた。助かった」

「どうしたい？　和田浦からはいつ戻った？」

「今さっきだ。親父の後添え……、多吉のお袋が帰《けえ》ってくるまで間があってね。誠さんに頼みがあって寄ってみたんだ」

「頼みって、何だい？」

「付け馬だ」

「何だよ、それ。付け馬って、誰の」

ぽかんとして訊き返す誠之進に向かって、鮫次が自分の鼻を指さしてみせた。

縁側に端座した狂斎は、残照に朱く染まりはじめた庭に目を向けていた。かたわらには画帖と矢立が置かれており、狂斎の左側で誠之進と鮫次はかしこまっていた。

「このたびはいろいろご心配をおかけいたしまして申し訳ございません」

いつになく殊勝に鮫次が挨拶をしたが、狂斎は庭に目を向けたままだった。

庭では一羽の雄鳥《おんどり》がこっ、こっ、こっと声を発しながら一歩、また一歩と足を蹴りだしている。誠之進たちの後ろ、縁側の端に残照に照らされた一角があり、そこに三匹の猫がかたまって眠っていた。

まぶたを半ば下ろした目で雄鳥を追っていた狂斎がぼそりという。

「心配なんぞしちゃいねえよ」狂斎が鮫次を見やる。「心配したのはお前の方だろう」

「いえ……」否定しかけた鮫次だったが、一つこくんとうなずいた。「ありがとうございます。師匠のいわれる通りで。ちょっとばかり気を揉みました」

「それで弟はどうなった？」

「実家に帰しました。房州の親父がいる方ですが。江戸へ出ていたあれの母親に報せ《しら》をやりましたらすぐに帰ってまいりました。見苦しいほどに取り乱しておりまして」

「きれいなもんさ」

「え？」

驚いて訊きかえす鮫次にはすぐ答えようとせず狂斎はふたたび庭に目をやった。やがてぼそぼそと話しだす。

「母親ってのは、子のことになると半狂乱になる。抱いて、抱きしめて、泣いて、叱って、撫でまわして……、赦《ゆる》す。子にしてみればうるさいものだが、やはりありがたい」

狂斎が顔を上げた。師走の空には、高いところにさっとひと刷毛《はけ》かけたような筋雲があった。

「稀代《きたい》の悪党といわれて、お天道《てんと》さんの下に味方の一人もないような奴でもお袋様だけは身命を投げだして子と世間の間に立ちはだかる。うるさいこともあるが、ありがたいものではないか」

「はい」

「十七といったか」

「はい」

狂斎がふっとため息を吐《つ》いた。

「またぞろ飛びだしていくかも知れんな。お袋さえ味方だとわかれば、男は勇気百倍……、いや、いい気になってふらふら家を出ていくもんだ。こればかりはどうにもならない。業《ごう》であり、性《さが》だ。何、お袋ってのは最初《はな》っからわかってるもんよ。倅がぐずぐずしていれば、ケツっぺた蹴飛ばすのもまたお袋だ。娘にも同じことをする。陰では泣いておるくせに」

言葉を切り、狂斎がゆっくり頭《こうべ》をめぐらしたかと思うと、誠之進をまっすぐに見た。

「描けたかね」

何が描けたというのか訊くまでもない。

円だ。

誠之進は頭を下げた。

「いまだうまく描けません。申し訳ありません」

「何も詫《わ》びるこっちゃねえ」

そういうと狂斎は画帖を取りあげ、差しだしてきた。両手で押しいただく。描かれているものを見て、誠之進は目を瞠《みは》った。

画帖いっぱいに身の丈二寸ほどの蛙《かえる》が十数匹描かれていた。後ろ足をたたみ、前足を伸ばし、傲然と顔を上げてぎょろ目を剝いている姿が正面と左横から描いてあった。その下には四肢を後ろへ伸ばし、跳んでいる蛙、ほかにも水面から目と鼻先だけを出している姿や大口を開けている顔、口を閉じて鼻の穴を膨らませている顔もあった。下にいくほど、蛙の動きは奔放になり、片手片足を上げ、広げた扇子を持って踊っている蛙や鼻先を寄せて談じこんでいる風の三匹もあれば、両方の後肢を投げだして座りこんでいる蛙は天を向いて大あくびをしている。

ふと左下の一匹が目についた。腕組みし、思案投げ首なのだが……。

ちらりと鮫次を見やった。蛙には違いないのだが、なぜだか鮫次そっくりなのだ。狂斎なりに心配していたのだろう。

　狂斎が言葉を継ぐ。

「昔、母に連れられて館林《たてばやし》の在にある親戚の家へ行ったことがある。五つ上の従兄弟《いとこ》がいて、そいつが田んぼのあぜ道で蛙を捕まえた。緑と焦げ茶のまだらが入り混じっていた。従兄弟は両手をこんな風に合わせて……」

　手のひらを上に向けた左右の手をつけ、真ん中を少しへこませている。

「ここへ蛙を乗せて儂の前に突きだした。これがなかなか堂々とした蛙で従兄弟の手の上に座りこんで、飛びだした目玉で儂を睨みつけてやがった。そのときに見えたんだよ。いきなりね。紙に描かれた蛙の姿が。親戚の家へ戻ると筆と紙をせがんで、その場で描いた。水屋の床にはいつくばってね」

　狂斎が自分のこめかみを人差し指でこんこんと突く。

「蛙を描いたんじゃない。ここに浮かんだ蛙の絵を写しただけだ。何だか知らないが、描けそうな気がして、実際に描けた。儂が三つのときさ。わかるか」

　狂斎に見つめられた誠之進の脳裏に鮮やかな光景が浮かんだ。

　七歳のときだ。目の前に青竹が一本立っている。腰には虎徹《こてつ》――その頃はまだ父の持ち物だった――を差していた。抜き、青眼に構え、ついで上段に振りあげた。

　刹那、見えた。

青竹が斜めに切れ、芾徹の切っ先が竹のわきにあった。幼い誠之進が見たのは、竹を通りぬける芾徹の太刀筋だ。

振りおろしたのは、そのあとである。竹は見事な切り口を見せた。その後、後ろに立っていた父がひと言いった。

よし——。

狂斎の口元に染み入るような笑みが浮かぶ。

「わかったようだな。絵ではないかも知れんが、同じことだ。できる者にはできない理由がわからない。できない者には、どうすればできるのか道理がわからない。極意は口先で教えられるものではなく、自然と会得するもの、湧いてくるものだ。円を描こうとするのではなく、紙に円が浮きだしてくる。それをなぞるだけのことだ」

「できないものには、できないということでございますか」

「そう」狂斎があっさりうなずく。「厄介なのはいつ極意に達するかわからんことだ。今日やも知れず、明日やも知れず、死ぬまで手が届かないかも知れない」

知らず知らずのうちに誠之進は奥歯を食いしばっていた。

狂斎が目を細め、うなずく。

「諦めるのはいつでもできる。信じて、磨けば、あるいは……」

三

明けて文久二年正月、元旦は晴れわたり、風もなくおだやかで、午を過ぎると陽射《ひざ》しが暖かく感じられるほどになった。品川神社の鳥居に背を預け、腕組みした誠之進は声をかけられ、顔を上げた。

「お待たせをいたしました」

品がよく、美しい婦人が立っている。実際、老舗菓子問屋の若女将《わかおかみ》だが、品川宿にいた頃の名は汀《みぎわ》といった。

「ああ……、いや……」

周章狼狽《しゅうしょうろうばい》し、言葉に詰まる。組んでいた腕をあわてて下ろした。あわてる誠之進を尻目に元汀がていねいに辞儀をする。

「新年のお慶《よろこ》びを申しあげます」

「おめでとうございます」

何とか挨拶を返したものの、自分でもおかしくなるくらいぎこちなく、堅苦しい。

昨秋、汀に身請け話が持ちあがった。凛《りん》として美しく、それでいて人を逸《そ》らさない機転の利く汀は、大戸屋の板頭《いたがしら》を張っていた。これまでにも何度か身請けしたいという申し入れはあったが、断っている。ところが、今度の話はすんなり受けいれ、ひと月で祝言まで済ませてしまった。

「元日から店を出てきてかまわないのか」

「思い人に会いに行くのを邪魔立てすれば、旦那様とて容赦はいたしませぬ」

双眸《そうぼう》がきらりと光を放つ。直後、にっこり頰笑んだ。

「初詣に参りたいと申しましたら信心深いのは結構なことだと旦那様ばかりか、大旦那様もお義母《かあ》様もお許しくださいました」

大女将ではなく、お義母様という言葉が新鮮に響く。一方で誠之進は胸の底がすとんと抜けたような頼りない思いを味わっていた。

「そんなものか」

「旦那様もご家族もさばけた方で、ほんに私は果報者でございます。それにほら……」

ふり返った。「あそこに」

視線の先に駕籠があり、二人の男が立っている。どちらも日に焼け、体格がよかった。

誠之進と目が合うと二人は頭を下げた。店専属の駕籠なのだろう。目礼を返し、汀に視線を戻した。

「手紙にはせい女《じょ》とあったが、それが本当の名なのか。知らなかったな」

二日前のこと、大戸屋で下働きをしている女に連れられ、若い男が長屋にやって来た。

汀が嫁いだ菓子問屋の丁稚《でっち》で女将から手紙を預かってきたという。そこに明けて元日、午の正刻（正午）に品川神社の鳥居の前とあり、せいと書かれていた。汀の手になる文字だとすぐにわかったが、せいという名前を見たのはそのときが初めてだ。

「いえ、親からもらった名はとっくに捨てました。年季も明け、せいせいしたのでせいと……」

なかなかしゃれがきつい。

「これまで通り誠様、汀でよろしいじゃございませんか」

艶然と頰笑まれると、不義不湿ではないにしろぞくぞくしてくる。汀が嫁いだ菓子問屋は日本橋にあったが、駕籠を担ぐ二人の男をみれば、往復もさほど手間のかかることとは思えなかった。

「それでも一刻ばかり暇をちょうだいしただけにございます。それなのに誠様にはわざわざご足労いただいてまことに申し訳ございませんが」

「いやいや」

鳥居の前からは法禅寺の屋根が見える。ついさっきまで寝そべっていた長屋は文字通り目と鼻の先にあった。

二人は急な石段を上り始めた。

大黒天を祀《まつ》る品川神社は、関ヶ原に出陣する際、徳川家康が必勝を祈願したといわれ、勝利をおさめたあと、徳川家の篤《あつ》い庇護《ひご》を受け、社紋として三つ葉葵《あおい》の使用を赦されている。また、品川宿にとっては守り神でもあった。

石段を一段ずつ踏みしめながら汀がいう。

「品川に来て二十年にもなりますが、お社に上るのはこれが初めて。三階の廊下からは見えたのですが」

品川宿は食売女《めしうりおんな》と称して遊女を置いていた。三階には、板頭にのみ許された個室があった。だが、板頭とて遊女はカゴの鳥の定法で一歩も外には出られない。廊下の窓に肘をのせ、初詣のため石段を上っていく人々を眺めていたであろう汀をちらと思った。

上りきったところで汀が息を吐いて足を止め、上ってきたばかりの階段に向きなおった。

「案外しんどい」

「長いからな。それに急だ」

誠之進も足を止め、反転する。

眼下には長屋のある法禅寺、その先に大戸屋が見えた。さらに向こうには青々とした品川湊が広がっており、白い帆を張った舟が行き来している。

汀がぽつりという。

「夏の例大祭《おまつり》までは決してそら豆を食べてはいけない。ご存じでした？」

「いや」

「氏神の天王様の好物なんですって。だからお供えするまで勝手に食べられない。品川に来て初めて知りました。そのほかにもいろいろ……」

宿場に来るのは七、八歳、下働きをしながら行儀見習いをし、さまざまなことを学んで十二、三歳で張見世に並び、遊女として働きはじめる。田舎の娘が多かった。親たちは女衒《ぜげん》から十年分の給金を先払いで受けとる。年季は十年が決まりだが、季節ごとの着物や簪《かんざし》などの飾り、そのほか必要な物はすべて自前で用意しなければならず親が受けとった前借りの給金がいつまでも減らない妓《おんな》も少なくない。

汀がどこの生まれなのか知らなかった。訊かなかったからだ。

「鳥居の前ではずいぶん難しい顔をなさってましたね」

「そうかな」

汀に目をやらず、海を眺めたまま曖昧に答えた。地面を眺め、いろいろ考えてはいた。鮫次の弟多吉のこと、伊牟田尚平や九十九里で八州廻りの道案内をしている辰蔵とのからみ、多吉が通っていた塾について……。

もう一つ、気がかりがあった。

「浮かぬ顔をなさってますね」

汀がふいにいった。誠之進は目をしばたたき、無理矢理笑みを浮かべる。

「そんなことはない」

「小鷸《こしぎ》のことでございましょう」

図星だった。

師走ともなれば、宿場は書き入れ時となる。だが、小鷸という遊女は一度も見世に出ていなかった。小鷸は源氏名で、元の名はきわといい、誠之進が品川宿に住みはじめたころには十歳ほどで、まだ下働きをしていた。ませたところもあったが、子供こどもしていた。用心棒の真似事《まねごと》をしている誠之進の長屋に何度も呼びに来ていた。

見世に出るようになって一年になる。

「鳥屋《とや》に就いているそうでございます」

鳥屋に就くとは、梅毒《かさ》を患い、寝こんでいることを指す。症状の一つに髪が抜けるというのがあり、これを鷹の羽毛が生え替わるのになぞらえて鳥屋に就くと称した。

最初の一年で大半の遊女が梅毒にかかった。肘の内側や股間などに湿疹《しっしん》ができ、のちに瘡蓋《かさぶた》になるところから湿《し》っかき、瘡っかき、あるいは単にかさという。しばらくすると湿疹、瘡蓋ともに消え、元通りになる。一度罹《かか》ってしまえば、二度とは罹りにくいといわれ、遊女屋などではむしろ歓迎された。

迷信に過ぎない。梅毒が潜伏期間に入っただけで、治癒したわけではない。しかも潜伏している期間は人によって違う。遊女は三十前に死ぬことが多かった。死因の一つに梅毒もあったが、肉体の酷使、栄養状態の悪さから肺結核やそのほかの流行病で命を落とす。梅毒が潜伏しているうちに死んでしまうため、二度と罹らないなどといわれたに過ぎなかった。

「誰もが一度は罹るものでございます」汀が淡々という。「罹らないのは万人に一人……、私はその万に一つでした」

誠之進は目を細め、相変わらず海を見ていた。ちょうど一年前の大晦日《おおみそか》の夜、大戸屋の三階にある汀の部屋から同じように海に目を向けていた。道中三味線をつま弾き、汀が歌うのを聞いていた。

はるか昔のことに思えた。

汀がつづける。

「禍福はあざなえる縄と申しますが、人によっていびつなのでしょう。禍福が同じ太さとは限らない」

石段の前で果報者といった汀の声が脳裏を過《よぎ》っていく。

初詣以降は、たまに大戸屋から呼びだされ、酔っ払った客をなだめたり――ときには少々手荒に扱った――、金のない客の付け馬となって料金の取り立てにも行ったりして過ごした。長屋では、相変わらず円を描く稽古をつづけていたが、狂斎のいう紙に浮かんでくる円が見えることはなかった。

鮫次が品川宿に顔を見せなかったこともあって狂斎宅へ挨拶に行きあぐねているうちに松の内はまたたく間に過ぎた。

正月八日の朝、父の中間治平の又甥小弥太が父の手紙を届けに来た。戌《いぬ》の初刻、料亭〈金扇〉へ来いとあるだけだ。承知したと答えると小弥太はそそくさと帰っていった。

「愛想のない奴だ」

つぶやいたあと、舌打ちする。治平が息災にしているか訊かなかったことに気がついたからだ。


約束の刻限に〈金扇〉に入った誠之進は、いつも父が使っている奥の座敷に案内された。いつもなら先に来ている父が珍しく到着していなかった。しかし、待つほどもなくやって来る。早速、酒と膳部が運ばれてきた。

父が膳部を見てつぶやく。

「正月料理だな。残りものではないだろうが」

「それはないでしょう」

誠之進は苦笑した。

膳部には、鯛《たい》とコハダの膾《なます》、鱓《ごまめ》の佃煮《つくだに》、丸い実から芽の伸びた鍬芋《クワイ》の煮物などが並んでいる。これで鰹節《かつおぶし》のすまし汁に小松菜、焼いた切り餅を入れた雑煮があれば、たしかに立派な正月料理だ。

この何年か、誠之進は大戸屋で大晦日の蕎麦《そば》、元旦の雑煮をふるまわれており、今年の正月も食べたが、汀はおらず、小鶺となったきわも見世に出ていないために寂しい思いをしていた。

銚子《ちょうし》を手にして父に差しかける。父が黙って誠之進の手から銚子を取りあげ、逆に差しだしてきた。

「まずは師走の九十九里の一件、ご苦労だった」

「はあ」

酒を受け、銚子を受けとって父に注《さ》す。

それからしばらくの間、酒肴をつまみ、酒を飲んだ。二本目の銚子が空になったところで父が切りだした。

「九十九里の文武稽古場から宇都宮へ使いが出たそうだ」

「辰蔵が報せてきたのでございますね」

八州廻りの道案内をしている辰蔵には稽古場の見張りをねんごろに頼んであった。

父がうなずく。

「使いが行った先は、大橋なる者の屋敷だった」

大橋は宇都宮藩の兵学者の家に生まれたが、三男だったこともあり、江戸表にも店を出す大手木綿問屋の養子に入ったという。養子先が富裕だったおかげで江戸に出て、学問に専心することができた。

「もっぱら儒学を学んだようだが、何より実父の薫陶が大きかった。この親父殿というのが兵学者なんだが、攘夷に凝り固まっているような御仁らしくてな。口を開けば、二言目には蛮夷《ばんい》を斬り殺せといっていたらしい。おまけに無類の癇癪《かんしゃく》持ちで、大橋はその両方を受けついだ上、学問もあった」

「厄介ですね」

「千万だ」

吐きすてた父の盃《さかずき》に酒を注ぐ。

二十年ほど前、大橋は日本橋に儒学塾を開き、門弟を抱えるようになったが、その後、父の引きもあって宇都宮藩に儒者として仕えるようになった。藩内においては正論で押しまくり、まるで融通が利かなかったようだ。

黒船騒動が起こった嘉永六年には海防問題について幕府に意見書を提出している。翌年、ペルリがふたたび来航した折にも意見書を出している。

「二度目の建白では、攘夷の大義を果たすことこそ大事で、万々一国敗れ、滅びたとしても武家として卑怯《ひきょう》の誹《そし》りを受けるまじ、と書いてきたそうだ」

「無茶な……」

誠之進は絶句した。

「ああ、お前のいう通りだ」

次いで父は、油断ならないのはアメリカではなく、イギリスとロシアだといった。すでにアメリカに次いで両国とも条約を結んでおり、それ以前からオランダとの通商は認められていた。そのため幕閣は諸外国から事情を聞いており、アメリカでは大規模な内戦——南北戦争が起こっていて海外進出などおぼつかないという認識を得ていた。

「とくにイギリスだ。清国を滅ぼし、さらに東へ手を伸ばそうとしておる」

今上天皇の異国、異人嫌いもあって攘夷熱は諸藩で高まっていたが、一方で彼我の兵力に大きな差があることもわかっていて、たいていの藩で攘夷を声高に叫ぶ一派と、現実を見極め、開国やむなしとする派の二つに分かれていることは誠之進も聞きおよんでいた。

盃を置いた父が両手で顔をこすった。手を下ろし、大きく息を吐く。目がへこみ、一気に老けこんだように見える。

「攘夷か、開国かなどと口角泡を飛ばしおるが、よくよく見れば、どこの家中でもお家騒動のネタにしておるに過ぎん。宇都宮の戸田御家中においても似たようなものらしい」

父が目を上げ、誠之進を見た。

「昨年の末のことだ。一橋公の側近が大和守のところに駆けこんできたそうだ」

一橋公は一橋慶喜を指し、大和守は久世広周《ひろちか》で、父子にとっての藩主《との》である安藤対馬守と並んで老中筆頭格にある。

「大橋には東国で蹶起《けっき》する計略がある、といってな。当初は宮様を立て、勅命をいただいて挙兵するつもりだったらしい」

宮様とは北白川宮能久親王《きたしらかわのみやよしひさ》を指すと父はいう。宮家の生まれだが、先帝の養子として認められ、いずれは江戸に下って、寛永寺の座主になるといわれていた。京から遠く離れた東国における唯一の宮様である。

「だが、勅命なんぞ降《くだ》るものか。それで大橋は一橋公に目をつけた」

久世大和守の下へ駆けこんだ慶喜の側近は元々大橋の門弟だった。その関係から大橋は慶喜を大将に立て、無勅許で異国との通商条約を結んだ幕府を朝敵として討つべしの勅命を得た上で挙兵しようというのだ。

「何とも大胆不敵な……」

思わずつぶやくと父は首を振った。

「ただの無茶だ。無類の癇癪持ちで直情径行そのものの男らしい」

「それでも所詮は戸田御家中の儒学者ではございませんか」

「かの御家中も真っ二つに分かれて、綱引きの真っ最中だ。そのうちの一派がうまいこと大橋を利用しようというだけだ。攘夷にかこつけ、一気に御公儀をぶっ倒そうという肚《はら》だ」

「ぶっ倒すといっても」誠之進は首をかしげた。「かの藩はせいぜい六、七万石にございましょう」

「勅命を下され、諸国に糾合を呼びかけるつもりらしい。さっきの話に戻るが、大橋というのがどんな輩か」

攘夷の大義を果たせず武士として卑怯といわれないためなら国が滅びようとかまわない……。

誠之進はうなった。

「大橋の一件が大和守の耳に入ったことを受けて、戸田御家中は攘夷派の一掃に動きだしたそうだ。間もなく大橋ほか、首謀者は捕縛されるだろう」

父が誠之進の目をのぞきこんだまま、身じろぎもしない。

「まだ、ほかにも？」

「大橋一味の中にも東国挙兵など所詮はったりとする輩もあった。宮様の、一橋公の、勅命のといったところで夢まぼろしだと、な。情勢を正しく見ているともいえるが、むしろこちらの方がさらに厄介といえる。その者どもがやり取りしている書簡に時おり琵《び》琵琶魚《わうお》という語が見られる。古語で、意味は……」

　父が声を出さず唇だけを動かした。

　あ、ん、こ、う――。

　誠之進は背筋が戦慄するのを憶えた。父が深くうなずき、圧し殺した声でいった。

「桜田門の再現を企んでおるわけだ」

　二年前の三月、桜田門外で大老井伊掃部頭が暗殺されている。顔を上向かせて盃を呷《あお》り、ふっと息を吐く。

「またしても天狗《てんぐ》がからんでおるようだ」

　天狗は水戸藩ゆかりの暴徒を指す。伊牟田尚平は薩摩脱藩浪士だが、結んでいる中には水戸浪士もいるに違いなかった。アメリカ総領事の通辞ヒュースケンを殺害したときにも共謀していた。そして井伊大老を手にかけた者こそ、水戸と薩摩の浪士たちなのだ。

　井伊大老のあとを引き継いだのがあんこう――安藤対馬守にほかならなかった。

〈金扇〉で父とあった四日後、一月十二日に大橋以下、五名が宇都宮藩によって捕縛され、東国挙兵、斬奸《ざんかん》の名の下に実行されようとした幕閣中枢――安藤対馬守暗殺の謀略ともに阻止できたかに見えた。

　しかし、それから三日後、一大事が起こってしまう。

文久二年一月十五日、登城のため、上屋敷を出た直後、安藤対馬守の行列が襲撃された。後世にいう坂下門外ノ変である。

四

安藤対馬守が老中に就任したのち、磐城平藩の上屋敷は江戸城坂下門の目の前へと移っている。

板張りの立派な剣術道場があり、そこに間を置いて八枚の畳が敷かれていた。三枚には人が寝かされ、藩医とその弟子たちが囲むようにして傷の手当てを行っている。残り五枚の畳にはべっとりと血のついているものもあった。

誠之進はもっとも奥に敷かれた一枚に仰向けに寝かされている偉丈夫――御刀番《おかたなばん》小薬《お ぐすり》平次郎《へいじろう》のそばに正座していた。藩医が小薬の右腕に巻かれていたさらし木綿を剝がしている。木綿の内側は血に染まっていた。上腕には肩の下から肘にかけ、八寸ほどの傷があった。かなり深そうで木綿を剝がしただけで、どっと血が溢《あふ》れだした。

だが、小薬は身じろぎもせず、無表情のまま、天井を見上げている。

弟子の一人が大徳利を差しかけ、中味を傷にかけた。鋭い匂いがつんと鼻をつき、焼酎とわかった。匂いがきついのは温めてあるからだ。傷の周りで固まっていた血が洗われ、さらに傷の間に流れこんでいく。かなりの痛みがあるはずだが、小薬は眉一つ動かさない。

傷がきれいに現れると藩医は椰子油《やし》を塗った。次に傷口を指先でつまんで閉じ、絹糸で縫っていく。針が肌に突き刺さり、傷をくぐって突き抜けると手際よく抜き取って引いた。絹糸が皮膚の間を通っていく。弟子の一人が鋏《はさみ》で糸を切り、藩医が素早く結ぶ。すぐに針を取り、一針目のすぐ下に突きたて、同じように糸を通していった。

安藤対馬守の行列が襲撃されたのは、辰の正刻（午前八時）になろうとする頃だという。一刻もしないうちに誠之進の長屋に使いが来た。江戸詰め側用人を務める兄津坂《つさか》兵庫助《ひょうごのすけ》が寄越した者で、身支度を調え、警固のため、上屋敷に出頭するように伝えてきた。

長屋を出た誠之進は〈研秀〉に走り、床屋を頼んでおいて身支度にかかった。床屋が来ると月代を剃らせ、髷をきっちり結わせた。紋付きの黒羽織に馬乗り袴を着け、長曽禰興里の虎徹と根本国虎の小刀を差し、銀細工の龍を施したキセル筒を腰の後ろに差した。秀峰馴染みの辻駕籠を呼んで、上屋敷までやって来た。

門前にはすでに警固役たちが集まっており、誠之進を見知っている者もいたので、ただちに屋敷内の番所へと案内され、待機しているように命じられた。番所内の空気は張りつめており、行き交う藩士たちのいずれもが引き攣った青白い顔をしている。ほどなく小薬の配下がやって来て、誠之進を連れだした。

番所を出るとすぐ近くにある剣術道場へ移り、傷の手当てを受けている小薬が誠之進を呼んでいるといわれた。

畳に寝かされている小薬は下帯一つの裸で、腹と右の太腿《ふともも》に真新しいさらし木綿を巻かれている。右腕の傷を縫い終えた藩医が傷口に玉子の白身に椰子油を塗った綿布をあて、さらし木綿で巻いた。切創の手当は、戦国の世からほとんど変わらないといわれる。

藩医の弟子たちが焼酎を浸した綿布で小薬の肩や胸、腕、足にこびりついた血を拭き取っていく。一通り手当を終えたところで小薬には小袖がかけられ、配下らしい若い者が四人がかりで畳ごと持ちあげた。

小薬の髷は元結いが切れたのだろう。髪は首の後ろ辺りで一つにまとめられ、枕はつかっていなかった。

もっとも年長の一人が誠之進のそばに来て耳打ちする。

「ごいっしょに」

「はい」

誠之進は立ちあがった。

畳に乗せたまま、道場内の別室に運ばれるとそこに延べられていた夜具の上に移された。躰を動かされても小薬は表情を変えず、声も漏らさなかった。畳を持って若い男たちが出て行き、枕元にはさきほど声をかけてきた一人だけが残った。

頭の下に低い枕をあてがわれた小薬の唇がわずかに動いた。

「水を」

「は」

枕元に置いてある盆から配下が小さな水差しを取った。鶴の首のようになった細長い注ぎ口がついている。配下がそっと注ぎ口を小薬の唇にあてる。相当血を失ったのであろう。小薬の顔は蒼白《そうはく》で、唇さえ白っぽくなっていた。小薬ののど仏が二度動き、次いで口を閉じ、うなずいた。

「下がっておれ」

「は」

配下は水差しを盆に戻し、小薬、次に誠之進に一礼すると部屋を出て、襖《ふすま》を閉めた。

誠之進は膝を進め、小薬の枕元に寄った。

「ご無沙汰しておりました」

誠之進は膝に両手を置き、声をかけた。

小薬の目が動き、誠之進を見る。

「変わりなく？」

「おかげさまで。相変わらず品川でぶらぶらさせてもらっております」

「きっと津坂殿がお呼びになると思って、貴殿を探させました。やはり参られましたな」

小薬に会うのは四年ぶりになる。品川宿で安藤対馬守を描いた肖像が見つかったことから誠之進は父に命じられ、出所を探った。当時、安藤対馬守は若年寄を務め、近々老中に引き立てられるという話が出ていた。

安政五年、井伊掃部頭が大老となり、十三代将軍継嗣問題、黒船騒動以降の異国との折衝、さらには江戸市中のみならず京、大坂はじめ諸国に攘夷の機運が湧きあがり、幕府、とくに井伊大老に対する反発が強まり、さまざまな騒動が起こっていた。そうした中、老中に就任すれば、安藤対馬守も命を狙われる危険があった。

肖像があれば、敵対する者たちにとってかっこうの目安となる。

絵の出所を突きとめるため、萩まで行った誠之進は江戸に戻ってから安藤対馬守の身辺警固を命じられた。肖像以外にもう一枚、登城のため、上屋敷を出る姿を描いた絵があった。登城は定刻である。襲われるとすれば、そのときと懸念され、誠之進も登城行列に加わることになった。

懸念は、それから一年半後、桜田門の前で井伊大老が暗殺されたことで的中し、今また安藤対馬守が同じように襲撃された。

身辺警護を命じられた際、誠之進は小薬宅に起居していた。兄兵庫助とはかねてより懇意にしていたこともあり、また御刀番とは藩主の佩刀《はいとう》を管理するだけでなく、もっとも身近で警固にあたる役でもあったからだ。

小薬は謹厳実直ながら酒好きで、誠之進とはうまが合った。酒豪として名が通っており、江戸詰め家老お抱えの関取と飲み比べをしたこともある。そのときは引き分けだったが、家中で小薬にかなう者はなかった。

「津坂殿から裏の事情は承っておった。探られたのが貴殿であることも……」

小薬の顔には無念の色が濃かった。それは誠之進にとっても同じことだ。安藤対馬守を付け狙う連中を暴き、捕縛に至ったにもかかわらず襲撃を防げなかった。

「今朝もいつもと変わらず戌の刻にお屋敷を出て……」

天井を見つめたまま、小薬が語りはじめた。

磐城平藩上屋敷を出て、隊列を整えたところで小薬は思わずうなった。

この日、正月十五日は上元の佳節で在府諸大名が将軍に拝謁することになっており、一斉に登城する行列で屋敷前は混雑していた。大名たちの行列ばかりでなく、見物人や見物人目当ての屋台もふだんに倍して多い。

門を出て左に行けば、一町（約九十メートル）ほどで高麗門に達し、その奥、左手が老中安藤対馬守が入る坂下門になっている。右に目をやると、目と鼻の先に久世大和守の乗り物――塗り駕籠――と警固の隊列が見えた。混雑する祭礼で人波にもまれる御輿のように乗り物は揺れていた。先頭の藩士が声を涸《か》らし、前を開けさせようとしているが、あまりうまくいっているようには見えなかった。

安藤家隊列の先頭は槍持《やりも》ち、挟み箱持ちで、その後方で乗り物の前には左に小薬、右に徒士頭《かちがしらの》野田新八《だしんぱち》が立った。左に目をやった小薬は野田と目顔でうなずき合った直後、声を発した。

「出発」

小薬、野田のあとには六人の小姓、前棒を担ぐ四人の小者、後ろ棒も四人が担ぎ、六人の小姓がついている。火急の事態に陥り、小者たちが逃げだしてもすぐに小姓たちが乗り物を担げるようにしてある。

乗り物の左右には四人ずつ小姓を配置し、乗り物の後方には四十人の徒士が従って、最後尾《しんがり》に二人の徒士目付がついていた。桜田門外の一件以来、徒士の数を倍増することが許されており、総勢五十名ほどになっている。

一行は小刻みに足を踏みだし、小走りに進もうとした。しかし、たちまち混雑に紛れ、歩調を緩めざるをえなくなる。久世大和守の行列と同じだ。高麗門は目と鼻の先で人波の上にそびえ立っている。

短い行程の半ばまで来たとき、小薬は人の群れを掻き分け、一人の若い男が近づいてくるのを見た。突きだした右手に持っているのは封書で大きく上の一文字が記されている。

登城する大名に対して書面をもって訴え出ることが許されている。桜田門外の一件では訴状を持った男が行列の行き足を止め、直後に襲われたというのに制度は廃止されていない。

「備え」

小薬は大声を発した。行列がその場に止まり、警固役は乗り物を背に人波に向きあう。桜田門外の一件以来、登城の際には柄袋を使わなくなっていた。革製の柄袋は柄頭から鍔《つば》までをすっぽりと覆い、革紐でしっかり閉じられるようになっている。本来は雨がしみ通るのを防ぐためのものだが、すぐに抜刀できないところから泰平の象徴とされてきた。しかし、井伊大老が襲撃されたのちは廃止されている。

行列の先頭にいた槍持ち、挟み箱持ちは後方に下がっている。

前に進みでた小薬は、わずかに腰をかがめ、上目遣いにこちらを見ながらすり足で進んでくる若い男を見つめた。目が吊りあがり、唇を引き結んだ顔は青白い。

何かあると直感したが、まだ刀を抜くわけにはいかなかった。警固役に許されるのは、防御でしかない。相手が何者であれ、襲いかかってこないかぎり刀を抜くことさえ許されない。

そのときに見えた。

視界の左隅に動く者があった。すばやく一瞥する。小薬をまっすぐに睨み、殿の乗り物に向かって駆けだしながら懐に入れた右手を抜いた。

青光りする短筒がきらりと光る。

同時に正面から向かってきた若い男が訴状を捨て、柄に手をかけた。

ためらわなかった。

踏みだした小薬は大刀を鞘走らせ、右上から袈裟《けさ》切りに撃ちこんだ。ようやく刀を抜きかけた若い男の左の頸筋《くびすじ》に一太刀くれておいて、そのまま間を詰め、左肘を引いて相手の懐に飛びこんだ。

左肘を若い男の鳩尾に叩きこみ、短筒を抜いた二人目の男に向かって突き飛ばす。二人はもつれたが、短筒が轟音《ごうおん》を発し、筒先にいた小姓の一人が悲鳴を上げて転がった。

人波が割れ、殿の乗り物の周囲から離れる。

陽光にきらめく抜き身が視界の隅に踊った。一つ、二つ、三つ……。ほかにもあるかも知れない。

乗り物の右後方で大声が発せられ、小薬はふり返った。

一人の壮漢が大刀を突きだし、乗り物に向かって突進してくる。そちらに向かおうと乗り物のわきを抜けた直後、徒士頭の野田が駆けつけ、一刀の下に壮漢を倒した。

後方には人波に半ば埋まるようにして久世大和守の乗り物が見えた。

ふたたび乗り物の右わきに戻ろうとした刹那、右にきらめきが見えた。何とか上体をひねって避けようとしたものの、切っ先が右腕を切り裂く。とっさに左手で小刀を抜き、斬りかかってきた男に身を寄せ、腹を突いた。手応えで背に抜けたのがわかる。

乗り物の左側では小姓たちが周囲を固める中、殿が降りようと頭を出していた。はっとして周囲に目をやる。最初に短筒を撃った男は傷を負っていない。さらに左へと顔を向けたときに見えた。

乗り物の背後——とっくに担ぎ手の小者たちは逃げだしていた——、小姓の間をくぐり抜け、突進する男がいた。諸手《もろて》で大刀を突く。切っ先が乗り物を貫き、殿の頭がのけぞるのが見えた。

直後、背後から迫った野田が男の胴を払い、体当たりを食らわせて突き飛ばしたが、遅きに失した。

乗り物に駆けよる。

「殿」

「大事ない」殿がはっきりした声で答える。「浅手だ」

小姓たちに護《まも》られ、乗り物を降りた殿の羽織の背には穴が開き、吹きだした血が朝の光にぬらぬら光っている。

小薬も傷を負っていた。右腕から流れだした血で大刀の柄糸がぐっしょり濡れ、ぬるぬるしている。

殿と左右二人ずつの小姓が乗り物の前に出ようとしたとき、数間先で白刃がぎらりと光った。

「南無……」

唸りつつ小薬は地を蹴り、新たな敵との間を詰める。髭面《ひげづら》で、血走った目を剝いた壮漢だ。その先には殿の姿があった。

間合いを詰め、上段に振りかぶる。殿の右には小姓が二人いたが、一人は棒立ちで刀も抜けず、もう一人にいたっては尻餅をついている。

敵が大刀を振りおとしかける。

何とか間に割りこんだ小薬は相手の胴を払ったが血に濡れた柄を握りきれず、充分に斬ることはできなかった。

「うおおおおっ」

相手が吠える。

その咽元《のどもと》へ小刀を突きたてた。頸筋から切っ先が飛びだすのが見える。そのまま左肩を相手の胸にあて、後ろへと押したおした。

どうと倒れた男のうつろな目を見て大きく息を吐く。いくら吸っても肺臓が灼《や》けつくようで荒い息が整わない。

目を上げ、殿を見た。四人の小姓——さすがに全員が刀を抜いていたが、小薬のところからも切っ先が無様に震えているのがわかった——が左右を固めて、高麗門に迫っていた。門からは誰も出てこようとしない。

何をやっておるのか……。

そう思いかけたとき、またしても殿の右から男が襲いかかった。駆けだそうとしたが、足下がおぼつかない。息が切れ、目に汗が入って視界がゆがむ。まばたきし、汗を払い、ふたたび駆けだそうとする。

ぎょっとした。

だらりと下がった右手に大刀の重みは感じるもののぴくりとも動かないのだ。

「ええい」

左手の小刀を握り直し、ふらつく足を踏みしめて顔を上げたとき、門前で男が襲いかかろうとしていた。二人の小姓があっという間に蹴倒される。殿が刀を抜き、切り結ぼうとする。

しかし、男は殿の刀を受けようともせず踏みこんで突いた。

殿がふたたびのけぞり、胴ががら空きになる。男が振りかぶる。

左から跳んできた影があった。

野田。

諸手で突いた野田の大刀が男の頸筋に入る。切っ先が後ろへ抜けたが、野田の勢いはとまらず鍔元がのど仏を打った。

しばらくの間、大刀を振りあげた男の咽を貫いたまま、野田が動かなかった。男の両腕も下がらない。

足をあげた野田が膝で男の躰を突き放す。

男が後ろ向きに倒れたとき、殿と四人の小姓が高麗門の中へと入っていくのが見えた。


「最初に突き殺しておくべきだった」

天井を見上げたまま、小薬がささやくようにいう。短筒を撃った男を、であろうと察しはついたが、誠之進にはかける言葉がなかった。

おそらく短筒の銃声が合図だったのだろう。暴徒どもは一斉に襲いかかってきたに違いない。小薬の第一の使命は殿の警固にある。乗り物の右を護ろうとするのは当然だ。

だが、そう告げたところで小薬の心が安まるわけもない。

「あの者が……」小薬が唇を嘗める。「斬るのではなく、突いてきていたら愚生の命もなかったかも知れぬ」

短筒を撃った男を探し、乗り物の左側に注意を向けたとき、小薬は斬りかかられ、右腕を負傷している。襲ってきた者は即座に倒したものの、その間に短筒を撃った男が乗り物を背後から突いた。

「ごめん」

閉めた襖の外から声がかかった。返事をする前に開き、入ってきた男を見て誠之進は目を見開いた。

兄兵庫助が部屋に入ってきて、膝をそろえて座り、襖を閉じる。誠之進は小薬の枕元から下がり、そこに兄が座った。

小薬は顔を背け、震える声を圧しだす。

「面目次第もない。殿を……」

「その殿にいわれてやってきた。まず申し伝えよう。幸い殿の傷は浅い。それともう一つ、殿は深手を負った小薬を見舞えと仰せられた。そしてお主に伝えよといわれてまいった。今度《こたび》の働き、実に見事であった。賊は六名。いずれもその場で斬り倒した。小薬にはよく養生せよ、と」

小薬の肩が震えている。顔はそむけたままだ。心中察するにあまりある。誠之進はうつむいた。

誠之進は兄にうながされ、小薬のそばを離れた。廊下に出たところで兄が低い声でいった。

「お前はすぐに父上のところへ参れ」

兄を見た。兄がまっすぐ見つめ返していった。

「殿の大事を聞いた直後、倒れたそうだ」

五

坂下門の前で藩主《との》安藤対馬守が襲撃され、同じ日、父が倒れてから三月《みつき》が経った。

空の青が濃く、初夏の兆しを見せている。この間、誠之進は日々の大半を父の屋敷で過ごしていた。

典型的な中気だった。最初に倒れた直後、大いびきをかいて三日三晩眠りつづけ、ようやく目を覚ましたときには舌がもつれ、顔の左半分は動かなくなっていた。左手、左足も動かなくなっていた。それでもしばらくすると自力で起きあがり、厠《かわや》まで行くことができた。二度目の発作で左足がまったくいうことを聞かなくなり、言葉がほとんど聞きとれなくなった。

一昨日、三度目の発作が起こり、ついに躰を起こすこともできなくなった。それでも誠之進を見て、何とか動く顔の右半分で意志と感情を伝えてくる。かすかに声は出るが、何をいわんとしているかわかるのは中間の治平だけである。

父の屋敷に来て、唯一ほっとしたことといえば、しばらく顔を見ていない治平が息災にしていたことだ。足腰が弱り、思い通りに走れなくなったので又甥の小弥太を呼びよせたのだという。小弥太は治平の手伝いとして父の屋敷に住まっていたが、父が倒れて後は兄の屋敷で働くことが多くなっているという。

奥の座敷に延べられた夜具に父が横たわっていた。父の右に兄、左に誠之進が座り、枕元には治平がいた。閉じることのできない口から止めどなくあふれるよだれを濡れ手ぬぐいで拭き、手桶《ておけ》で洗ってはまた父の顔を拭いている。

晴れてはいるものの蒸し暑かった。

安藤対馬守が襲われた翌月、皇女和宮と将軍家茂の婚礼がようやく挙行された。和宮が江戸に来たのは昨年十一月、江戸城に入るまで一ヵ月を要し、さらに年が明け、二月になってようやく婚礼の儀となったのである。

殿の一大事と父のことがなければ、誠之進も何とも手間のかかることと呆《あき》れていただけで済んだかも知れない。今は皇女御降嫁どころではなかった。品川宿の長屋にもほとんど戻らず、狂斎や鮫次とも会っていなかった。

誠之進には三つの顔がある。品川宿旅籠大戸屋の用心棒、売れない絵師ながら河鍋狂斎の弟子、そして父の命令による陰働き……。

父は元々安藤対馬守の江戸詰め側用人をしていたが、隠居して役目と名を嫡男である兄に譲った。側用人という役目柄、幕閣、江戸市中はもちろん他藩の表裏にわたる事情に通じていなければならなかった。隠居してからは裏事情を探ることに専心し、兄を助けるようになっていたが、誠之進は父の耳目、手足となって動いていた。

しかし、倒れてからというもの誠之進への指示はなかった。この三月はもっぱら治平とともに父の世話をして過ごしている。発作が起これば、医者を呼びに行き、身を清め、食事を用意し、厠に付き添った。治平を通じていうには、下の世話をさせるなど沽券《こけん》に関わるということで不自由な躰で厠に行った。とくに夜半は三度、四度と呼ばれ、左のわきの下に躰を入れ、支えなくてはならない。昼夜を問わず用をいいつけられる。年老いた治平一人ではとてもこなせなかった。

それでも一昨日からは溲瓶《しびん》を使い、横たわったまま用を足さざるを得なくなった。

皇女降嫁のほかにもう一つ、安藤対馬守の活躍がある。イギリス公使オールコックとの交渉において、すでに決定していた開港を五年にわたって猶予するという譲歩を引きだしたことだ。

「二月下旬のことだ」

兄がいった。目は父に向けられていたが、話の相手は誠之進に他ならなかった。

「事件からひと月半ほど経った頃で殿はまだ療養中だった。だが、オールコックとの交渉で譲歩は何としても取りつけなければならなかった。傷に包帯を巻いたまま、会見にのぞんだ。オールコックとは浅からぬ因縁があったのでな、是非とも御自ら出馬して話をとりまとめねばならなかった」

「因縁でございますか」

誠之進の問いに兄が目を上げる。

「対馬の騒動を知らぬか」

「噂《うわさ》には聞きましたが」

万延二年二月、ロシアの軍艦ポサドニック号が突然対馬の尾崎浦に侵入、投錨《とうびょう》した。対馬藩はすぐに退去を命じたが、艦長は船の修理を口実に居座り、水、食糧を要求した上、岸壁に修理工場を設営するための資材、さらには滞在中の遊女まで出せと強談判《こわだんぱん》に及んだのである。対馬藩がはねつけると、無断で上陸、勝手に修理工場建設に取りかかった。

対馬藩内では撃退論も出たが、彼我の兵力の差ゆえ穏便な処置を主張する一派が勝ち、文書による抗議、たびたび重役が出ていっては交渉するに終始した。しかし、ロシア側は無回答を貫き、その一方で上陸した兵士たちが薪水《しんすい》を購入、もしくは強奪し、山に分け入って猪を捕獲したり村の婦女を追いかけまわしたりする事件が頻発した。

二月には年号が万延から文久へと変わる。事態は進展しないどころか悪化の一途をたどり、ついに幕府が乗りだした。箱館奉行村垣範正《むらがきのりまさ》、外国奉行小栗忠順《おぐりただまさ》が現地におもむき、ロシア側との折衝に入ったのである。

　しかし、不調に終わった。

「殿は小栗で駄目ならば、あとは自らの手でやるしかないと仰せられてな」

　そのとき、安藤対馬守の打った手がイギリス海軍を後ろ盾としてロシア艦と交渉するというものだった。功を奏し、ロシア艦は間もなく対馬を退去することになる。オールコックとはこの事件で面識があった。

　それが兄のいうオールコックとの因縁であった。

「でも、そのときイギリスに借りができたために、このたびの交渉で譲歩を引きだすのはよけいに難しかったのではありませんか」

「借りなどあるものか。行って来い……、いや、むしろオールコックの方が殿に借りを作ったようなものだ」

「よくわかりませんが」

「御公儀としてはロシアが無体なことをすればイギリスの艦隊が黙っていないと脅しつけられる。イギリスにすれば、幕府はイギリスと一体なのだとロシアやそのほかの国に示せる。あの頃、オールコックは諸国に嫌われていて、いわば孤立していた。そこへ救いの手を差しのべたのが殿だった。その殿の痛々しい包帯姿を目の当たりにしてオールコックも心打たれ、譲歩をのんだというわけだ」

「さすが、我が殿」

得心して誠之進が膝を打つと、父が身じろぎする。目をやると口を動かしているのはわかったが、声が出ない。治平を見やった。

「たわけとおっしゃられています。もちろん旦那様が、ですが」

向かいでうつむいた兄がぷっと吹いた。

「何がおかしいのですか」

「殿が傷《て》を負われたのは背と頬だ。頬の傷は浅く、交渉に臨んだときにはすっかりくっついていた。背の傷に包帯を巻いたところでオールコックに見えたはずはない。殿は両腕と首、胸に包帯を巻いた。なるほど背の傷も覆っていたかも知れないが、あとははったりだ」

「どうしてそのようなことを」

「オールコックは殿の事件を聞きおよんでいた。いまだ静養中であることも。そこを押して出てきた殿の姿に感激するわけだが、包帯姿を見れば、思いはより深くなる」

「そんなはったりが通用しますかね」

「ここだ」兄が自分の右頬骨の辺りを指さした。「殿の頬の傷はここにあった。まさに向こう傷。何の説明もしなかったが、あとは推して知るべしだったろう」

「なるほど」

すっかり得心した誠之進は父に目をやった。

病臥《びょうが》しながらも父は殿の手管を見抜いていたことになる。さすが元側用人……。天井を見あげた父の瞳がまるで動いていない。まばたきもなかった。治平を見た。顔を両手で覆っている。

静かな去り際といえた。

やがて兄が静かにいった。

「昨日、正式に殿の老中罷免《ひめん》が決まった。背中の傷は武士道不面目だとして……、父に報せに来たのだが、結局いいだせなかった」

それでよかったと誠之進は思う。同時に父であれば、殿がこのあとどのような処遇となるか見通していたかも知れないとも……。


しずしずと葬列が進む道の両側には村人や亡くなった大先生の弟子、孫弟子が並んでいる。列に加わった多吉は座棺に向かい手を合わせた。

白い羽織を着て、先頭を歩く男が抱える幟《のぼり》は初夏の風を受け、翻った。そこには大先生の名が大書されていた。茶の袈裟をつけた僧侶、位牌《いはい》を抱え、うつむく老女と、夫婦ものらしき中年の男女がつづいている。老女と中年夫婦は白装束に身を包んでいる。

座棺は台に乗せられ、白い羽織姿の男たち十人に担がれ、麻裃《あさがみしも》をつけた村役人二人が従っている。

亡くなったのは、九十九里に算術をもたらした人物だ。享年七十三というから大往生ではあろう。

昨日の朝、多吉のところへ算術の出稽古をしている男が訪ねてきて告げた。

『大先生が夕べ亡くなられた』

十年ほど前から算術の手ほどきをしてくれている男で、ふだんは師範代と呼んでいた。

昨年末、次兄の鮫次によって和田浦にある父の家に連れもどされたが、年が明けるとすぐ母とともに出奔し、片貝村に戻っていた。とりあえずは食わなくてはならない。多吉は地元の地曳網元の家で手伝いをするようになった。読み書きができ、算術にも通じていた多吉はほどなく帳簿つけの仕事を任されるようになった。

算術ができれば、役所に出す書類や、陸者《おかもの》と呼ばれる地曳き網を引く人々への給金を正確に計算できる。また、巧妙にごまかすこともできた。網元の家で重用されるようになったのは、後者が理由だ。実際、多吉の作った届け出が役人に疑われることはなく、また陸者たちの不平不満がなくなり、むしろ網元は正直者として通るようになった。その実、しっかり貯めこんでおり、多吉にもおこぼれが回ってきた。

貧乏暮らしにはこりごりした。躰が小さく、力も弱かったために漁師仲間には馬鹿にされ、ことあるごとに殴られ、蹴られて育った。不憫《ふびん》に思った母が少なからぬ謝礼——

何だかんだで二両も払ったと知ったのは最近のことだ——を工面して算術の出稽古を受けられるようにしてくれた。

算術は、元々几帳面《きちょうめん》な多吉の性に合った。隅々まで数で明らかにすれば、おのずと道理が立った。逆にまやかしやいい加減さが許せなくなった。今度はなまじ算術ができることで生意気だと殴られ、仕事をもらえなくなった。道理が、道理がといいたてるほど網元や漁師仲間から爪弾きにされた。

母がどのように金を工面しているのか、一度も訊ねたことはなかった。かつて小関村の旅籠で働いていた母が稼ぐ手段はうすうす察せられたからだ。しかし、母も歳をとり、稼ぎも少なくなってきた。正義に目をつぶれば、算術ほど金になる方便はない。母に楽をさせるためだと自分にいい聞かせ、網元で帳簿仕事をしている。

出稽古の師範代が突然やって来たのにも驚かされたが、亡くなった大先生について語るのを聞かされ、胸の底がずきずきと痛んできた。大先生は貧しい百姓家の生まれで、口減らしのため、九歳で江戸に出され、武家の子守りとして奉公するようになった。幼いこともあったが、躰が小さく、要領も悪かったのでほどなく暇を出され、実家に戻っている。それから五年ほどを実家で暮らしたものの食うや食わずは相変わらずで、一念発起した大先生はふたたび以前暇を出された武家におもむき、下僕として働かせてもらうようになった。

算術に巡りあったのは、その頃だという。天分はあったのかも知れない。しかし、何より多吉の心を動かしたのは、相変わらず貧相な体格ながら算術修行では人並み以上に努力し、ついに免許を与えられるまでに至ったことだ。その後、帰郷し、算術塾を開き、多くの門弟を育てた。

『九十九里算術の始祖……、つまり私やお前にとって御先祖様のようなお方だ』

算術の出稽古を受け、数がわかるようになったことでかえって爪弾きに遭った自分とは違う。江戸で修行しながら九十九里の田舎で若者を教え導くことに身を投じた点で屋形村の文武稽古場の塾頭に通じる。

一も二もなく野辺の送りに行くと答えたのは、そのためだ。となりに立つ師範代も手を合わせている。

行列が寺に向かう道を進み、見えなくなったところで二人は手を下ろした。

直後、後ろから声をかけられた。

「おい、多吉じゃないか」

ふり返ると満面に笑みを浮かべて、嘉平が立っていた。片貝村で育った頃からの幼なじみで、昨年末、文武稽古場で久しぶりに再会していた。もっとも嘉平に出会った直後、多吉は八州廻りの道案内にからまれ、次兄の鮫次に助けられたものの和田浦に連れもどされている。

「お前も来ていたのか」

にこにこしながら多吉の二の腕を叩く嘉平に向かって曖昧にうなずく。

「おれも大先生の曽孫《ひまご》の曽孫くらいにはなるから」

「ちょうどよかった。塾頭に紹介してやろう」

嘉平の後ろにはでっぷりと太った男が立っていた。紋付きの羽織、袴を着け、ふんぞり返っている。腰に大小刀を差していた。

嘉平が多吉を手で示しながらいう。

「この男が以前先生にお話し申しあげた……」

「吉田嘉十郎と申します」

嘉平をさえぎっていい、多吉は深々と一礼した。

「おい……」

嘉平が困惑したようにいう。

しかし、塾頭はいささかも動じることなく重々しく名乗った。

「楠《くすのき》音次郎《おとじろう》と申す。以後、お見知りおきのほどを」

「小さくなるは讃岐《さぬき》の隠居に焼き豆腐と来らぁ」

研ぎ師秀峰がつぶやき、長火鉢を挟んで向かいあっている口入れ稼業橘屋藤兵衛が首をかしげる。

「何だい、そりゃ」

「当節流行り物だってよ」

二人のやり取りを聞きながら誠之進は猪口を口に運び、とろりとした酒を含んだ。

讃岐の隠居は高松藩の元藩主松平頼胤《よりたね》を指す。幕府の命令により、若年の水戸藩主を補佐するなどしたが、日米修好通商条約を結ぶ際には井伊大老に味方し、水戸藩に対抗した。権勢を揮《ふる》ったものの井伊大老暗殺後、隠居させられている。

焼き豆腐が小さくなっているのは、物の値がどんどん上がっているせいだ。井伊大老が暗殺されて三年近く、物価が上がっているのも昨日今日のことではない。流行り物というわりには少々古いと誠之進は思った。

それにしても月日の流れるのが早い……。

殿――安藤対馬守が坂下門外で襲われた今年文久二年もくれようとしている。三ヵ月後、殿は背中の傷が武士道不面目と責めを受け、老中を退いた。父が亡くなったのも同じ頃だ。

その後、殿は夏に隠居させられ、晩秋には永蟄居《えいちっきょ》まで命じられている。背中の傷とはそれほどまでに不面目なものかと思ったが、兄は口元を歪め、吐きすてるようにいった。

理由など何でもいいのだ――。

秀峰が口にしたのは狂歌の類いだろう。昨年から今年にかけて流行った中には、安藤対馬守を揶揄したものが多かったが、誠之進が背負う事情を知るだけに口にはしない。

父の葬儀を済ませたあと、誠之進は品川宿に戻ってきた。父亡き後、誰からも陰働きを命じられてはいない。だが、ほかに行くところもなかった。絵師の仕事では食えず、大戸屋で用心棒ほか雑用をしながら糊口《ここう》をしのいでいるところも変わらない。狂斎からいわれた円を描く稽古はつづけていたが、いまだ紙に浮かぶ円は見えなかった。

今日も円を描く稽古をしていたが、つくづくおのが非才に嫌気が差し、ごろりふて寝を決めこんだところが思いのほか深く寝入ってしまった。橘屋の徳が長屋に来たときには、足の速い師走の夕暮れが迫っていた。

顔を出すと藤兵衛と秀峰が差し向かいで座っており、早速酒となったのである。それぞれが独酌でちびちびと飲んでいた。誠之進はほとんど口を開かず、藤兵衛と秀峰は愚痴をこぼすばかりだった。

ろくなことがなかった一年だが、瘡に罹ったきわ——小鷂が夏過ぎには張見世に並ぶようになり、前にも増して売れているのが唯一の救いといえた。いずれ板頭になるのではともっぱらの評判である。売れるのは幸いだが、きわが遠くへ行ってしまうような気がして誠之進は複雑な思いを抱えていた。

半鐘を連打する音が聞こえてきて、藤兵衛、秀峰が顔を上げる。

「近そうだな」

　秀峰がいうのに藤兵衛がうなずく。

　とりあえず見物に行こうと即決した。徳に提灯《ちょうちん》を持たせ、藤兵衛、秀峰、誠之進がつづいた。

　半鐘は法禅寺の方から聞こえてくる。一行は誠之進の住む長屋の前を通りすぎ、左に目をやった。

「御殿山《ごてんやま》だ」

　藤兵衛がいう。

「たしか、あそこは……」

　秀峰がいいかける。御殿山には建設途上のイギリス領事館があり、攘夷を掲げる浪士たちに狙われているという噂が引きも切らなかった。

「おっ」

　秀峰が声を漏らす。

　闇の中からぬっと現れた男が徳の持つ提灯の光にほんの一瞬照らされた。誠之進は声を漏らしそうになって奥歯を食いしばった。

　見覚えがあった。

　去年、横浜に行ったとき、異人の商館で見かけた男だ。

トウギョウといったっけ……。

足早に通りすぎていく男に目をやらないようにしながら誠之進は胸のうちでつぶやいた。東行は高杉晋作《たかすぎしんさく》の号である。

文久二年十二月十二日の夜は更けていった。

第三話　世　直　し

一

　まっすぐ伸ばした背が軋みそうなほど強ばっている。誠之進は両手を膝に置き、目を伏せていた。

「何もそれほど固くなることはなかろう。今では鶴翁《かくおう》というただの爺《じじ》いだ」

　そういわれても背の強ばりが頸まで這《は》いあがっているようでまるで動かない。

「面《おもて》を上げい」

　反射的に顎が上がった。

　目の前にいる男は茶釜のわきに端座して、穏やかな笑みを浮かべていた。総髪の黒髪は背の半ばまで達し、長髯《ちょうぜん》もつやつやしていた。柿色の道服にえび茶の袖無しを羽織っている。

「ちょうど一年忌であろう。法要代わりの茶会だと思え」

答えようとしたが、口元は自分でもわかるほど引きつり、唇は震えている。

磐城平藩元藩主、安藤鶴翁がにっこり頬笑んだ。

坂下門外で襲われて三ヵ月後に老中を退いた。その後、夏には隠居させられた上、晩秋に永蟄居《えいちっきょ》を命ぜられている。鶴翁は隠居後の号であった。

「茶席では主人と客がおるばかり……、それが古来よりの習いだ」

「はは」

畳に両手をつき、ひれ伏しそうになるのをこらえる。鶴翁がおかしそうに声を発して笑った。

一昨日、磐城平藩で御刀番をしている小薬平次郎の使いの者が法禅寺裏の長屋へ手紙を持って来た。そこには明後日午の刻、下屋敷に参上されたしとあった。小薬の屋敷は、殿が若年寄まで使っていたかつての上屋敷内にあるはずだが、と思いつつも承知したと答えた。

約束の刻限に下屋敷を訪ね、門番に来意を告げるとすぐに小薬が現れ、案内するといって先に立って歩きだした。

磐城平藩下屋敷は江戸を離れ、東の横川にある。かつては父東海の隠居所があり、誠之進にとっては馴染み深く、懐かしい場所であった。父の葬儀が済み、屋敷が引き払われてから足を踏みいれるのは初めてになる。

　連れてこられたのは奥まった一角にある屋敷だった。それほど大きくはなく、腰ほどの高さしかない生け垣で囲われていた。勝手知ったる様子の小薬は門を入ると庭に回り、離れに設えられた茶室へと案内した。

　にじり口から入ると先客がいた。どちらも誠之進にとっては顔なじみである。一人は横目付手代の藤代、もう一人は長年父の中間をしていた治平だ。簡単に挨拶を済ませたところでにじり口が開き、鶴翁が入ってきた。

　客側にいた小薬、藤代、そして治平までが畳に手をつき、ていねいに挨拶をしたが、ひれ伏すまでには至らなかった。左右を横目でうかがい、誠之進も従ったものの心の臓は激しく打っていた。

　何が起こっているのか……。

「一年忌だ」鶴翁が誠之進を見たまま、くり返す。「東海が亡くなって一年になる。それは対馬守にとっても同じこと」

　父が死んだ日、兄が隠居所にやって来ていた。それ以前の春先から誠之進は治平とともに父の世話をしており、兄は月に一、二度顔を見せた。ひとしきり時事談義をしたあと、父が静かに息を引き取った。

　殿が老中の職を退いたと兄が誠之進に教えたのは父が逝ったあとだった。

鶴翁が四人の客を等分に眺め、誰にともなくいう。

「ここには厠が二つあってな。こちらは南の厠と呼んでいる。何しろ蟄居の身だ。部屋から出るのを許されるのは風呂と厠でしかない。厠に客を迎えるというのも無礼千万だが、何しろ目付がどこから見ているかわからん」

そういってから藤代に目を向ける。

「おお、ここにも一人目付がおった」

「それがしは横目付の、それも手代にござれば」

大名を監視するのは大目付で、横目付は諸藩の重職、藩士の動向を見張っている。しかも目付と名乗れるのは幕閣の役職者だけで、手代は手足、耳目となって動くだけである。

「三万石でも大名ではあるか」

鶴翁がぼそりという。磐城平藩は元々五万石であったが、老中を退くときに一万石、永蟄居を命じられてさらに一万石の減封に遭っている。隠居したあとは幼い嫡男が藩主となっていたが、病弱という噂を誠之進も耳にしている。

鶴翁が部屋の中を見回す。

「厠というのも悪くない。座して半畳、寝て一畳、国をとっても二合半がしみじみ腑《ふ》に落ちる」

一個の人が占められる場所など、座っていれば半畳、寝転がっても一畳で、一国を盗ったとしても二合半も飯を食えば腹一杯になってしまう。

鶴翁が手元にあった茶碗《ちゃわん》を取りあげ、治平に差しだした。

「拝見いたします」

鶴翁が真っ先に治平に茶碗を見せたのにも驚かされたが、治平が懐から取りだした手ぬぐいを両手に広げ、平然と受けとったのにはさらに驚かされた。またしても肚《はら》の底でつぶやく。

な、な、何だ、何だ、何が起こってるんだ……。

黒く、いびつな形をした茶碗を愛《いと》おしむように見つめていた治平の目が細くなる。

「これが黒織部《くろおりべ》でございますか」

「わかるか」

「生前、旦那様がよく申されておりました。殿がお持ちの茶碗は、それは見事だと」

「東海も一つ持っておったはずだが」

「はい。隠居するときに殿から拝領したとそれはそれは大事にお使いでございました」

目を見開き、口もあんぐり開けて見ていると、治平が誠之進に目を向ける。

「憶えておいでございましょう。毎年正月には、兵庫助様と誠之進様を相手にお茶を点《た》てられていたではありませんか」

「そういえば……、その……」

父が隠居する前から正月の二日といえば、父と息子二人だけで茶を飲んだ。黒い茶碗だったが、どのような形だったかまるで憶えていない。

またしても鶴翁がからから笑い、その後、ふっと息を吐いた。

「東海というのもなかなか得がたい男ではあった。固い一方ではなく、それなりにこなれたところもあった」

腕を組んだ鶴翁が小薬、藤代、誠之進、そして治平を見渡していく。

「予は厠に来ただけ、そちたちはこの屋敷の使用人で、まあ、厠掃除の最中とでも心得てもらいたい。これから申すことは予の独り言だ」

一堂がそろってうなずく。

蟄居は自室にこもり、家人、使用人以外との交流を慎むというもので、正式な処罰とはいえない。処罰としては遠慮、逼塞《ひっそく》、閉門の順に重くなる。追って沙汰があるまで、つまり正式な処罰が決まるまでは自室において謹慎せよというのが蟄居だ。期間は三十日から五十日程度だが、永蟄居となるととくに期間は定められない。逆にいえば、いつでも解くことができる。

背中の傷が武士道不面目とされ、安藤対馬守は老中罷免、その後、永蟄居となるのだが、何が罪であるのか、実は後々までもはっきりしていない。幕閣内部の権力争いに坂下門外ノ変がうまく利用されたという見方もあれば、薩摩藩において元藩主ながら実権を握って離さなかった島津久光の意向ともいわれる。

実際、島津久光が朝廷に提出した政治体制の改革趣意書九箇条のうちには、安藤対馬守の罷免が求められていた。それだけ煙たい存在だったのだろう。

もっとも趣意書が出されたのは、昨年の四月十六日のことで、老中を退いたのはそれより五日前である。薩摩の意向を事前に察知した幕閣が忖度《そんたく》したのかも知れない。

いずれにせよ永蟄居は、罪を明らかにできないまま、謹慎だけさせておくということでもある。蟄居中は、生きたまま謹慎していなくてはならず、刀はもとより剃刀《かみそり》に至るまで使用を禁じられる。ゆえに月代も剃れず総髪にし、長髯となる。

「どれほどの働きをしてくれても今の予にはそちたちに報いるすべがない。だが、先年亡くなった東海は、予が御公儀の重責を果たすため、また磐城平藩のため、ひとかたならぬ働きをしてくれた」

言葉を切った鶴翁が畳をじっと見つめた。向かいあう四人は身じろぎもせず待っている。鶴翁がつづける。

「大樹公にあらせられては、この春、ご上洛《じょうらく》奉られた」

大樹公は、十四代将軍徳川家茂を指す。将軍が上京するのは、第二代秀忠以来、実に二百三十年ぶりのことだ。目的は朝廷、幕府関係の修復にあった。すでに皇女和宮との婚儀も整い、朝廷とは縁戚にありながら、いきなり京へ呼びつけられ、拒絶できないところまで家茂、そして幕府は追いつめられていた。

鶴翁が苦しげに圧しだす。

「いかんせんお若い」

将軍家茂は二十三歳であり、家茂を将軍に押しあげた頼みの綱たる井伊掃部頭も今は亡い。

いきなり鶴翁が畳に両手をつき、四人の客は息を嚥《の》んだ。

「これから先、何が起こるやも知れぬ。幕府のため、藩のため、予は老骨に鞭打ち、微力を尽くす所存だ。この通りだ。この老いぼれに、今一度力を貸してくれ」


夜半に仕掛けておいた網を夜が明けるのを見はからって曳《ひ》きはじめる。五十人ほどの陸者――網の曳き手だが、女子供、年寄りが多い――を二つに分け、太い綱を引っぱらせる。二手に分かれた陸者たちの真ん中に立ち、大声で号令をかけているのは浜頭《はまがしら》だ。

「おおえ」

「おおえ」

陸者たちの間に立った浜頭直属の手下たちが応じる。手を抜いている者がいれば、竹《たけ》竿《ざお》で容赦なく打ち、声を涸《か》らして陸者たちを励ます。

やがて海面が騒ぎたち、撥ねる銀鱗《ぎんりん》が朝日を浴びてきらきら光るのを目を細めて見つめながら多吉は胸算用を始めた。

さて、いくらになるか……。

地曳き網をあげた頃にはすっかり明るくなっていた。獲れたのは大半が鰯《いわし》だ。女たちが鰯の頭を落とし、腹を裂いていく。男たちが開いた腹を上にして台に並べていく。天日干しにして干鰯《ほしか》とするためだ。子供は籠に入れた鰯を運び、かつて漁師だった年寄りが網の修繕をした。

浜頭は浜に立ち、手下たちがそれぞれの作業場を歩きまわって監督していた。その間に多吉は干し台を回り、鰯の数を勘定して台帳につけていった。

獲れた鰯をすべて干し終えたところで、多吉は陸者一人ひとりに給金を渡して帰した。給金は漁獲に応じてきちんと渡しているのでほかの網元より貰《もら》いが多くなる。おかげで多吉たちの親分にして網元である甚平《じんべえ》の評判はよかった。

網の仕掛けから地曳、干鰯作りまで指揮するのが浜頭で、手下たちが陸者を見張り、叱咤激励《しったげきれい》する。魚を勘定し、きっちり帳面につけ、給金を陸者に渡すのは多吉の役目だ。

修理を終えた網は、乾かすために番屋の壁に掛けて広げられた。浜頭が手下たちに酒代《さかて》を分配し、見張り役の二人を指名したところで一日の仕事がようやく終わる。とっくに午《ひる》を過ぎていた。

浜頭が見張りにひと声かけたあと、多吉と連れだって歩きだした。

「いつも感心するこったが、お前さん、よくあれだけの魚を一匹一匹ちゃんと数えるもんだ」

「役目ですから。それと性分なんでしょうね。細かいところが気になる」

「細かいところが気になるか、なるほどお前さんらしいや」

そういって浜頭が笑う。やがて二人は浜と村の間に広がる松林に入った。木立の間の細い道をたどっていく。林が途切れそうになったとき、目の前にひょろりとした男が立ちふさがった。

浜頭が足を止める。

「何の用だ」

目の前にいるのは、片貝村で甚平と張り合っていた網元重蔵《じゅうぞう》の倅、龍次《りゅうじ》だった。浜頭はもちろん多吉もよく知っている。

龍次が唇の片方をちらりと持ちあげた。細く、吊り上がった目にちらりと浮かべた冷笑が似合っている。

「用があるのは、あんたじゃねえ」龍次が顎をしゃくった。「そっちの小賢《こざか》しいチビの方よ」

やはりと肚の底でつぶやきながらも多吉は表情を変えずに龍次を見返していた。親父そっくりの狡《ずる》そうな目元を見たときから剣呑《けんのん》な用向きであることはわかっていた。

重蔵は地曳の網元であると同時に儲けた金で太い胴を張る博徒でもあった。博奕で負けた村人や無宿人には高利で金も貸した。たんまり儲けているくせにけち臭く、陸者の駄賃をごまかすだけでなく、不漁だといってしばしば年貢も納めなかった。

片貝の浜に申吉《しんきち》という舟持ちの漁師がいた。小さな舟で稼ぎは大したことはなかったが、好人物で、独りぼっちで浜を歩いている多吉によく声をかけてくれ、魚を分けてくれたりもした。小さな番小屋に女房と十二になる娘の三人でつつましく暮らしていたが、ある日、時化《しけ》に遭い、帰らなかった。

申吉は重蔵に金を借りていた。返す宛はたった一つしかない。十二の娘は茶屋勤めをするのだといって江戸に出たが、村では品川宿の女郎に売られたと噂された。多吉が品川宿に出入りしている貸本屋に丁稚奉公《でっちぼうこう》に行くことにしたのは、一つには申吉の娘を探すためであった。丸顔でさほど器量はよくなかったが、父親に似て親切で、多吉には優しく声をかけてくれた。

貸本屋に従って品川宿に出入りしていたものの娘の行方はついにわからずじまいだったが、そこで伊牟田尚平と知り合った。しかし、鮫次に見つかって連れもどされた。

片貝村に戻ってきたとき、重蔵が以前にも増して勢いをつけていることを知った。博徒に金貸し、そして網元と二足ならぬ三足のわらじを履く重蔵が相手では甚平も太刀打ちできない。

ある日、八州廻りに投げ文が届けられた。そこには重蔵の悪事がすべて記されてあった。調べたのは多吉である。

もっとも投げ文をしたからといって必ずしも八州廻りが取りあげるとはかぎらない。一方、重蔵がいなくなれば、片貝村の地曳は甚平が独り占めできる。八州廻りとその道案内に袖の下を渡せばこそ、投げ文も目に留まろうというものだ。

重蔵は年貢のごまかしに加え、禁じられている賭場を開いて漁師や農民を引き入れていた罪が不埒千万として八州廻りに召し捕られ、江戸の獄に送られた。ほどなく死んだという。

調べるに際し、多吉は慎重の上にも慎重にことを運んだつもりだったが、漁の多寡を知るためにはどうしても陸者に金を渡し、数えさせなくてはならない。これはと思う相手を見つくろって声をかけたが、酒が入るとだらしなくなってしまう者もいた。おそらくその辺りから龍次の知るところとなったのだろう。

「ぐっ」

ふいに浜頭が咽を詰まらせたような声を発した。はっとして目をやると胸の真ん中から刀の切っ先が飛びだしている。ぎょろりと剝いた目玉が下を向き、自分の胸を見た浜頭だったが、そのまま声を発することもなく前のめりに倒れた。

いつの間にか背後に五人の男がいた。そのうちの一人が血に濡れた大脇指を手にしていた。刃渡り一尺以上――それだけでお縄になる代物だ。

ふいに襟首をつかまれ、引きよせられる。目と鼻の先に龍次の顔があった。直後、頬を張られ、だらしなく倒れこんでしまった。

後ろを囲んだ男たちが笑う。だが、龍次だけは笑わなかった。代わりに足を上げ、起きあがろうとした多吉の顔を蹴りつけた。ぐしゃりと何かがつぶれるような音がしたかと思うと鼻の奥から口中へ鉄臭い血が流れこんできた。

「多勢に無勢はいささか卑怯だな」

龍次の背後で声がした。ぎょっとしてふり返る龍次とともに声の主を見た。六尺豊かで恰幅《かっぷく》のいい男が立っている。刺し子の稽古着に紺の袴をつけ、無腰だったが、左手に黒い木刀を持っていた。心なし顔が上気しているのは一人稽古でもしていたのだろう。

幼なじみの嘉平が通っている塾の塾頭――楠音次郎だった。

「どこのどなたか存じあげないが、こりゃ漁師同士の揉め事だ」龍次が傲然と顎を上げていう。「口を出さないでくんな」

「ほう」倒れている浜頭に目をやり、楠が片方の眉を上げた。「背からひと突きか。どうやら息はないようだが」

「口を出すなといってるだろうが」

ふいに怒鳴り声が割りこんだ。血まみれの大脇指を持った男だ。一瞥をくれた楠が低い声でいう。

「木剣だとて侮るな。石より硬い。腕くらいなら簡単に斬りおとせる」

「しゃらくせえや」

男が楠に向かって踏みだし、両手に持った大脇指を躰《からだ》の前で立てた。楠はいささかも動じる色を見せず木刀を青眼に構える。

「血に酔うたか」

「何を」

男は叫ぶなり大脇指を突いていった。

「むん」

唇を結んだまま楠が木刀を振る。

大脇指が落ちた。音は聞こえなかった。柄には両手がついたままだ。

左右の手を失った男が呆然《ぼうぜん》と目を見開いている。

すでに踏みこんでいた楠は木刀を頭上に振りあげていた。

「とぅ」

ふたたび低い気合いが聞こえ、振りおとされた木刀が突っ立っている男の頭蓋を砕いた。

二

男二人が殺されているのだからただ事では済むまいと思っていたが、事件の翌日に騎馬の八州廻りが五人の供を引きつれ、片貝村に現れたのには多吉も心底驚いてしまった。

昨日のうちに片貝村の百姓総代が使いを出し、東金附近を巡察中であった八州廻りに事件を知らせた。そもそも村の重役たちには八州廻りの先触れが回っているため、八州廻りがいつ、どこにいるかは大体わかっていた。

報せを受け、八州廻りが急遽《きゆうきょ》予定を変えて朝早く出立してきたという。片貝までは二里半ほどでしかない。

たしかに殺されたうちの一人は網元甚平の下で浜頭を務めていた。人望もあり、働き盛りだった。もともと犬牙の地といわれ、破落戸《ごろつき》、無宿人がぞろぞろ屯《たむろ》している地だけにひとたび事件が起これば、八州廻りが処置にあたるよりなかった。しかし、実際に回ってくるのは年に一度か二度でしかなく、たまたま近くにいたのは珍しい。

浜頭を殺した男は片貝村で甚平と勢力を二分していたもう一方の網元重蔵に縁《ゆかり》があった。引きつれていたのが重蔵の倅龍次なのだ。とはいえ、すでに重蔵は獄死しており、浜頭を刺殺した男も楠の手で成敗されている。

多吉は八州廻りの前に引きだされ、吟味を受けた。そして問われるまま、一部始終をくわしく語った。

一日の仕事を終え、松林に差しかかったところで龍次に声をかけられたこと、浜頭がいきなり刺し殺され、多吉自身も連れ去られそうになったのをたまたま通りかかった楠音次郎に救われたこと、楠は無腰で木刀を持っていただけだが、浜頭を刺殺した男はご禁制の大脇指を振るってかかっていき、両手を打ちおとされた上、頭を割られたこと……。

八州廻りは楠からも話を聞いたあと、お咎めなしと即決した。そもそも浜頭を殺し、楠に斬りかかった男は無宿人である上、片貝だけでなく、近隣の村でも知る者がなく、九十九里に流れてきたのも重蔵が江戸の獄に送られたあとのことらしい。

龍次たちは楠に殺された仲間を捨て、さっさと逃げだしていた。

八州廻りたちは詮議のため、小関新開の旅籠に三泊していったが、龍次たちの行方を探索しようとはしなかった。その代わり夜となく昼となく妓《おんな》をはべらせ、酒と料理を堪能した。その間に浜頭の弔《とむら》いが済み、無宿人である名もなき男の骸《むくろ》は近所の寺の無縁塚に葬られた。

楠は毎朝小関新開に呼びだされ、深夜まで詮議を受けることになったが、甚平がぜひ当方にと申し出、屋敷に泊めた。配下のかたきを討ってくれた上、多吉の危ういところも助けてくれた礼だという。朝餉《あさげ》は甚平の屋敷で出したものの、夜は八州廻りとともに過ごした。三晩とも、だ。

八州廻りが去ったあと、屋敷を辞去しようとした楠をとどめたのも甚平だった。礼を失しては面目が立たないといって、四日目の夜は豪勢な宴《うたげ》でもてなした。次の夜も、そのまた次の夜も甚平が楠を引き止めた。

かれこれ事件から十日になろうという頃、多吉は甚平に告げられた。

「今日から儂は音兵衛と名乗る。楠先生から音の字をいただいてな。いってみれば、偏《へん》諱《き》頂戴だ」

偏諱頂戴、もしくは偏諱を賜うとは、将軍や大名が功績のあった臣下に自分の名から一文字を与えることを指す。字面も今までの甚平ではなく、音兵衛にするといった。偏諱頂戴も字面を変えたのも楠の入れ知恵と察しはついたが、何とも大仰だなと多吉は思った。

甚平あらため音兵衛が言葉を継いだ。

「それと楠先生には当分の間、うちの離れを使っていただくことにした」

数年前、音兵衛は母親のために豪勢な離れを建てていた。しかしその母親は先年亡くなり、いずれは自分の隠居所とする腹づもりもあるようだが、今のところ、誰も使ってはいなかった。

「はい」

うなずく多吉の顔をのぞきこんで音兵衛がいった。

「用心のためだ。龍次は行方知れずだが、いつ戻って来ないともかぎらないからな」

浜頭の弔いが済んだ翌日から漁は再開している。新しい浜頭は手下のうちの一人から音兵衛が指名した。

翌朝から浜辺には両刀ならぬ例の黒い木刀を手にした楠の姿があった。潮風は刀身に毒だから木刀にしたといっていた。


板間に正座した鮫次が円が描かれた三枚の紙を並べ、見比べていた。左から順に狂斎の手本、あとの二枚が誠之進の写しで、真ん中が書き始め、右端が鮫次がやってくる前、ついさっき描いたものだ。

長屋の戸をがたつかせ、顔をのぞかせた鮫次だったが、無沙汰などなかったように、おお、いるねといった。板間に上がりこみ、文机の上に広げてあった狂斎の手本と描きあげたばかりの写しをちらりと見たあと、手習いを始めた頃の写しはあるかと訊いた。誠之進は行李《こうり》にしまっておいた一枚を取りだして渡した。

円を描いた三枚を並べ、その前で膝をそろえたかと思うと瞑目した。しばらく息を深く吸っては長く吐くのをくり返し、やがてかっと目を見開いたかと思うと凝視しはじめた。あまりに真剣な表情に誠之進も端座した。

酒と女にだらしなく、とくに酒に飲まれると前後どころか天地も左右も不覚になる鮫次だが、こと絵が相手となると真剣を通りこし、深刻といいたくなるような顔になる。

三枚を順に見ながら鮫次が訊いた。

「手本を渡されて、かれこれ二年になるかい」

「それくらいだな」

「毎日《まいんち》？」

「ああ」

「よく飽きねえもんだ」

「ああ」

「おれなんぞがいうのはおこがましいが、なかなか描けるようになったじゃねえか」

「こけの一念って奴だろう。しかし、何枚描いても師匠の円には及びもつかない」

「当《あ》たり前《めえ》だ」鮫次がにこりともしないでいう。「メダカに龍の描く絵を写せてたまるもんか」

顔を上げた鮫次がまっすぐ誠之進を見て唇の片側を持ちあげ、にやりとする。

「逆もあるとおれは信じてるがね」

「逆というと？」

「メダカにはメダカの絵がある。そいつは龍には描けない」

「鮫さんが目指しているのはその境地か」

鮫次の口元に浮かんだ笑みがいくぶん情けなくなった。

「それほどのもんじゃねえ。おれは絵師としちゃ駄目だろう。とんでもねえ龍を見ちまった。てめえで下手な絵を描いてるより龍がのたくる様を見物してる方が面白い。飽きないぜ。あちらかと思えばこちら……、師匠の筆が動けば、そこには美人も幽霊も蛙も、それこそ龍も現れる」

描くではなく、現れると鮫次がいう。なるほどその通りだと誠之進も思った。

「へへっ」

照れたように笑った鮫次が三枚の紙をていねいに重ね、文机に戻す。次いでごろりと横になり、手枕をかった。裾をからげ、股の辺りを掻く。誠之進は苦笑し、膝を崩した。

「しばらく品川には来てなかったのかい」

「何だかんだと師匠の手伝いがあったし、それにあっちに行ってることも多かった」

「親父さんのところか。具合でも悪くなったか」

中気で死んだ父の面差しが脳裏を過《よぎ》っていく。最期は穏やかな寝顔に見えた。鮫次の父親も中《あた》っていた。

「いや、相変わらずだ。親父のこたぁ姉貴が面倒をみてるんで心配してないが、また多吉の奴が家を出てな。しようのねえ奴さ」

「どこへ行った？」

「九十九里に戻ってる。まあ、おっそろしく無愛想な兄貴と一つ屋根の下ってんじゃ息が詰まってしようがねえだろ」

「今は何をしてる？」

「地元の甚平って網元んとこへ潜りこんで帳面つけをやってるらしい」

「江戸には出てきてないのか」

「ああ。だけどどこの馬の骨ともわからねえ無宿やら博奕打ちやらがうようよいる土地だからな。喧嘩騒ぎなんざしょっちゅうよ。だけどおれと違って小賢しいところがあるからうまく立ち回ってるだろうよ」

「鮫さんは九十九里に行ってるのか」

「何度か行った。憶えてるかい、小関って湊に旅籠がいくつかあったろ。あんな田舎町だが、ご多分に漏れず食売女《めしうりおんな》がいる。遊《あす》んできたんだよ。とても吉原や品川みたいなわけにはいかない。妓も奥の奥まで潮っくさいのばかりよ。それでもおれはガキの頃から慣れてるからな」

鮫次の弟多吉は品川宿に出入りしている貸本屋の手伝いをしていて薩摩脱藩士伊牟田と出会っている。

仰向けになり、深い吐息を漏らす鮫次を誠之進は首をかしげて見ていた。

「何だかんだいっても弟だ、気にかかるな」

「いや……」

即座にいった鮫次だったが、すぐに眉根を寄せ、苦い顔つきになる。

「誠さんのいう通りだ。兄貴はあの通りの頑固者で、姉貴は苦労ばかりしてきてる。親父は長えこたぁねえだろうが、やっぱり倅だ。気にはなるんだと思う」

「また、行こう」

「え？」

顔を向けてきた鮫次にうなずいてみせた。

「九十九里にさ。私に何ができるか……、いささか心許《こころもと》ないだろうが、鮫さんといっしょに行くよ」

かすかに胸の底にうずきを感じた。引きつづき九十九里を見張れというのは鶴翁の意向でもあったからだ。

四合は入る大徳利《おおどつくり》をそっと動かした。まだ半分は残っていそうだと多吉は胸のうちでつぶやいた。

音兵衛の屋敷奥の座敷では四人が膳部を前に酒を酌み交わしていた。夜も更け、酒宴も終わりに近い。大小刀を載せた刀掛けを置いた床の間を背に羽織、袴姿の二人が端座し、静かに盃を傾けている。一人は楠、もう一人は隣村で剣術道場を開いている斎藤だ。斎藤は、楠がやってくるまでは近隣では並ぶ者のない剣客で通っていた。中年の小兵ながら引き締まった躰つきをしており、頰骨の突きでた顔には精力が溢れている。

楠の右前に音兵衛がいて、斎藤の左前に同じ村の網元庄右衛門《しょうえもん》がいた。音兵衛に向かいあっている庄右衛門は地曳の網元であると同時に家伝の自家製薬を売っているところから薬売りの異名《ふたつな》で呼ばれることが多い。

多吉は部屋の隅に控え、音兵衛たちの盃が空になると後ろへ回って酌をした。女っ気のない静かな宴席でとりとめもない話をしているだけで時おりごく控えめな笑い声が起こった。

「では、そろそろ……」

音兵衛が切りだすと楠がさえぎるようにいった。

「締めに座興を一つ」一堂を見まわし、訊ねる。「よろしいか」

「もちろん」

すかさず答えたのは斎藤だ。音兵衛、庄右衛門もうなずく。楠は満足げにうなずき、懐から折りたたんだ紙片を取りだす。手元に燈明《とうみょう》をひき寄せると声に出して読みはじめた。低いが、よく通る渋い声に塾の様子が浮かぶ。

「四海《しかい》困窮いたし候者《そうろうもの》……」

斎藤が楠の横顔に顔を向け、音兵衛と庄右衛門は盃を宙に止めている。三人ともにこれから何が始まるのかといわんばかりの顔をしている。

四海――国中に貧しく、飢えた者が溢れるのは、小者が政《まつりごと》にあたっているせいで、これは東照神君、つまりは徳川家康の遺訓にもっとも反するところだと始まる。さらに天子（天皇）は足利家が天下を治めるようになって以来、隠居も同然のところに追いやられているがためにその仁愛が民に届いていない。近年、地震、大風、大水、疫病、不作による飢饉がつづいているのは天子の御心《みこころ》を蔑《ないがし》ろにしているためだとつづいた。

いったい何がいいたいのか……。

聞いている三人だけでなく、多吉までも楠の真意をはかりかねていた。しかし、よどみなく読みつづける楠に気圧《けお》され、じっと耳を傾けているよりなかった。

「……大坂の奉行ならびに諸役人、万物一体の仁を忘れ、得手勝手の政道をいたし」

どうやら大坂での話のようだ。斎藤、音兵衛、庄右衛門がともに眉間に刻んだしわを深くし、ますます怪訝《けげん》そうな顔つきになっている。

だんだんと内容がわかってきた。大坂の役人と大商人たちが結託して米を買い占め、より高く売れる江戸へ送ることで膨大な利益を得ていて、庶民はおろか京の御所でさえ日々の食べ物がままならないと憤っているのだ。

それにしても、どうしてこんな文《ふみ》を……。

聞く者の思惑などそっちのけで朗読がつづいた。

「いずれの土地にても民は徳川家支配の者に相違なきところ……」

そう語られたところで斎藤が深くうなずく。

どこの国、どの藩にあろうとすべては徳川家の支配する人々だといっている。そうした人々がどれほど苦しもうと大商人は私腹を肥やすため、せっせと米を集めて蔵に積んでいる。さらに役人がからみ、米の売買に制限をくわえ、たとえわずかばかりであっても法の網をかいくぐって買おうとする者がいれば容赦なく召し捕っており、ときには百姓の幼い子が田畑で働く父母に届けようと運んでいた弁当さえ取りあげ、親子ともども捕らえ、獄につないでしまう。

ここに来て斎藤は背筋を伸ばし、腕を組んで天井を見上げ、音兵衛、庄右衛門は膳部を見つめていた。幼い子供が捕り方に両手をひねり上げられているとき、大商人と役人どもは山海の珍味を肴に美酒、銘酒に酔っているというくだりにかかっていた。つづけて大坂においては商人のみならず役人までもが相場に入れあげ、金儲けに奔走し、手にした金で酒色にふけっている様子がさまざまに語られていった。

そしてついに立ちあがる。奸臣《かんしん》、奸商を斬り、蔵に貯《た》めこまれた米、金を窮民に分け与える行動に打って出る。これはあくまでも誠心にもとづいた天誅《てんちゅう》だという。

「もし疑わしく覚え候《そうら》わば、我らの所業終わるところを、爾等《なんじら》眼を開いて看《み》よ」

一通り読みおえたところで楠は間を置き、最後に付けくわえた。

「天保八丁酉《てんぽうはちひのととり》」

そうして紙片をていねいに畳み、元のように懐にしまった。

天保の酉年といえば、かれこれ二十数年前になる。

「これは大坂町奉行所で与力を務めておられた大塩平八郎《おおしおへいはちろう》翁が周辺の百姓どもに撒《ま》かれた檄《げき》の写しにござる。このあと大塩翁は二十何人かの寡勢ながら砲を撃ち鳴らし、刀槍《とうそう》を振るって奸商の蔵を壊しては山とつまれた金穀《きんこく》を貧民に分けあたえた」

誰一人身じろぎせず楠を見つめている。

「その日、朝から始まった打ち壊しにはだんだんと人が集まり、午には三百に達したといわれてござる」

「ほう」

斎藤がうなずく。楠がちらりと斎藤を見る。

「しかし、御公儀も黙っておりません。すぐに二千の兵を差し向けてござる」

斎藤はうめくように二千とくり返した。楠が言葉を継ぐ。

「それでも大塩翁が率いた打ち壊し勢は大坂市中の真ん中を焼き尽くし、大商人の蔵ばかりを襲いました。しかし、衆寡敵せず。徐々に勢は減り、百人ほどになったところで一軒の屋敷に立てこもり、果敢に戦いましたが、日暮れ頃には降伏を余儀なくされました」

楠の言葉に斎藤が眉をひそめる。

「それでは大塩翁は……」

楠がにやりとして小さく首を振る。

「逃げ申してござる。息子共々逃げ落ちました」

その後、幕府が執拗《しつよう》に探索、少しでも打ち壊しに加わったと疑念を持たれた者を次々召し捕っては厳しく詮議をして、ついに四十日後、大塩平八郎父子の行方を突きとめた。そこでも大塩は激しく抵抗し、最後は一軒家に飛びこんだ直後、大爆発が起こった。

「焼け跡から父子の骸が見つかりました」楠が淡々という。「御公儀は骸を塩漬けし、お裁きがくだったのち、獄につながれていた者も含め、打ち首、獄門に処しました」

「何と何と」

「打ち首と申してもすでに大塩翁の首なく、手足もちぎれた骸ゆえ……」

「大塩翁はさらに生きのびられたか」

ふたたび楠が首を振る。

「定かではありません。しかしながら大塩翁の誠心は志ある者のここに……」楠は自分の胸に右の拳をあてた。「脈々と生きてござる」

斎藤がごくりと唾を嚥みこむ。うなずいた楠が音兵衛、庄右衛門と順に見たあと、厳かに告げた。

「大塩翁の義挙よりしばらく時が経ちましたが、いまだ飢えたる者は絶えず……、いや、むしろ増えておりましょう。拙者が九十九里にやって来たるは、こうした窮民を救うため」

斎藤が目を細める。

「御公儀《おかみ》に逆らうおつもりか」

「いや」楠が染み入るような笑みを浮かべ、小さく首を振った。「大塩翁の頃とは違い、今は諸悪の根源は明々白々……、横浜の異人ども、そこにまつわる奸臣、奸商に他なりません。拙者はむしろ微力ながらも御公儀に助太刀いたす所存。そのためには」

楠がふたたび一堂を見まわし、次の瞬間、両手をついたかと思うと畳にひたいをこすりつけんばかりに深々と頭を下げた。

「斎藤殿、音兵衛殿、庄右衛門殿の赤心におすがりするよりほかにございません」

三

「知は行の始《はじめ》なり、行は知の成るなり、これ即ち知行合一《ちこうごういつ》という」

二十人ほどの塾生たちを前に楠音次郎がいった。塾とはいっても魚臭い網元の物置に床を張っただけの代物で板壁のところどころに隙間が空いていた。それでも塾生たちは各々書見台を前にきちんと正座して、楠が語るのを身じろぎもしないで聴いている。多吉は最後列で嘉平とともに並んでいた。

楠は藍染めの刺し子の稽古着を身につけていた。初めて会った日――浜頭が刺殺された日である――と同じ恰好だが、酷暑の夏も極寒の冬も、塾で講義をするときと道を隔てて向かいにある斎藤の道場で剣術に汗を流すときには稽古着に身を包んでいた。

塾生たちは近隣の村から来た百姓の倅ばかりである。網元の息子などにはこざっぱりした身なりをしている者もあったが、大半は垢じみたボロを着ていた。多吉、嘉平も多少ましとはいえ、似たようなものだ。

楠の前に書見台はなかった。四書五経をはじめ、万巻を修めているため、すべてを諳《そら》んじることができる。この春から塾に通うようになっていた多吉は書見台に開いた書物を見ながら楠が講義するのを聴き、一つとして言い間違えをしないのを目の当たりにしてきた。

知行合一は、王陽明《おうようめい》という唐国の学者が唱えた学問――創始者の名を取って陽明学と呼ばれる――における命題の一つだ。

楠が離れに住まうようになって間もない頃、主人の音兵衛や剣客の斎藤、網元の庄右衛門の前で語った、大坂町奉行所の元与力大塩平八郎こそ陽明学の徒だとあとになって教えられた。そして貧しき者、飢えたる者を救うため、大商人の蔵を襲い、御公儀にさえ武をもって刃向かったことが知行合一にほかならないという。

塾生をひと渡り見まわし、こほんと咳払いをひとつしたあと、楠が切りだした。

「さて、昔々唐国に一人の男がいた。姓は宗《そう》、名は江《こう》、人には及時雨《きゅうじう》と呼ばれ、自らは呼保義《こほうぎ》と称した。及時雨というのは、日照りつづきで乾涸《ひか》らびた畑で皆が泣いているときにざあっと降りだす大雨のこと、これは宗江が窮民に手を差しのべる人物であったことを表す。呼保義というのは、自分は大将軍などではない、せいぜいが小役人だからそう呼んでくれという意だ。実際、冴えない小男であったらしい」

塾生たちは身を乗りだすようにして聴いている。初めて塾に来て、楠の講義を聴いた多吉は面食らった。書を素読するだけの味気ないものではなく、一語の意を教えるのにとうとうと語られる古今英雄たちの活躍がめっぽう面白いのだ。英雄たちは唐国の者もあれば、諸国の武人たちもいた。

書の内容からは大きく外れているようだが、楠が教えようとした一語は塾生たちに深く刻まれる。楠の語りに引きこまれ、目の前にくり広げられる古《いにしえ》の戦《いくさ》を眺めているうちに男たちの心根が伝わり、いつしか塾生たちもそうした人物になりたいと望むようになる。

「武人としての技量《うで》もあった。しかし宗江は何より義俠心《ぎきょうしん》にあふれ、窮している者どもを助けるに自らの命さえ顧みなかった。さて、どうだろう。そんな男が目の前にいたら。見栄えのする男ではないが、喧嘩は強い。その喧嘩も自らのために為すのではない」

咳払いを一つ挟んで、楠がつづける。

「では、宗江は誰のために戦ったか。田畑といってもわずかばかり、しかも土が痩せてろくに収穫もない。家族が食っていくのにさえ事欠くような家で、もちろん貯《たくわ》えなどここにもない。しかし、秋になれば、役人がやって来て年貢といってはわずかばかりの米、麦をかっさらっていく。ときに百姓は穀物を隠しておく。家族が長く厳しい冬を乗りこえるのに食う物がなくて、どうやって生きていけよう。だが、役人たちは定めは定めだといって隠し蔵の戸を蹴破り、土壁を打ち壊してわずかばかりの米、麦を取りあげていく。冬の間、どれだけの百姓が死ぬか。年老いた父、母、幼い子供たちも飢え、痩せこけ、うつろな目をして翌朝には冷たくなっている。宗江は困っている村人を救うため、役人に、役人が引きつれている軍勢に打ってかかる。たった一人で、だ。どうだ？　こんな男を殺していいものか」

塾生たちが一斉に首を振る。

「その通り。村人や、流れ者となって諸国を歩いている武人の中にも宗江に味方する者が出てくる。いつか宗江に加勢する武人たちは百八人となった。いずれも腕自慢だが、一つだけ忘れないで欲しい。最前より武人、武人といっておるが、刀槍を振りまわす者ばかりではない。百八人の中には万巻に通じた学者もいた。知略もまた大いなる力、強力な武器なのだ。彼らがたった百八人で立ち向かったのは、ときに数万、数十万の軍勢である。知恵と勇気、力と技で軍勢を蹴散らし、領内の百姓たちには指一本触れさせなかった。宗江をはじめ、百八名が自らの根城としたところを梁山泊《りょうざんぱく》という」

語りの調子、わくわくする展開はもはや講談である。言葉を切った楠が固唾《かたず》を呑《の》んで見守る塾生一人ひとりをじっと見ていく。全員と目を合わせたあと、低い声で問うた。

「彼らは勝てると思っていたか」

塾生たちはうなずくも首も振るもならずただ楠を見返している。

楠が低い声であとをつづけた。

「否。負けるのはわかっていた。武人でなくとも学者でなくとも、たとえ女子供でもわかる。敵は百倍、千倍、いやいや万倍なのだ。いずれ押し包まれ、揉みつぶされるは必定。しかし、ひるまなかった」

すっと息を吸った楠が声を張った。

「ここだ。もっとも肝心なのは逃げないことだ。それは自らの胸で燃えさかる赤心に従うことでもある」

死すこともあろうが、たとえ生き残ったとしてもどこまで行こうとおのが赤心からは逃れようがない。知識を得ても行動がなければ即ち死蔵、ちっぽけな命ひとつ惜しんで行動に踏み切れなくても死蔵、義挙であるならば、踏みだす、それが知行合一であるといって、楠の講義は終わった。

塾を出て、多吉は嘉平とともに歩きだした。講義のあと、二人は浜を歩きながら語り合うのを常としていた。

嘉平が左右の拳を握りしめ、顔の前に持ってくる。

「知行合一か。何だか力が湧いてくる」

「そうだな」

「先生は剣ばかりが力ではないとおっしゃった。おれは躰が小さくて、皆から馬鹿にされていたけど、学問を身につけ、何かのお役に立ちたい」

「それはおれも同じだ」

嘉平と親しくなったのは、多吉と同じく貧弱な躰をしていて、漁師やその倅たちに意味もなく殴られたり、蹴られたりしてきたからだ。どことなく二人は似通っている。さらに多吉は算術を身につけたせいで音兵衛と出会う前はどの地曳網元にも嫌われてきた。

音兵衛と出会い、楠の塾に通うようになってようやく九十九里に戻ってきたことを悔やまなくなっていた。

嘉平がつづけて何かいおうとしたとき、重なり合う気合いにさえぎられ、二人は塾の向かいにある剣術道場に目をやった。この日、道場の庭に出た門弟たちが師範代の号令に合わせ、木刀を振っていた。その数、ざっと四十。門弟たちの前には若い師範代が立ち、塾頭の斎藤は床几《しょうぎ》に腰を下ろし、じっと見つめていた。

嘉平がつぶやくようにいう。

「まあ、剣には剣の使い道もある」

「そうだな」

門弟をひと渡り眺めた多吉は思わず目を逸らした。かつて多吉を殴ったことのある漁師の倅や近所で鼻つまみになっている博徒、破落戸《ごろつき》が混じっていたからだ。

「どうした？　何だか浮かない顔してるけど」

「いや、何でもない」

二人はふたたび浜に向かって歩きだした。

正座した誠之進は重ねた足の親指の上下を入れ替えた。身じろぎである。何とも落ちつかなかった。隠居し、鶴翁と号してはいたが、元藩主の前で町人体《てい》、しかも腰の後ろにキセル筒を差している。

茶室——磐城平藩下屋敷では南の厠と呼ばれている——には、春の呼び出しと同じく御刀番の小薬、横目付手代藤代、それに治平が並んでいた。すでに夏が過ぎ、秋の気配が濃密になっていた。

法禅寺裏の長屋に小薬の使いがやって来て、すぐに下屋敷まで来ていただきたいといった。〈研秀〉に預けてある両刀を取っていく暇はなかった。使いは小薬の中間だが、下屋敷といわれれば、呼んでいるのが鶴翁だとわかる。キセル筒を持ってくるつもりなどなかったのだが、気が急《せ》いていたのだろう。長屋から歩いてすぐの猟師町の岸につながれた早舟に乗りこんだあと、腰の後ろに差してあるのに気がついた。とっさにつかんだらしい。

下屋敷にほど近い河岸に着き、小走りにやって来た。門番に通され、さらに鶴翁の屋敷で中間に茶室まで案内されたときには、すでに小薬、藤代、治平、そして鶴翁までがそろって誠之進を待っていた。

恐縮し、にじり口を入ったところで両手をつく。

「遅くなり……」

「堅苦しい挨拶は抜きだ」鶴翁がさえぎり、治平のとなりを指した。「座れ」

またもや治平がいることに驚かされたが、理由を訊ねるなどできるはずがない。鶴翁が藤代に顔を向ける。

「されば藤代殿、今一度」

「は」一礼した藤代が語りはじめる。「去る八月《はづき》は十八日のことにございます……」

藤代の声は低く、淡々とした口調ながらその内容に誠之進は目を剝いた。

時は文久三年八月十八日、場所は京の御所、夜明け前に会津、薩摩、淀三藩の兵により九つある門のすべてが封鎖されたという。前日、公武合体派の公家――この事件のあと、還俗《げんぞく》し、中川宮《なかがわのみや》を名乗る――に下った天皇の密命による行動であった。

その日、夜半に中川宮と会津藩藩主松平容保《かたもり》、つづいて前関白、右大臣父子らが次々参内し、ひそかに兵を動かし、夜が明ける頃には門を封鎖、警固していた。

かねてより朝廷内部では公家たちが公武合体派と攘夷派とに分かれ、対立していたが、文久三年になると長州藩と結んだ攘夷派の公家が大勢を占めるようになっていた。背景には今上天皇の異国嫌いがある。しかし、天皇は攘夷派が朝議をほしいままにすることに段々と不満を募らせていった。たしかに異国嫌いではあるが、将軍家茂には義妹和宮が嫁いでおり、何より徳川家への信頼が篤かった。

和宮降嫁にあたり天皇は五月十日をもって攘夷を実行することを家茂に約束させていた。その五月十日、事件が起こる。長州藩の支藩、長府藩《ちょうふはん》が領地下関の沖合を航行するアメリカ商船を砲撃したのである。しかし、近隣の他藩は傍観を決めこみ、報復のため、欧米連合の艦隊が下関を砲撃するに及んでも動こうとしなかった。しかも、この間に家茂は江戸へ帰っている。

事件から三ヵ月後、八月初旬の朝議において攘夷派の公家たちは、攘夷の約束をしておきながら長府藩以外は何ら行動を起こさなかったことを問題とし、まずは下関海峡を挟んで長府藩と向かいあう小倉藩をやり玉に挙げ、幕府の頭越しに処分することを決定した。攘夷派の公家たちの後ろで長州藩が糸を引いているのは天朝、幕府、諸藩の誰の目にも明らかだった。

危機感を募らせた公武合体派の公家たちは、天皇が攘夷派公家の筆頭格を毛嫌いしている点につけこみ、攘夷派公家、長州藩を追いだすために画策する。それが八月十八日の事件となる。攘夷派七人の公家は朝廷への出入りができなくなっただけでなく、後ろ盾である長州藩が京から角逐されるのに合わせ、ともに萩まで落ちていった。

藤代が相変わらず淡々と話を締めくくる。

「これにて諸事の元凶である毛利御家中の者どもが京から一掃され、天朝は会津中将がお護りする形となりました」

毛利御家中は長州藩、会津中将が松平容保を指す。

「会津中将と、島津が、な」

鶴翁が訂正し、腕組みをして宙を睨んだ。藤代、小薬、誠之進が鶴翁を見つめ、治平のみが顔を伏せている。

宙に目を据えたまま鶴翁は言葉を継いだ。

「予が老中の職に就いたとき、掃部頭は難題をいくつも抱えてござった。中でも至難は三つ。天朝、異国、そして水戸殿。掃部頭は烈公と凄絶な争いをくり広げられ……」

十三代目将軍継嗣問題において大老井伊掃部頭と烈公こと水戸藩前藩主斉昭とは真っ向からぶつかった。大権をもって井伊大老が勝ったものの、その後、桜田門外で暗殺されている。後世安政の大獄と呼ばれる井伊大老による厳しい措置も煎じ詰めれば、斉昭との闘争のとばっちりといえよう。

鶴翁こと安藤対馬守は、衆目の前で首を取られた井伊大老を重病として対処――自ら見舞い、将軍家からも高麗人参を送らせるなどしている――し、井伊家を存続させた。その果断なる行動で老中一同の信頼と尊敬を集めたものの、自らは筆頭に立つことはせず、井伊大老にうとんじられ、老中を外されていた久世大和守を復帰させて筆頭に据え、自らは異国との折衝役となって対馬におけるロシア軍艦の占領事件、アメリカの通辞ヒュースケン刺殺事件の賠償問題などを解決に導いている。

今上天皇の異人嫌いが攘夷を標榜する反幕府勢力に利用され、天朝と幕府との関係がぎくしゃくした問題では和宮降嫁を実現することで修復を計った。実際、藤代が語った八月十八日の事件においても天皇が攘夷派、長州を追いだすことに同意すればこそ会津が中心となった幕府側が御所を封鎖できた。

ふっと息を吐いた鶴翁が腕をほどき、顔を下ろした。

「烈公が薨去《こうきょ》された折り、予は水戸殿との確執も消そうとした」

死去にともない斉昭の永蟄居、同時に一橋慶喜の謹慎を解いたのも安藤対馬守である。

鶴翁は自分の首を叩き、かすかに笑みを浮かべた。

「しかし、亡霊となったあとも烈公はまだ猛威をふるうておるようだ」

昨年春、背中の傷を理由に老中を退かされ、その後四ヵ月経って永蟄居になっている。

おそらくは永蟄居となった陰では水戸藩が動いたのであろうと誠之進は推察した。

顔を上げた鶴翁が四人の客を見渡す。

「天朝、異国、水戸殿にしてもあと一つの難題に比べれば、些末《さまつ》といえるかも知れぬ」

些末という言葉にぎょっとしながらも誠之進は口元を引き締め、表情を変えなかった。

ほかの三人にしても同様だったろう。

鶴翁の目が誠之進で止まった。心の臓がきゅっと握られたような気がする。

「市中ではもろもろ値が上がっておろう」

「御意」

下げた頭の中にいつだったか秀峰が口にした狂歌が流れていく。

小さくなるは讃岐の隠居に焼き豆腐……。

「手は打ったが、はて、どこまで功を奏したものか」

老中の職にあった時代、安藤対馬守が手がけたのは財政、金融、景気対策だった。

その策の一つに五品《ごひん》江戸廻送令がある。江戸市中の物価高騰を抑制するため、雑穀、燈明に使う油、蠟《ろう》、呉服、生糸の五品を直接横浜に持ちこむことを禁じ、必ず江戸市中を経由させるようにした。生活必需品が異国の商人に直接運びこまれるがゆえに品薄となり、高値を呼んだと判断した結果である。

だが、高値は便乗値上げに過ぎない。異人たちがこぞって買い付けたのは生糸だけなのだ。ほかの品々は商人たちが買い占め、値を吊りあげていた。

しかし、この策には抜け道があった。横浜に商品を持ちこむ際、送り状に手数料をつけて江戸の商人に渡せば、これまで通り横浜の商人の蔵に納めることができるとしたのである。五品江戸廻送令の真の狙いは、幕府にとって重要な金づるたる江戸商人の利益確保にほかならない。江戸商人には送り状を受けとるだけで手数料が転がりこむ。

目を細めた鶴翁が言葉を継ぐ。

「さらに至難が勝手方の切り回しだ」

勝手方の切り回し――すなわち幕府の財政建て直しである。

問題の根本は自由交易によって小判（金貨）が大量に異国へ流れだしている点にあった。江戸、大坂、そのほかの藩でも金が一に対して銀が五であったが、異国においては金の一に対し、銀は十五で取り引きされていた。そのため横浜から金を持ちだし、母国で銀に変えるだけで三倍の価値を生んだのである。

この格差を是正するために安藤対馬守は奇抜な一手をくり出した。

小判の大きさを三分の一とする、通称豆小判を発行したのである。国内においてはこれまでの小判一両を豆小判三両に一分二朱の割り増しをつけて交換、異国に対しては一両の額面のまま豆小判で支払う。つまり額面はそのまま、金の含有量を減らすことで金と銀の価値を実勢に合わせたのであった。

さらに異国と交渉を行い、すべての交易は幕府を通すこととした。しかし、これには各国の首領株におさまっていたアメリカが強硬に反発し、軍事力をちらつかせてまで自由貿易を強要してきた。異国との交渉が長期化すると見た安藤対馬守は、幕府に国益主《こくえきしゅ》法掛《ほうがかり》を設け、異国相手に交易をしている商人たちを取り締まることとした。

国益主法掛は、町奉行、勘定奉行、勘定吟味役、大目付、目付の権限を集中させた組織で、商人たちを監視し、従わない場合には実力行使を辞さないという強大な機関とした。

しかし、あまりに時間が短かった。井伊掃部頭が斃《たお》れ、自らも坂下門外の事件で傷を負い、老中を退くまで約二年ほどでしかない。

安藤対馬守が老中を退いた直後、五品江戸廻送令は撤回され、国益主法掛は解散している。

「八方手を尽くしたが……」目を伏せ、首をかしげた鶴翁がつぶやく。「市中にはまだまだ江戸や横浜の異人館を焼き打ちし、奸商どもをすべて斬り伏せれば、食い物の値が下がると目論む者たちがおる。しかし、異人どもが戦をしかけてくる口実を与えるに過ぎん。奴らは軍船も大筒もそろえている。足りないのは火蓋を切るきっかけだけなのだ」

鶴翁が目を上げ、ふたたび誠之進を見た。口の中がからからに渇いている。

「予の策はいずれも中途で終わった。だが、勝手方の苦労は諸藩とも変わりあるまい。たとえ島津であったとしても」

ふたたび腕を組んだ鶴翁が瞑目する。

「曲者《くせもの》はイギリスだ。予は対馬にロシアの軍船がやって来たとき、アメリカの通辞が斬られた件の賠償ではイギリス公使オールコックを使った。幕府との交渉では、アメリカが頭ひとつ抜きでていたのを利用してな。オールコックには、アメリカやロシアよりイギリスとの関係を深めたいという素振りしてを見せた。いや、素振りではない。実際、そうするつもりだった。しかし、アメリカが黙ってはいなかった。イギリスは我が方の言い分をのみ、開港予定の遅延を認めただけでなく、江戸市中にあった各国の商館を横浜に移すことにも音頭をとったもののアメリカだけは頑として動かず、それを見て他の国も横浜への移転を見合わせてしまった。実質的にアメリカが首領株に出戻ったわけだ」

咳払いを一つ、鶴翁がかっと目を見開く。

「イギリスが曲者というのは、ここからだ。ちょうど一年ほど前のことだ。島津の一行がイギリス人相手に刃傷《にんじょう》の沙汰におよんだのは知っておろう」

生麦《なまむぎ》において薩摩藩島津久光の行列の前を騎馬のまま横切ったイギリス人商人四名に対し、先頭にいた藩士が斬りかかった。このうち二名をその場で斬殺、一名に重傷を負わせている。後にいう生麦事件である。

「島津とイギリスの交渉は確かに難航し、ほぼ一年が過ぎようという今夏、ついにイギリスの軍艦が砲撃をしかけることで戦となった。イギリスは痺《しび》れを切らしたか。否。商館を横浜に移す交渉でアメリカに負けた分を江戸ではなく、薩摩で取り返そうという肚であろう。実際、戦の賠償を通じてイギリスは島津にすり寄り、両者は手を結びつつある。その島津が会津中将と並んで京に残った」

誠之進は背筋に悪寒が走るのを感じた。

ふたたび腕組みし、首をかしげた鶴翁が半ば独り言のようにつぶやく。

「和泉《いずみ》や伊賀では、島津の相手は務まらんだろう」

水野和泉守忠精《ただきよ》、板倉伊賀守勝静《かつきよ》の二人が安藤対馬守、久世大和守が老中を辞したあとの老中筆頭格である。幕府から永蟄居を命じられた鶴翁の目には、島津への忖度ばかりに汲《きゅうきゅう》々としている二老中の姿が映っているに違いなかった。

すっと立った鶴翁が言い放つ。

「厠での茶も悪くないものだ」

四人が手をつき、深々と頭を下げている間に屋敷へとつづく戸が開き、鶴翁が去った。

屋敷を出る際、治平が寄ってきて誠之進に重い財布を渡した。

「兄上様からでございます」

治平が同席していた理由がようやくわかった。


秋の日はつるべ落としという通り、舟を乗り継ぎ、品川宿にやって来たときには周囲に夕闇が濃くなっていた。大戸屋に寄る用もなく、通りすぎようとしたときに声をかけられた。

「旦那」

足を止めた誠之進は声の主をふり返った。

「おお、あんたは……」

大戸屋の高張り提灯の下に出てきたのは、九十九里は屋形村で八州廻りの道案内をしている辰蔵だ。何かあれば、品川宿の大戸屋に連絡《つなぎ》をつけてくれといっておいたが、辰蔵自らがやって来たとなれば、ただごとではないだろう。

「腹、減ってないか」

「へえ」辰蔵が小さくうなずき、うかがうような目を向けてくる。「腹ぺこでござんす」

「ちょうどよかった。そろそろ夕餉《ゆうげ》の頃合いだと思ってたんだ。付き合ってくれるな？」

「お供しやす」

うなずき返した誠之進は料亭〈金扇〉に向かって歩きだした。どのような話であるにせよとりあえず人目は避けておいた方がいい。

ちょっと親父に似てきたか、とちらりと思った。

四

海は荒れていた。鉛色をして、無数の三角波が白く立ちあがっては消え、沖では雲と海とが溶けあっている。午を過ぎたばかりだというのに暗かった。

松林の間を通りぬけ、浜の通りに容赦なく吹きつけてくる冷たい風に多吉は蓑《みの》の前を掻きあわせ、笠のひさしを引き下げていた。首を縮め、顎を蓑のうちへ埋めていても胴震いが止まらない。

片貝村にある音兵衛の屋敷から井之内村の楠塾までは一里ほどながら、冬、まして強い風の中を歩くと道のりは倍にも三倍にも感じられる。

雨とも波しぶきともつかない水滴が頬に痛い。砂浜に打ち寄せる波は大きく、重々しい音とともに砕けちっている。時おり、白いものが目の前を過っていった。雪が混じっているのだ。

　蓑の内側を掻きあわせている指に力をこめるが、すっかりかじかんでいて頼りなかった。

　この春、用心棒代わりに音兵衛宅に止宿するようになっていた楠だったが、秋口にはふたたび塾に戻っていた。多吉には、毎朝、楠に従って塾まで歩くのは少しこそばゆく、何より誇りでもあった。

　だが、道を隔てて向かいにある斎藤の剣術道場には剣呑な匂いを感じていた。近所でも評判の乱暴者やどこから流れきたのか得体の知れない連中が多数混じっていたからだ。

　楠先生は何を企んでおいでか、と時おり思った。

　塾に着き、木戸を開けて土間に入った。むっとする熱気が顔を包む。多吉は冷たい風が吹きこまないようすぐに戸を閉めた。物置を作り替えた塾には土間と板間しかない。今日は講義がないのか、板間には男たちがごろごろしていた。その数、ざっと三十ばかり。秋口に楠が塾に戻るといい出したのも塾生が増えたためだ。男たちの間には、そここに火鉢が置かれている。

　塾生の雰囲気も以前とは違った。近所の子供が多く、多吉と嘉平は最年長に近かったのだが、今では三十、四十の男たちが混じっている。しかも陰険そうな面立ちをした連中が多い。剣術道場と似てきたような気がした。

「ごめんください」

声をかけると板間に寝そべっていた男がむっくりと起きあがり、框までやって来た。

多吉の顎が上がる。土間から框まで一尺余あるにしても男は大きかった。

七尺近いのではないか――多吉は胸のうちでつぶやき、そっと生唾を嚥んだ。

背が高いだけでなく、顔も長かった。頬骨が突きだし、殺《そ》げた頬をして頑丈そうな顎へとつながっている。肩幅が広く、胸板が厚かった。落ちくぼんだ底で光る小さな目で多吉を睨む。

「何だ？」

「片貝の音兵衛の使いで参りました。楠先生にお届け物です」

「先生はおらん」

にべもなく答える。表情のない小さな目に睨まれているのに耐えきれず目を伏せた。

男は裸足だった。平べったい足の親指にぎょっとする。多吉の握り拳ほどもありそうだ。

「どちらに……」

訊きかけたとき、嘉平が土間に降りてきてほっとする。目の前の大男がきびすを返し、元の場所に寝そべった。

多吉はちらりと男の大きな背中を見やったあと、嘉平に目を向けた。

「先生にお届け物に来た。うちの親方にいわれて」

「ああ」うなずいた嘉平が戸のわきに掛けてある蓑に近づく。「先生はここにはいない。今は小関の旅籠におられる。案内しよう」

手早く蓑と笠を着け、戸を開けた嘉平につづいて外に出る。冷たい風が真っ向から吹きつけてきたが、かえってほっとした。

「何だか変わったな」

歩きだしてすぐに多吉はいった。

「何が」

「塾だ。さっきの大男はいつからいるんだ？」

「ついこの間来た。憶えてないか……」嘉平が探るような目を向けてくる。「あれ、悪太郎だよ」

「悪太郎って、あの？」

「そうだ」

歳は二つ、三つ年上のはずだ。子供の頃から躰が大きく、ガキ大将だった。気性が激しく、暴れだすと力自慢の漁師たちでさえ持てあますほどで悪太郎の異名がついた。

「江戸へ出て、角力《すもう》になったんだけど、駄目だったようだ。ついこの間、ひょっこり塾に現れた。百貫はありそうな相方を連れてな」

「そいつも角力だったのか」

「そう。だけど駄目仲間よ。ぶよぶよなんだ」

嘉平が笑う。

それきり二人は黙りこみ、笠の前を下げ、蓑を掻きあわせて歩いた。小関村の旅籠は十軒ほどあるが、嘉平が訪ねたのは旅籠に隣り合う小さな一軒家だった。

「先生は旅籠に逗留されているんじゃなかったのか」

「ここは旅籠の離れだ。番頭なんかいなくて煩わしくないといわれてな」

慣れた様子で戸を開け、声をかける。

「嘉平でございます。先生、おられますか」

「へい」

意外にも答えたのは女で、すぐに玄関に出てきた。顔を見たとたん、棒立ちになる。

かえ――親切にしてくれた漁師申吉の娘だった。

「川風が身に染みるぜ」

となりを歩いている鮫次がつぶやき、首をすくめて大袈裟に身震いしてみせる。誠之進へのあてつけでもあった。袷の着物に羽織、紺足袋を履いて草履をつっかけている鮫次に対し、誠之進は相変わらずの着流し、素足だ。

二人は神田川の河岸に並ぶ柳を左に見て、川の流れに沿って歩いていた。誠之進は空に目をやる。重苦しい雲が覆い、雪でも落ちてきそうな気配だ。

鮫次は狂斎宅に住みこんでいた。かれこれ一年になる。その前は近所の長屋に住んでいたのだが、八年もの間、一度も家賃を入れたことがなく、ついに追いだされてしまった。狂斎は不在だったが、鮫次は日本橋まで画材の仕入れに行ってきて戻ったばかりだといった。出られるかと訊けば、師匠は三日は戻らないからと、二つ返事で出てきた。

神田川に沿って下ってきたが、間もなく浅草橋にかかろうとしていた。

「吉原《なか》でも冷やかしに行ってみるか」

鮫次がいう。吉原でもっとも繁華なのは仲之町通りであり、常連はナカと称することが多い。鮫次は誠之進が吉原に足を向けないことを知った上でいっている。

「ところで、父御の塩梅《あんばい》はどうだい？」

「相変わらずといいたいところだが、だんだんと弱ってるな。躰も小さくなっちまって、力も弱くなった」鮫次が首を振る。「あんな親父は見たかなかった。さっさとくたばりゃいいものを」

わずかに唇を歪めたが、誠之進は話を進めた。

「多吉は？」

「九十九里に行ったきりだ。音兵衛って網元んところに入りこんでる。お得意の算術が認められたらしくてな」

「音兵衛？　甚平のところから変わったのか」

「変わったのは名の方、今は音兵衛といってる」

「名を変えた？」

　思わず声が大きくなった。鮫次が目を剝く。

「いったいどうしたってんだい」

「すまん。ちょっと気になることがあったもので。ところで、九十九里の屋形村に行ったとき、多吉にからんでた辰蔵という男を憶えているだろ」

「ああ、たしか八州廻りの道案内をしてたな」

「鮫さんが和田浦へ帰ったあと、私は辰蔵の家を訪ねたんだ。その辰蔵が三月《みつき》ばかり前、大戸屋へやって来た」

　今は亡き父にいわれ、九十九里に幕府に弓を引こうとする連中が跋扈《ばっこ》している事情を調べるよう命じられ、そのとき八州廻りの手代黒木清五郎を紹介されたことを話した。

「父に命じられたからでもあったが、多吉のことも気になっていた。だからそれとなく聞き耳を立てていて欲しいと頼んできた。黙ってて、すまなかったが」

「いいってことよ。何しろ誠さんはおん……」鮫次がにやりとする。「おっと、そいつをいっちゃお終《しめ》えだったたな」

わざと隠密と口にしかけたのだろうが、誠之進はちらと笑みを浮かべただけでつづけた。

「楠音次郎なる男がいるらしい。二年ほど前に井之内村に来て、塾を開いたんだが、どうも多吉はそこに通っているらしくてね。何しろ九十九里は犬牙の地……」

「わかってる。和田浦だって大して変わらねえからな。得体の知れない連中が出たり入ったりしてる」鮫次が目を丸くする。「それじゃ、音兵衛というのは、その楠って野郎から一文字もらったってわけか」

「はっきりとはわからん。ただ私も楠という男が気になったんで、黒木殿に問い合わせの手紙を送った。ようやく返事が来たのがつい昨日のことだ。それで鮫さんを訪ねたというわけだ」

「楠は謀反でも起こそうってのか」

「そいつもはっきりしない。だが、夏頃から楠のところには地元の網元やら剣客などがちょくちょくやって来るようになった。さらに破落戸《ごろつき》が集まっている」

「房州も九十九里も破落戸、無宿人、博徒には不自由しねえな。掃いても掃いても湧きだしやがる。多吉の奴ぁ、そんな野郎のところに出入りしてるのか」

「しかも多吉の雇い主まで一字をもらって名乗るほどに入れこんでいる。さて、その楠だが……」

誠之進は右前にある屋敷の塀が途切れているところを顎で指した。木戸が開かれたままになっていて、中ほどに向かう小路の両側に生け垣をめぐらせた小ぶりな屋敷が並んでいた。

「手前から三軒目だ」

鮫次が中をうかがった。

「結構な屋敷じゃねえか」

三軒目は、両隣に比べると真新しく、生け垣の内の庭も手入れが行き届いている。

「ここは郡代屋敷内でね、今、鮫さんが見てるのは組下の者たちの屋敷だ。八州廻りは今でこそ勘定奉行支配だが、もともとは郡代の配下だった。そして三軒目にいるのは郡代支配の頃からの八州廻り手附なんだが」

すべては黒木からの手紙にあった。八州廻り手附、手代の役料は十両二人扶持で収入としては大したことがない。勤めが長くなれば、役料が増えるが、それでも二十両五人扶持《ぶち》くらいのものだ。手附は御家人であるため、代々の禄を頂戴しているが、足軽に過ぎなかった。すべてを足しても手入れの行き届いた屋敷に住まえる身分とはいえない。

足取りを変えず誠之進は歩きつづけた。

「駒形という」

「なんだかぬるぬるしてつかみ所がなさそうな野郎だ」

浅草駒形どぜうはかれこれ六十年はつづくどじょう料理の有名店である。

「楠だが、素性ははっきりしないものの駒形とは抜き差しならない仲らしい。駒形はもともと九十九里を回っていて、かの地に顔が利く。もっともそう熱心に巡察していたわけでもなさそうだ。それと楠と駒形がどこで知り合ったのかは辰蔵にもまだつかめていないようだが、楠が井之内村に移り住むようになったのにも駒形がからんでいるらしい」

誠之進は鮫次に目を向けた。

「抜き差しならない仲は今も変わらんようだ」

前を向いた鮫次がぼそぼそという。

「誠さんは知ってるかい。房州や九十九里の網元は大名並みの稼ぎがある」

誠之進は目を剝いた。一万石以上を大名と称する。

「中には十万石以上ってのもいるはずだ」

「それほどに？」

「干鰯だよ。金肥《きんぴ》といわれてな、武州、相州一円の百姓たちが買う。鰯は馬鹿みたいに獲れる。一網で百両、二百両なんて稼ぎもある。そのおかげでどじょう野郎にも少なからぬ余禄《よろく》があるんだろ」

これまた黒木の手紙に書かれていたのだが、八州廻りが巡回に出ても一日あたりの手当は二、三百文、一回りしても二、三両にしかならない。ただし、巡回中の宿代、飲食費はすべて地元の村がもつのが決まりで、その上土産がつく。

　それ以上に目こぼし料が入った。ふだん地元にいるのは道案内と呼ばれる男たち――辰蔵もその一人だ――だが、素性の怪しい者が多かった。村で事件や騒動が起これば、八州廻りに届けるのが決まりでも村役人や庄屋にすれば、多少の金を道案内に握らせ、何もなかったことにしてもらう方が安上がりだ。一方、道案内にすれば、目こぼし料が唯一の収入でもある。つねに村の隅々に目を光らせ、金になりそうなタネを探している。

　そうした事情は八州廻りも了解していて、道案内から上納金が届く仕組みになっていた。

　鮫次は顎を撫でた。

「その楠って奴が九十九里に行ったのもとどのつまりは網元の金が目当てだろ。そして裏には八州廻りがいる。なるほど少しばかり厄介だ」

　二人は浅草御門の前を過ぎ、神田川と隅田川の合流点に向かって歩きつづけた。

　かえは二つ、三つ年上なので二十歳をいくつか過ぎているはずだ。楠が逗留している旅籠の離れで顔を合わせたときにはっとしたような顔をしたので多吉であるとわかったに違いない。それでも二人ともに久しぶりなどと挨拶は交わさなかった。

かえの父申吉が浜で声をかけてくれたのは、決まって多吉が一人でいるときだ。嘉平と仲良くなったのは、申吉が亡くなり、かえが村を出て行ったあとだ。だからかえが江戸に出て女郎になったという噂は耳にしていても多吉とかえが幼い頃からの顔見知りであるとは知らないだろう。

村を離れたとき、かえは十歳を越えたくらいだった。それから十年あまりが経っている。もともと少し太めではあったが、今はむっちりと女の脂がついていた。玄関先で顔を合わせた刹那、ふっと思った。

きれいになった……。

片貝村にいた頃は漁師の娘らしく真っ黒に日焼けしていたが、今は眩《まぶ》しいほどに白い肌をしていた。

かえと顔を合わせたのは、嘉平と訪ねたときだけである。楠の講義は塾で受けており、音兵衛に命じられた金品も塾に届けたからだ。それでいて夜となく昼となくかえの面差し、唇、白い手、うなじが浮かんでくる。一度思いうかべてしまうと容易に消えなかった。それどころか、自分の手をかえの胸元に差しいれ、裾を割るところまで思い描くようになっていた。

今もかえがしなだれかかってきて、多吉は丸くてすべすべしたかえの顎を持ちあげ、一心不乱に口を吸って……。

「おい」

怒りを含んだ大声を浴びせられ、多吉は目をしばたたいた。浜頭が目尻を吊りあげて睨んでいる。前の頭が殺されたあと、手下の漁師のうちから選ばれていた。

「何をぼんやりしてる。さっさと帳面をつけねえか」

目の前には藁《わら》を編んだかますがあり、干鰯がいっぱいになっていた。多吉は左手に帳面、右手に筆を持ったまま、ぼんやり立ちすくんでいた。

頭がにやにやする。

「おや、いい女のことでも考えたようだな」

頭の視線が自分の下腹に向けられているのに気がついて、あわてて腰を引いた。頭をまともに見返すことができず、眉根を寄せて帳面を睨んだ。しかし、自分がどこに何を書き入れようとしていたのかわからなくなっていた。

頭が呆れたように言い添える。

「荒木屋の分だろう。何袋目だよ」

ようやく帳面に書かれているのがわけのわからない紋様から文字に変わる。

「これでちょうど二十」

「よし、今日の分は終いだな」

「へい」

帳面に書き入れ、筆を矢立に戻した。顔を上げたときには頭は背を向け、干し場に向かって歩いていた。頭の向こうに駆けよってくる嘉平が見えた。寒空の下だというのに汗びっしょりになっている。

「せん……、先生が……、戻られた」

楠は半月ほど前から出かけていた。どこへ何をしに行ったものか多吉は聞かされていない。

ようやく息を整え、躰を起こした嘉平がつづける。

「客人を連れなさってな。お前にも塾へ来るようにってことだ」

「客人って、誰だ？」

「何でも昔からの知り合いだそうで、三浦様とおっしゃるお武家だ」

「塾の方だな」

正直なところ、あまり気乗りがしない。嘉平の様子を見ていると塾から駆け通しだったようで、おそらく帰りは多吉を連れて同じように駆けるつもりでいたのだろう。

「ああ」

「おれはまだ屋敷に戻って帳面の整理をしなくちゃならない。それを済ませたらすぐに……」

「ぐずぐずするな」

嘉平の声には多吉の面を打つような鋭さがあった。思わず見返す。嘉平の目が据わっていた。

「いよいよ起《た》つときだ」

五

〈研秀〉の戸には内から心張り棒がかってあった。小上がりには誠之進、鮫次、秀峰、それに関東取締出役の黒木が車座になっている。黒木は刀を研ぎに来ていた。もちろん表向きに過ぎず、すべては治平が手配してくれた。

『秀峰は優れた研ぎ師でしょう。噂を聞きつけて黒木様が来たとして何の不思議もありますまい』

黒木と直に会って話がしたいと治平に相談したのは誠之進である。料亭より研ぎ師がいいといいだしたのは治平だった。

黒木が切りだした。

「三浦帯刀《たてわき》と申す者がおります。下総国の北、佐原の方に幽閉されておりました」

三浦はもともと下野国の生まれだが、江戸に出て、旗本で陽明学者の津田英次郎と知り合い、その思想と人柄に惚《ほ》れこんだという。陽明学が行動がともなわない知識は意味がないとする、どちらかといえば過激な学問であることくらいは誠之進も知っていた。

面倒くさそうな奴だなと誠之進は肚の底でつぶやいたが、はたして……。

「三浦は津田によほど気に入られたと見え、押しかけ塾生から用人に取り立てられ、ついに娘を嫁にもらうまでになりましたが、これがのちの幽閉の元となります」

義父である津田が開いていた塾の塾頭が三浦の妻を殺し、三浦がその塾頭を斬って出奔した。三浦と妻、塾頭の間にどのような関係があったか黒木は明言しなかったが、おおよその察しはつく。十中八九、不義密通であろう。しばらく江戸市中に潜伏していた三浦だったが、ふたたび津田に接近し、家来として戻る。

「しかし、ここでも家中で刃傷沙汰に及びまして、それで佐原において百姓家に預けの身になりまして」

佐原は旗本津田の知行地だという。

「血の気の多い野郎だね」鮫次がつぶやき、ぺろりと舌を出した。「おっとお武家に対して無礼だったたな」

「何の」黒木がにやりとする。「今でこそかような形《なり》をしておりますが、もともとは九十九里の網元の倅」

「おや、遠い親戚かい」

「海人《あま》の血が流れております」

二人はそれで一気に打ち解けたようだ。黒木がつづける。

「元来血の気の多い気性だったのでございましょう。その上陽明学を学び、おそらく水戸殿にかぶれたところも少なからずあったはず」

下野は常陸国に隣接しており、水戸藩の影響を受けた者が多い。つまり前藩主にして今は亡き斉昭に感化され、井伊大老、そして鶴翁こと安藤対馬守に敵愾心《てきがいしん》を抱いていたとしても不思議はない。

「御公儀《おかみ》に弓を引きましたか」

誠之進の問いに黒木が首を振る。

「今のところ、斬ったのはいずれも身内です。しかし、よほど津田は三浦が可愛かったとみえて、佐原においての監視はすこぶる緩かったとか。屋形の辰蔵がいろいろ調べ、注進に及んでくれました」

「そうでしたか」

「さて肝心なのはここからです。その三浦のもとへこのところ足繁く通っていたのが楠音次郎なる者です」

誠之進と鮫次はともに息を嚥んだ。秀峰だけがぷかりぷかりとタバコを吹かしている。

黒木が言葉を継ぐ。

「三浦には過剰、過激な思いがあり、楠の下には不逞の輩《やから》が数多く集まっております。

その二つが結びつけば、どのような騒動に発展するやも知れず……」

「穏やかではありませんね」

「しかし、簡単に成敗というわけにもまいりません。実は先ほど私が申しあげた三浦の素性は佐原に参りました八州出役の一人が調べてまいったことで……」

「そこまでされましたか」

「天狗との関わりがあると厄介にござれば」

水戸出身の過激浪士たちは天狗と呼ばれることが多かった。井伊大老暗殺以来、強面《こわもて》で通り、騙《かた》りも少なくない。しかし、本当に水戸藩が背後にあれば、幕閣としてもあだやおろそかにはできない相手となる。

黒木の顔つきは厳しいままだった。


作田川《さくだがわ》の河口近くにかかる橋を、井之内村から小関新開へ二人の武士が渡ってきて、声高に呼ばわった。

「シンチュウ組、推参でござる」

「シンチュウ組、推参でござる」

そろって同じセリフをくり返している。

小関新開に並ぶ旅籠の前には、番頭や小女たちが立ち、二階から顔をのぞかせている客もある。近所の家々からも村人たちが沿道に出てきていた。誰もが二人の武士に目を向けている。

文久三年も師走となり、すでに六日が経っていた。午に近く、空は晴れわたっていたが、海から吹きつのる風が冷たい。多吉は両腕で芯まで冷え切った躰を抱き、小さく足踏みしていた。

昨夜、嘉平が訪ねてきて、明朝楠の塾へ来いといった。何があるのかと訊いても、今はいえないと答えた。すまないが、と多吉は断った。親方音兵衛のいいつけなのだ。

先月の晦日、音兵衛が江戸に行くといいだした。江戸で干物問屋と落ちあい、さらに武州を回るという。出立の前夜、音兵衛からきつく言い渡されていた。

『留守の間は浜の方は頭に仕切らせて、お前はしっかり家を守れ』

『へい』

『それともう一つ、おれが留守の間に楠先生から誘いがあっても断じて家を空けちゃならねえ。わかったな』

うすうす事情は察していた。夏が終わる頃から塾に集まる人数が増え、今では四、五十人にもなっている。塾の向かいにある斎藤の剣術道場で見かけた無宿人、博徒風の男たちが入っていた。

さらに三浦がやって来てから楠の態度も変わっていた。音兵衛にいいつけられ、金を届けるのは多吉の役目に変わりなく、五両を差しだすと、舌打ちし、これだけかと吐きすてた。無造作に金を懐に突っこんでから、どこその誰それは三百両、誰それは五百両献じたがなと、そっぽを向き、聞こえよがしに独り言をいうようになった。

三浦が来てから楠の一味は近隣のみならず九十九里の端から端へ回り、押借りをしていた。音兵衛が警戒するようになったのは、そうした噂が耳に入ったからだろうが、急に江戸へ行くといいだしたのは金を無心されているだけでなく、楠が三浦とともに起ちあげる組に入れと誘われたからに違いない。斎藤は一も二もなく同盟したようで、売薬とあだ名される網元庄右衛門も、のらりくらり躱《かわ》していたもののついに押し切られてしまった。

「シンチュウ組、推参でござる」

大声を発しながら早足でやって来た二人の武士が多吉の目の前で向きを変えると、近所でもっとも大きな旅籠〈大村屋〉の門の内側へ入っていった。

すぐわきに立っていた二人の中年男――風体からすると近所の漁師のようだ――のうち、一人が相方に顔を向ける。

「シンチュウ組ってのは何だ？」

「知らん」

ほどなく橋の方でざわめきが湧きあがり、多吉は目をやった。覆いをかけた槍を高々

と持ちあげた男と、鋏箱を肩に担いだもう一人が並んで橋を渡ってくる。その後ろには
ぞろぞろと行列がつづいていた。

　また漁師の一人がいう。

「何だ、ありゃ。大名の行列か」

「お前、大名の行列なんか見たことあるのか」

「ない」

　多吉はかつて江戸城に登る大名たちの行列を見物に行ったことがある。奉公していた先の貸本屋の主に連れていかれたのだ。大名の家紋や先頭の槍持ちが掲げる槍に付いた印、行列の様子などを解説した武鑑は人気のある書物だった。そのため、貸本屋ならば一度は見聞しておけと主にいわれた。

　先頭の槍持ち、鋏箱持ちはなるほど大名行列を気取っていたが、そのすぐ後ろには楠と三浦が歩いていた。塗り物駕籠の持ち合わせがないのか、塾まで半里とない道のりなので徒歩にしたのかはわからない。

　楠と三浦はともに六尺豊かな上背があったが、見た目は大いに違った。右を歩く楠は日に焼け、どっしりとした体を金糸銀糸で彩った陣羽織、白袴と白足袋に包み、白い緒の草履という恰好をしている。左の三浦は痩せて、青白い顔をしており、紋付きの黒羽織に縞の袴を着けている。

しばらく塾を離れていた楠が戻ったとき、嘉平が呼びに来た。そのときに三浦に引きあわされている。三浦と並んで座っていた楠には、嘉平の申し出により目通りを許したといわれた。そこで両手をつき、ていねいに頭を下げると、今度は面を上げいと来た。

何とも馬鹿らしかった。

目の当たりにした三浦は頰が殺げ、顔色が悪く——青白いというより黄色みがかっていた——、血走った目をぎょろつかせていた。口の中でぼそぼそと挨拶を返した三浦の眼光が異様にぎらぎらしていたのを憶えている。

その後、楠と三浦はほうぼうに出かけていっては金を集めた。どれほどの金が集まったかは知る由もない。配下を養い、御公儀の助太刀をするための諸道具を買い込むのに大枚が要ると称した。助太刀とは、ずばり横浜異人館の焼き討ちである。

一方、庄屋、豪農、網元からせしめた金を近所の小前百姓や細々と暮らしている漁師たちに分けあたえたとも聞いている。だが、大半の金は塾や斎藤の道場に屯している連中の飲み食いに遣われ、楠自身、旅籠の離れでかえとともに暮らしていた。

大村屋の門から左に目をやる。かえのいる離れは大村屋が持っており、となりに建っていた。玄関の戸は閉じられたままでかえの姿は見えない。

「へえ、ご大層なもんだ」

「まったくだな」

二人組の中年漁師が話している。

楠たちの後ろには巨漢が二人、並んで歩いている。角力取り崩れの悪太郎と百貫だ。百貫の名は知らない。嘉平のいう通りぶよぶよに太っているだけで分厚いまぶたに押しつぶされそうに目が細い。二人の角力取りは両方の肩に米俵を担ぎ、涼しい顔をして歩いている。

槍持ち、鋏箱持ちが大村屋の門前に立ち、その間を楠と三浦が堂々と入っていく。楠の陣羽織の背には赤々とした日輪が大きく縫い取られていた。行列は橋までつづいていた。今まで何度か目にした大名行列のような風格は微塵《みじん》もなかったが、一つだけ大名たちを上回っているところがあった。人数だ。大名の登城行列で四、五十人だったものが、楠のそれは倍以上、いや、百五十人もいそうだった。角力取りの後ろに武士体の二本差しがつづく。きちんと月代を剃り、髷を結って羽織、袴に威儀を正している。数列目に嘉平がいた。小さな躰に長大な剣を差し、やはり武家風に髷を結っている。凜々《りり》しく見えた。

だが、行列が進むにつれ、着物はそろわなくなり、木綿の単衣という者が多くなっていった。裸足に突っかけた草履をずるずる引きずっているだらしない者もいる。刀も大脇指のみとなり、どう見てもただの破落戸《ごろつき》でしかない。

「ひどいもんだ」

「ああ」

中年漁師二人組もすっかり呆れかえっていた。

一行が宿に入ったあと、最初に声高に触れて回っていた二人組が出てきて、大村屋の門に大きな木札を掛けた。

真忠組本陣と大書されている。

「何て書いてあるんだ？」

漁師の一人が訊く。

「おれに読めるわけないだろうが」

ふと視線を感じ、多吉は左に目をやった。いつの間にか離れの門のわきにかえが立っていた。多吉をじっと見ている。同時に楠先生の誘いに乗っちゃならねえという音兵衛の声が脳裏を過っていく。

かえの目が動き、大村屋を見た。うなじの白さがまばゆい。ずきんと下腹がうずくのを感じた刹那、音兵衛の顔が消え、多吉は大村屋に向かってふらふらと歩きだした。

「……村御惣代《おんそうだい》に申しあげます。我ら真忠組儀、そもそも皇国の御為《おんため》、身命《しんみよう》を投げだし、万民を困窮から救わんとする、その赤心にて立ちあがりし者にて他意は一切ござらぬ」

多吉はまくし立てた。目の前には三人の惣代がかしこまっている。だが、多吉のいうことがどれほどわかっているか心許なかった。惣代たちはそろって口をへの字に曲げ、前に置かれた証文を見ている。顔つきを見ていれば、多吉の声が右の耳から入り、左の耳へ素通りしているのだとわかった。

証文は村に対し、三百両の借用を求めていた。

姿形が変われば、心底も変わる。多吉は黒羽織に短袴、大小刀は左のわきに置いていた。髷は武家風に改めている。大村屋の門に真忠組本陣の看板が掛けられたあの日、行列の中で胸を張っていた嘉平と同じ恰好だ。二本差しとなったが、刀を抜いたことはない。抜けるかどうかもわからない。所詮はったりの道具であり、拵《こしら》えさえしてあれば足りる。

差しだした右手を畳につき、左手は腿において、多吉は尻を浮かせ、身を乗りだしていた。

「さて、嘉永年間に異国船が来航以来、かの蛮人どもは口では宥和《ゆうわ》の、親睦のとほざきつつ、裏では諸国より集めし金穀を安く買いたたいて母国へ持ち去り、汚れた足で神聖なる皇国を踏んで婦女子を襲っては拐《かどわ》かし、これまた母国へ連れ去っております。一方で愚にもつかない品々を高値で押しつけ、これをもって交易などと称しおり、ほんのわずかでも異を唱える者あれば、すぐに大砲を撃ちかけてくるなど不埒千万。しかし、蛮人どもとは申せ、彼奴《あやつ》らの備える船、砲には侮りがたいものがあり、唐国の大国、かの清が領地を奪われ、民草《たみくさ》ことごとく奴婢《ぬひ》と相成った例を引くまでもなく、ここは諸侯が力を合わせ、蛮人どもを打ち払わなければなりませぬ」

かえの目に表れていた光に押されて大村屋の門を潜《くぐ》って真忠組に投じて以来、師走も正月もなく東奔西走の日々を送っていた。

多吉の左後ろには三浦、右後ろには悪太郎が端座し、さらに十名ほどが左右に居並んでいる。当初、その他大勢の一人であった多吉だが、得意の算術を生かして村々に供出させるべき金穀をはじき出し、理をもって村役人や豪農、豪商、大網元を説く役に回るようになっていた。

今、村役人を相手に口上を述べながら肚の底から湧きあがる力が手足の指先にまでみなぎるのを感じていた。

ついに自分のやるべき仕事に巡りあったという震えるような思いに包まれている。

「ところが、諸侯の実際はいかが。火急の事態に自国を守ることのみにとらわれ、江戸を去り、国許に引きこもって知らぬ顔を決めこんでござる。御公儀の役人どもは累代の家名を守ることのみに汲々とし、攘夷に一向手をつけようとしない。まして商人づれ、目先の利のみにとらわれ、金穀のみならず親子を引き裂いても婦女子を差しだし、二束三文で売りはらってござる。これが奸臣、奸商といわずしてほかに呼びようがござろうか。我ら真忠組、微力とはいえ、お手薄となりし御公儀に助太刀いたし、奸賊ばらを討ち、横浜に巣くう蛮人どもを成敗いたす所存にござります」

幕府を助け、救国救民に身命を捧げることこそ真の忠、ゆえに真忠組であると結んだ。

次いで多吉は近隣のどこそこの村では四百両、網元某が五百両、領地を持つ大名家からはさらなる大金が下賜《かし》されたと並べたてた。

さあ、出せと口にはしない。身を乗りだすだけだ。やがて惣代たちが顔を見合わせ、真ん中の一人が後ろに置いてあった三宝《さんぼう》をおずおずと差しだし、顔は伏せたままぼそぼそといった。

「何分、貧しき村なれば……」

「御免」

多吉は村役人をさえぎり、三宝に被せられた白い布を取りはらった。十枚ずつ重ね、帯封をした小判が五つ載っている。布を捨て、元のように座りなおした多吉は腕組みをした。

「これはこれは……、いやはや……、御惣代の方々におかれましては拙者が縷々《るる》申し述べた片言《へんげん》もご理解召されないと存ずる」

「何分にも、貧しき村にありますれば……、この時節は鰯も少なく……、春になれば……」

しどろもどろになっている村役人に食ってかかろうとする多吉の袖をさっと三浦が押

さえた。
「吉田氏《うじ》」
多吉は真忠組に加入以来、かつて伊牟田尚平がつけてくれた吉田嘉十郎を名乗ってい
た。嘉平にお前から一字をもらったと告げると大いに喜んだものだ。
「こなたにおかれても事情のあらば、尊き誠志としてお請けすることにしよう」
すかさず三人の惣代が揃って畳に手をつき、三浦にひれ伏す。
「ははあ」
すべてはあらかじめ打ち合わせができていた。二百両求めて、すんなり二百両が出て
くることはない。だいたい五分の一から十分の一が相場となっている。三百両の要求に
対して五十両出てくれれば、ましな方といえる。
「三浦殿がいわれるのであれば……」
多吉はすんなり引き下がった。これまた事前に打ち合わせ済みの芝居に他ならなかっ
た。

その日の夜遅く、中天におぼろ月がかかる頃、多吉はそっと大村屋を抜けだして浜に
向かった。松林にかかろうという頃、後ろからひたひたと近づいてくる足音が聞こえた
が、かまわず松の陰へと踏みこむ。

足を止め、ふり返る。駆けより、胸に飛びこんできたかえを両腕で抱きとめた。持ちあげた口を夢中で吸い、かえの奥底から立ちのぼってくる蠱惑《こわく》を味わう。

夜気は冷えきっていたが、頭の芯がかっと熱くなり、灼熱《しやくねつ》が全身にみなぎる。硬くなった下腹にかえがそっと手を伸ばしてくる。

柔らかく、わずかにひんやりとした手のひらに包まれた。

強くなく、だが、弱くなく……。

これで三夜連続になる。

六

文久四年に入って九十九里辺の状況は一変する。

正月十七日の夜明け前、誠之進は上総国薄島村《すすきしまむら》にいた。薄島は東金と小関新開のちょうど中ほどにあたる。一軒の百姓家を板倉藩兵がぐるりと囲み、八州廻りとその道案内が家の中に入っている。

誠之進のそばには八州廻り手代の黒木、屋形村の辰蔵、それに鮫次がいた。

昨年末、八州廻りの一人が佐原に派遣され、三浦帯刀の背後に水戸天狗党の存在があるかを探索させた。さらに正月明け、同じ八州廻りが水戸藩上屋敷に赴き、調べてきた結果を踏まえて三浦について問いただした。数日後、水戸藩は三浦なる者は家中および天狗党と一切関係ないという返事をしている。つまり百姓一揆《いっき》に過ぎないと知れたのである。

これを受け、幕府は正月十二日、佐倉堀田藩、福島板倉藩、一宮加納《いちのみやかのう》藩、多胡《たこ》久松藩、大多喜《おおたき》松平藩、久留里《くるり》黒田藩の留守居役六名を勘定奉行宅へ呼び出し、九十九里小関新開の旅籠を本陣とし、真忠組と称する浪士たちの捕縛について衆議を命じた。後ろ盾のない浪士集団を捕縛するのに六藩が呼びだされるところが犬牙の地を象徴していた。

六藩のうち、もっとも大きな兵力を動員できるのは堀田藩だったが、藩主が重篤な病を得ているため、結局、小関には板倉藩と佐倉藩、真忠組支所の置かれた北の八日市場には佐倉藩、南の茂原《もばら》には一宮藩が出動することとなり、討ち入りの期日は十八日早朝と定められた。

板倉藩は東金陣屋に鉄砲足軽を主力とする藩兵百名を集結させ、そこへ八州廻り手勢五十名と佐倉藩の援兵百名が合流することとなった。誠之進は黒木からの連絡を受け、鮫次とともに八州廻り手勢に加わることにしたのだが、陣屋に着いてみると手勢に辰蔵もいることがわかった。見知った顔があれば、やはり心強い。

ところが、誠之進と鮫次が東金に入った十六日の夜になって、小関新開を監視していた探索方から急報が入る。真忠組本陣に草鞋《わらじ》百足が運びこまれたというのである。翌朝にはそろって本陣を出て行くかも知れない。指揮を執る板倉藩留守居役は、佐倉藩の援兵を待たず十七日の夜明け前に真忠組本陣を急襲することを決した。

そうして夜半、板倉藩兵、八州廻り手勢あわせて百五十名ほどが東金本陣を出たのだが、一里ほど下った薄島村で足止めとなった。

様子を探りに行っていた辰蔵が戻ってくるなり黒木に告げた。

「あの百姓家の倅が真忠組の幹部になっております。ここらを回っている道案内の注進にございますが」

「それで」

黒木が百姓家をうかがい、辰蔵に先をうながした。

「親父がいうには倅は師走からこっち小関新開に行ったきり、戻ってないとのことでございました」

「ならば何をぐずぐずしておるのか」

「親父のいうところが真か詮議をなさっているそうにございます」

鮫次が空を見上げてつぶやく。

「夜が明けちまうぜ」

黒木が小さくうなずいた。

とりあえず藩兵のうち、二人を見張りとして残すことにし、あとは先を急ぐことになった。速歩になり、中には小走りになっている者もあった。

板倉藩兵の陣容は鉄砲足軽三十名に弓組と槍組がそれぞれ二十名、しんがりに大筒一門を曳いている。両刀を差した藩士たちが隊列に声をかけていた。八州廻り手勢の方は手代たちこそ大小刀を手挟んでいるものの、そのほかは服装はばらばら、大脇指を差している者もいたが、指叉《さすまた》や袖がらみといった捕り方道具を担いでいるのもいる。誠之進はキセル筒を腰に差しているだけだし、鮫次にいたっては丸腰だ。

ようやく片貝村に達したときには、東の空が白みかけていた。

「ほら、いわんこっちゃない」

鮫次がぼやく。

それでも小関新開の真忠組本陣こと旅籠大村屋の前に達するとまずは大砲が前面に引きだされる。両わきに二手に分かれた鉄砲組が整列した。組頭を勤める藩士が大村屋の玄関をのぞきこみ、元の位置に戻ると大砲に取りついている足軽たちに目をやり、大きく右手を上げた。

下げる。

直後、大砲が火を吹き、玄関のうだつを吹き飛ばす。瓦ががらがら落ちた。間髪を入れず鉄砲組が門内に突入、玄関前に整列して片膝をつく。

「かかれ」

組頭の号令一下、一斉射撃を行った。

鮫次が心配そうに大村屋を見ている。気が揉めてしようがないのだろう。誠之進は袖を引かれ、ふり返った。辰蔵が身を寄せてささやく。

「手勢の左端にいる男をご覧ください。派手な刺し子を羽織っている野郎です」

目をやると手勢から少し離れたところに痩せた男が立っている。辰蔵のいう通り鮮やかな織り柄の刺し子を羽織っていた。

「龍次って野郎だそうですが、ちょいと気になりやしてね」

辰蔵がさらに身を寄せ、低い声でつづける。

「多吉の名を口にしていたもんで……、それでここらを回ってる道案内にあれこれ訊ねてみたんでさ。どんな野郎か」

「何者だ？」

「江戸の獄に送られた網元の倅だそうです」

「網元がどうして捕縛された？」

「賭場を開いて、金貸しもしてたそうです。借金を返せねえ家に娘があれば、売り飛ばしていたとか……、九十九里じゃ、珍しくもねえ話でやすが、その網元を密告《さ》したのが多吉を雇い入れてる網元で」

「音兵衛か」

「へえ。その音兵衛は師走から姿を見かけねえそうですが、多吉は……」

「あの中にいる」

「へえ」辰蔵が顎を撫でた。「龍次の野郎にはくれぐれもお気を付けなすった方がよろしゅうございましょう」

うなずいた誠之進はふたたび龍次に目をやった。腕組みし、にやにやしているのが目についた。

大村屋に目を戻すと一人の藩士が鉄砲組のわきを抜け、駆けだしていくのが見えた。右手に短槍をかいこみ、左手に小刀《しょうとう》を握っている。たすきを掛け、着物の裾をからげている。

「旦那」

辰蔵が呼ぶ。

「龍次が動きやすぜ」

派手な刺し子を羽織った龍次が五人ほどの男を引きつれ、大村屋から離れていくところだった。

広間には三十四人の男たちが車座になり、静かに酒を酌み交わしていた。中心に楠が座っている。楠は白装束の上に白綾《しらあや》織《お》りに金糸で菊水紋を縫い取った陣羽織を着けている。すぐそばには五人の側近がいた。

酒を飲まない多吉は輪の外にいて静かな酒宴を眺めており、玄関の框には肩に大ぶりの矛《ほこ》を置いた百貫が座りこんで握り飯を食っていた。

「わからん」楠を囲む側近の一人が吐きすてる。「なぜに幕府は我らを討たんとするか」

別の側近がいう。

「幕府とはかぎらんだろ。堀田や板倉めが領地を荒らされたと思いこんでいるのかも知れん」

だが、楠は何もいわない。

最初に大村屋に入ったときには百五十人ほどもいたが、十日ほど前に八日市場に支所を設け、山内という者が率いる二十名余を配置し、一昨日設けた茂原支所には三浦帯刀とともに三十名余——この中には嘉平も混じっている——が行っている。

ほかはいつの間にか姿を消していた。

北の八日市、中央の小関新開、南の茂原に拠点を置けば、九十九里のすべてを掌握できる。それぞれの支所で人を募り、軍資金を集め、貧しい者どもへ分けあたえつつ、いよいよ横浜に打って出るはずであった。

多吉は床の間に目をやった。掛け軸代わりに証文がずらりと貼りならべられている。金や米をすぐに用意できない村からは村役人や庄屋、網元の名で証文を取っていた。額面だけなら金はすでに二万両を超え、米も五十俵に達する。いずれ取り立てに忙しくなると楠が満足げにいったのは茂原に向かう三浦たちを激励する宴席でのことだ。

三浦たちが出ていったあと、一昨日、昨日で十名ほどが姿を消していた。楠がすぐに人を放ち、周辺の動きを探らせた。出したのは八人だが、日暮れまでに戻ってきたのは一人に過ぎない。八日市場と茂原へ走らせた者もあったが、そちらでも五人は帰ってきていないことになる。

戻ってきた一人が東金陣屋に板倉藩兵が集まっているのを見たと報告した。数は百から百五十くらいで、近所で聞きこんだところでは炊き出しをしていたらしい。まだ出陣する様子はなく、どこかからの援軍を待っている様子だ。聞いた楠がすぐに賄い方に命じて百足の草鞋を調達させ、昨日のうちに届けさせている。茂原に行くのか、八日市場か、あるいは別の場所か、楠はひと言もいっていない。

大徳利を手にして振った側近が中をのぞいた。多吉はすっと立ち、側近のわきに片膝をついた。

「酒を汲《く》んできましょう」

「すまんな」

空になった大徳利を受けとる。酒は水屋の大甕《おおがめ》に入れてある。昨日姿を消した中に賄い方をしていた年寄りと悪太郎がいた。多吉は飯を炊き、大根の漬け物を切って、酒の支度をした。残った中ではもっとも若輩だったからだ。

　大広間から水屋につづく廊下へ出ようとしたとき、背後で大きな音がした。多吉はとっさに身を沈め、ふり返った。

　さっきまで百貫が座りこんでいた框が吹き飛んでいた。百貫は消えうせ、引き戸が破れた上、ばらばら天井が落ちていた。車座になっていた男たちが一斉に腰を浮かす中、楠だけは悠然と盃を傾けている。

　多吉の目の前にいた数人の男たちが立ちあがり、廊下に出ようとしたとき、表でいくつもの破裂音が聞こえた。空を切る音が重なり、多吉は首をすくめた。立ちあがった男たちのうち数人がのけぞり、悲鳴を上げる。

「鉄砲だ」

　誰かが叫ぶ。

　燈明が倒れ、畳の上に広がった油に火がついた。側近の一人が羽織を脱ぎ、叩きはじめたが、楠は相変わらず酒を飲んでいた。

　目の前で倒れ、のたうち回っている男を踏み越え、数人が雨戸を蹴破って庭に飛びだした。

「あっ」

　多吉は思わず声を発した。

庭に一人の武士が駆けこんできたのだ。右手に短い槍、左手に小刀を持っている。庭を駆けだそうとしていた一人がふり返ったところを槍で突き、さらにもう一人の背中を小刀で斬った。

楠の側近たちが抜刀し、庭に飛び降り、怒声を浴びせた。ふり返った武士が最初に槍で突いた男につまずき、前のめりに倒れた。側近の一人がその背に斬りかかり、もう一人が肩口に持ちあげた大刀を突きたてる。

武士は小刀を振ったが、誰も傷つけることはできなかった。

「では、頼む」

楠の声が聞こえ、大広間に目を戻した。盃を置いた楠は小刀を手にして切っ先を自らの咽に向けている。すぐ後ろに側近の中でも腕が立つといわれている男がいた。

「むっ」

気合いを入れた楠が咽を突いた直後、側近が大刀を振りおとす。楠の首が深くうなずいたように前に倒れ、落ちた。

呆然と見ているうちに多吉は袖を引かれた。ぎょっとしてふり返る。かえが目の前にいた。

「お前……」

「さ、こちらへ早く」

かえに手を引かれ、水屋を抜け、裏口から外に出た。周囲には罵声、怒号が満ち、ふたたび鉄砲の音が重なり合った。

「ここへ」

かえが手で示したのは塀の下側にぽっかり口を開いた穴だ。まず多吉がつづいてかえが抜ける。

「腰をかがめて」

後ろから手を添えてきたかえに従って躰を低くした多吉は大村屋の離れの庭に出ていることに気がついた。

「こっちへ」

かえが手を引き、離れの裏庭へ連れていく。離れを囲う生け垣の裏木戸を出て、さらに隣家の裏を回って浜の方へと駆けだした。大村屋に目をやると何百人もの男たちが正面を固めているのがわかった。

二人は駆けに駆け、松林へと達すると暗がりの中に飛びこんだ。声や鉄砲の音がはるか後ろに聞こえている。

浜に達しようとしたとき、松の陰から男が現れた。

「よう、待ってたぜ」

龍次がにやにやしながら立っている。多吉の手を振りほどいたかえが龍次に駆けより、その後ろに半ば身を隠した。

汗が流れこんできて痛む目をしばたたいた。多吉は口をぱくぱくさせるばかりで声が出せなかった。ふいに後ろから突き飛ばされ、前のめりに倒れる。

いつの間にか背後には四人の男が立っている。前の浜頭が殺されたときに似ているが、龍次以外に見覚えはない。

「お前には親父ともども世話になったからな」

近寄ってきた龍次がいう。かえは龍次の袖をつかんで後ろに立っている。

「いったい……」多吉は唾を嚥み、ようやく声を圧しだした。「何が、どうなってるんだ」

「楠の野郎よ。いろいろおれの邪魔をしくさりやがって。それでおれの女をあてがって鼻毛を抜いてやることにした」

「おれの女って……」

かえが多吉を見下ろしている。今までに見たこともない目つきをしており、夜な夜な吸わせてくれた口には歪んだ笑みが浮かんでいる。

「馬鹿が」

龍次が足を持ちあげ、多吉の顎を蹴る。顔が横向きになり、目の前を星が突き抜けた。龍次がつづける。

「今のは親父の分、そしてこれがおれの分だ」龍次が大脇指を抜く。「膾切《なますぎ》りにしてやりてえところだが、ぐずぐずしてる暇はねえ。あの世でおれの親父に手をついて詫びを入れるんだな。許すとは思わんが」

大脇指が振りおとされる。ひっと声を漏らして、目をつぶった。頭上で金の音が響き、奥歯が浮く。

間に合った――。

誠之進は龍次の大脇指と多吉の首の間にキセル筒を入れていた。大脇指の刃が龍の銀細工に食いこんでいる。

龍次が大きく目を見開いて誠之進を見る。

「お前……」

最後までいわせず龍次の刀を持ちあげる。刃が銀細工に食いこんだまま離れない。龍次の目がますます大きくなる。股間を蹴りあげた。

女が後ずさりしたとき、後ろで声が聞こえた。

「あそこにいたぞ。撃て、撃て」

幾挺《いくちょう》もの鉄砲が火を吹き、松の間を弾丸が飛びぬける。とっさにかがみ込んだ誠之進は女が突き飛ばされたように後ろへ倒れるのを見ていた。

三年半が経った今、多吉は時おり思った。

万にひとつだったな……。

小関新開を逃げだし、まっすぐ北へ向かった。北東に行けば、かつて通った塾が屋形村にあったが、八日市場の支所に近く、また八州廻りの道案内にからまれたこともあった。道案内の陰険な顔つきは忘れていない。南に下れば、茂原の支所があり、嘉平がいるが、御公儀の手が回っていないとはかぎらない。

山に潜み、時おり百姓家に忍びこんで食い物を調達しながらひたすら真北を目指した。これといってあてがあったわけではなかったが、結果的には生きのびることができた。

二十三になっていた。

常陸国に入った多吉は筑波山で騒動が起こっていることを聞きつけ、そちらに向かった。そして山を下りてきたばかりという小島四郎という男が引きつれている一派に遭遇した。何日もろくに食べておらず、ついに倒れてしまったときに見つけられ、助けられた。どこから来て、何をしてきたかを話したのは、食い物と温かい汁に気持ちが緩んだからに違いない。

小島は楠のように挙兵を企てていた。一行に従うことにしたときには、ある種の諦観にとらわれていた。小島の一行が京を目指すのでいっしょにやって来たのもほかに行くところがなかったからだ。

その京で思わぬ再会をする。小島が訪ねていった先に伊牟田尚平がいたのである。六年ぶりだが、伊牟田は多吉が無事であったのをことのほか喜んでくれた。

だが、多吉の気持ちは伊牟田ほどにははずまなかった。江戸も九十九里もかえもすでに遠い。

どうとでもなりやがれ……。

身のうちには深くて、暗い絶望しかなかった。

第四話　薩邸炎上

一

この年——慶応三年（一八六七）、先妻二人に相次いで先立たれた河鍋狂斎は、縁あって輪王寺宮《りんのうじのみや》家家来の娘と結婚したのを機に湯島に居を移していた。昨年、類焼によって自宅を失っていたからでもある。

狂斎は下絵や反古《ほご》が一面を覆う画室の中央で膝をそろえて座り、前のめりになった上体を畳についた左手で支え、目の前に置いた画帖を繰っている。

誠之進は身じろぎもせずに狂斎を見つめていた。今、狂斎が一枚一枚ていねいに見ているのは誠之進の画帖なのだ。目にしたものを見たままにという狂斎の指導に従い、木々や花、犬、猫、鳥、虫、品川宿の街並み、人々を描いている。

一昨年春、狂斎は山水画をものするため、信州に出かけた。夏には戻るはずだったが、行く先々で絵を求められ、ついには戸隠神社中社の天井一面に巨大な龍を描くまでに至っている。墨絵ながら一気呵成《いっきかせい》、半日ほどで描きあげ、人々を驚かせた。さらには格天井《ごうてんじょう》にも絵を求められ、今度は一転、極彩色で十四枚を仕上げて見せた。

江戸に戻ったときには冬になっていた。

信州に発《た》つ前、誠之進は狂斎に日々の写生を命じられた。満足に円を写すことさえできないのにと思ったのを憶えている。かつては円を、信州から戻ってきた後は画帖を見てもらうようになっていた。狂斎宅を訪れるときには、つねに持参していたが、見せろといわれるまでは決して出さず、また、滅多に見せろとはいわれなかった。

円や写生画を見ても狂斎が教えや批評を口にしたことは一度もない。無表情に、しかしていねいに一枚ずつ見ていき、見終えると返されるばかりだ。

今日もまた無表情に繰っている。

何十本もの筆を載せた盆を手にした鮫次が狂斎の後ろにやって来た。立ったまま、のぞきこむ。画帖にも目をやったが、ほんのわずかの間でしかなかった。

「師匠、筆を洗ってきました」

「うむ」

素っ気なく狂斎が答え、文机に盆を置いた鮫次が画室を出ていった。

三年前になる。合戦を描いた大判の錦絵が市中で評判になった。まず人々の目を引いたのは、両軍の将兵たちがすべて蛙だったことだ。風流蛙大合戦之図と題されていたが、作者も版元もまるで聞いたことのない名だった。

　ガマガエルに打ちまたがり、蓮の葉の軍配を揮うのはもちろんトノサマガエル、その後ろには蒲《がま》の穂の槍を担いだ蛙の隊列がつづいている。画全体にちりばめられた蛙は駆け、跳び、池に追い落とされているのもあったが、どれも生き生き躍動していて、誠之進にはひと目で狂斎の筆とわかった。もっともそれだけの画を描けるのは狂斎以外にないのは誰の目にも明らかだったが。

　蛙の合戦は長州征伐を描いたものと噂された。優勢に戦っている一軍の旗印が六つ葵、さんざんに打ち負かされている軍勢の陣幕には沢瀉《おもだか》が描かれていたためである。長州征伐の総督が紀州藩主徳川茂承《もちつぐ》――のちに尾張藩前々藩主徳川慶勝《よしかつ》に交代――で、六つ葵こそ紀州徳川家の裏家紋であり、沢瀉は長州毛利家の家紋である。

　勇壮な武者絵ならまだしも敵も味方もすべて蛙で、さらに家紋をはっきり描いているため、御公儀に遠慮し、版元も作者も虚名なのだろう。第二版からは家紋が消された。

　当時、狂斎は浮世絵師三代歌川豊国の下で数々の錦絵を手がけていた。そのうちの一つが蛙大合戦之図だが、人気狂画師狂斎の面目躍如といえる。全体に蛙が跳んだりはねたり、駆けまわったりしているだけで笑いを誘う絵柄ながら血にまみれたところもあった。そこには斬首された蛙が一匹、蒲の穂先に串刺しになった頭が二つ描かれ、これが敗れた長州が三家老を切腹させたことを表している。

画の真骨頂は六つ葵の軍勢が撃ちかける大砲にあった。大砲から発射された弾は敵陣の中央に命中し、多数の沢瀉蛙がふっ飛んでいるものの、この大砲が水鉄砲で、まさに蛙の面に小便……。実際、長州征伐では大砲をぶっ放すような派手な戦はなかった。

それでもあの頃はまだよかったと誠之進は思う。幕府が圧倒的に強かった。

ちょうど蛙大合戦之図が市中に出回った頃、長州征伐の様子をつぶさに見てきた横目付手代の藤代が江戸に戻ったとして、誠之進は小薬、治平とともに鶴翁屋敷の南の厠に呼ばれた。

そもそも長州征伐は、元治元年七月、長州藩が京御所の門を砲撃するという前代未聞の大罪――後世、禁門の変と呼ばれるが、御所に向かって砲弾が放たれたのは歴史上このときただ一度だけである――を犯したことによる。幕府は勅命を受け、三十五藩十五万人からなる大軍をもって長州を取り囲んだ。

『大島吉之助という者がおります』

藤代がいった。征長軍の先鋒《せんぽう》として萩口攻略を任された薩摩軍の参謀だという。この大島が巧妙、絶妙に立ち回った。戦を終わらせるため、長州降伏の条件を立案し、まず征長軍総督の了解を得た。その案を持って長州の支藩、岩国藩に潜入、長州藩重役を説得したのである。

降伏の条件は、御所砲撃の張本人たる三家老の切腹、四参謀の斬首、長州とともに京入りしようとしていた五人の公家を追放し、藩主父子には謹慎を申しつける、つまり無傷で生き残ることを認めた。長州はすぐに応じ、征長軍としても総督が大島に一任している以上、兵を引かざるをえなかった。

大島吉之助は西郷隆盛の変名の一つだ。

長州藩は征長軍の砲弾こそ浴びなかったが、まったく別の攻撃を受けている。前年、長州藩は幕府の攘夷令を受け、下関沖を航行するアメリカ商船を砲撃したが、その報復としてアメリカ、イギリス、フランス、オランダ四ヵ国の連合艦隊に下関砲台を攻撃され、占領されている。征長軍が長州を取り囲むわずか数日前のことで偶然というにはできすぎている。

先鋒を務める薩摩軍にとっては、イギリスをふくむ四ヵ国艦隊がうまい具合に露払いをしてくれた恰好になる。

さて降伏条件をすべて呑み、ひたすら恭順を示した長州だったが、その後、幕府の対応に反発する勢力が藩政を牛耳り、ふたたび軍備を進めている、と藤代がつづけた。

『毛利家中において台頭している者の一人が高杉晋作……、以前、江戸、横浜において鉄砲の買い付けに動きまわっておりましたときには東行《とうぎょう》と名乗っておりました』

そういってちらりと誠之進を見た。かつて藤代とともに横浜の異人屋敷に忍びこんだとき、高杉を目にしている。品川宿大戸屋の遊女小鶴がひそかに思いを寄せた相手でもあった。

藤代が言い終えると、しばらくの間黙考していた鶴翁がいった。

『毛利もさることながら用心すべきは薩摩、とくに大島なる者ということだな』

『御意』

また、薩摩だと誠之進は思った。薩摩が曲者イギリスと結んだことを鶴翁は警戒していた。

かねて鶴翁が見立てていた通り薩摩は暗躍をつづけた。長州征伐で藩主父子を生きながらえさせたのち、長州藩の再軍備に協力する。そうして武器を手に入れた高杉やそのほかの部隊が暴れまわり、ふたたび京に迫ろうとしたのである。年号が慶応となった年、初夏に将軍家茂はふたたび上洛を余儀なくされ、翌慶応二年には再度征長の勅命を下されてしまう。

幕府には、ふたたび大勢で囲めば長州には逆らいようもなく、今度こそ藩主父子の首を差しださざるを得ないという見方が強かった。ところが、大事件が起こる。京にあった将軍家茂が急死し、征夷大将軍空席という事態に見舞われてしまったのだ。

一橋慶喜が徳川に姓を変え、征夷大将軍となるのは慶応二年も師走のことだった。

狂斎が画帖をめくる音に誠之進はふたたび画室に引き戻された。

周囲に散らばっている下絵に目をやる。どれも男と女がからみ合っている図だ。すぐ前の一枚には女の股を大きく割り、のぞきこんでいる男が描かれているが、女陰が男の顔ほどもある。注文があれば、狂斎は春画《わらいえ》を手がけている。今は豪商が娘の嫁入りに持たせる巻物を制作しているという。

ふいに狂斎がいった。

「万古不変《ばんこふへん》が人情よ」

顔を上げた。

万古……、狂斎のしゃれはきつい。

「世の中がどれほど騒がしくたって、そのことしか頭にない連中はいくらでもいる。品川にいるあんただ、よくわかるだろう」

確かに京でどれほどの騒動が起こっていようと品川宿をそぞろ歩く男たちの姿にあまり変化は見られなかった。

膝でにじり寄った誠之進は画帖を受けとった。またしても画については何もいわれないまま、画室を辞することになった。鮫次は画材の仕入れに出かけていると下働きの女がいい、誠之進は出てきた。ほかに行くあてもない。品川に戻るべく乗り合い舟が着く河岸の桟橋に向かって歩きだした。

多吉は十二で貸本屋に奉公に出て、それから五年品川宿に出入りをした。十七で和田浦に連れもどされ、九十九里に逃げ帰り、三年を過ごした。真忠組に参加したのは、本当に世直しができると思っていたからだ。

嘘を吐《つ》け——胸の内でもう一人の自分がいう——かえの口を吸いたかっただけだろうが。

しかし、味方であるはずの幕府が討伐に動き、小関新開を追われた。常陸の国へ逃げ、さらに京へ行って、ふたたび品川宿に戻ってきた。

六年ぶりか——二十三歳になった多吉は街道の両側に並ぶ旅籠や商店を眺めながらぶらぶら歩いていた。

すぐ目の前を羽織、袴姿の二本差しが二人連れで歩いている。古びてはいたが、きちんとした身なりをしているところを見るといずれかの藩の勤番侍だろう。

「また、あの妓《おんな》か」

「ああ、ご面相はいただけないが、道具の塩梅《あんばい》がいい。お主はどうする？」

「あの宿なら小柳かな」

「美人だが、あっちの方はいかがなもんか」

「知ってるのか」

「昔、一度」

そういって胸を反らす相方にもう一人が大きく舌打ちする。それからも前を歩く二人組は相変わらず妓の名を挙げては品定めをつづけている。のんきなものだと思わずにいられない。京では戦があり、その後、京都守護役と浪士たちが斬り合いをしており、商家への押し入り、打ち壊しもあった。

だが、京は遠い。

九十九里なら舟で半日もあれば着く上、毎日押送舟《おしおくりぶね》で魚が運ばれているというのに品川宿で真忠組の騒動について知っている者はなかった。

小関新開では生と死の狭間《はざま》をくぐり抜け、以来、見つかれば捕縛され、いずれ斬首だと思いさだめて逃げてきた。

実は騒動からふた月ほど経った頃、一度東金まで戻ったことがあった。真忠組の首謀者が斬首され、獄門に処せられたという噂を聞きつけたからだ。誰と出くわすともかぎらなかったが、見に行かずにはいられなかった。

刑場の台には十の首が並んでいた。首をさらされて幾日か経ったあとでどの首も腐り、真っ黒でしわしわになっていた。かろうじて三浦の面影が見分けられたくらいでしかない。危険を冒してまで見にいった理由は嘉平の安否を確かめたかったからだ。幹部ではなかったが、大村屋に入ってからは武家の形《なり》で通していた。

そもそも真忠組に武家の出とはっきりわかる者は数人でしかない。あとは無宿、無頼の輩《やから》か多吉や嘉平のように百姓の倅ばかりだった。捕縛され、江戸の伝馬獄へ送られた者もあるとは聞いたが、うまく逃げたのも多かった。多吉もそのうちの一人だったが、嘉平がどうなったのかはついにわからなかった。

街道の反対側を歩いてくる男が目に留まった。重そうな葛籠《つづら》を背負い、うつむいて歩いている。多吉は街道を横切り、男に近づいて声をかけた。

「貸本商いとお見受けしたが」

男は足を止め、ぎょっとしたような顔つきで多吉を見ている。京から江戸へ入ったときに武家の形となり、吉田嘉十郎と名乗っていた。今も長剣一振りながらかんぬきに差している。武家特有の言葉遣いを憶えたのも貸本商いで品川宿に通っていた頃だ。客には武家が多かった。

「へえ」

「つかぬことを訊ねるが……」

多吉はかつて奉公した貸本屋の主の名を出した。

「その者を知らぬか」

貸本屋がいぶかしげに多吉を見返す。

「お武家様はあの男をご存じで」

「ずいぶん前……、もう五、六年にもなるが、幾度か本を借りたことがある」

「ああ、それで」貸本屋が合点がいったという顔つきになる。「先年、亡くなりました」

多吉は驚きを隠し、さりげなく訊ねた。

「そうだったのか。それほどの歳には見えなかったが、病か」

「梅毒《かさ》にございますよ。商売でこの辺りをよく歩いておりましたが、遊ぶのはもっぱら夜鷹《よたか》だったそうで。私《わっし》どもの商売もこれでなかなか……」

旅籠に登楼《あが》るより川岸に立つ夜鷹の方がはるかに安上がりなのだ。小さく首を振った貸本屋が声を低くしてつづけた。

「話に聞いただけですがね、何でも横根が張りだしたのが三年ほども前で、よせばいいのに遊びはやめられなかったようで。そのうち鼻が欠け落ち、顔も溶けて崩れて、がりがりに痩せたかと思うと最期は毒が脳に回ったそうにございます。そりゃ、まあ、ひどい有様だったらしく……」

「手数をかけた。知っておられるかと思って訊いてみたまでだ。御免」

まだぽかんとしている貸本屋から離れ、歩きだす。六年という歳月を改めて思った。宿場の様子に変わりはないようだが、人はいつまでも同じではいられないようだ。

少し歩くと軒先に大戸屋と記された高張り提灯を掲げている旅籠があった。以前に一度だけ登楼った。

歩調をゆるめ、格子越しに張見世をのぞいてみる。目の前に白粉《おしろい》を塗りたくった丸い顔が現れ、ぎょっとした。

「ちょいとお武家様、お遊びくださいませんか」

「うむ……」

生返事をして足を止めた。脈ありと見たのだろう。妓がにんまりした。前歯が一本欠け、目尻にしわが深くなったが、なかなか愛嬌《あいきょう》のある顔をしている。

どことなくかえに似ているような気がした。

あの日、かえに手を引かれるようにして大村屋を出て、となりの離れを抜け、さらに隣家も通って大回りして浜の通りを渡った。大村屋の前には具足に身を固めた鉄砲隊が陣取り、さかんに撃ちかけていたが、多吉とかえに気づいた者はなかった。

浜に向かって夢中で駆け、それこそかえと何度も逢瀬を重ねた松林に飛びこんだ。あと一歩で浜に出られるというところで龍次が立ちふさがった。直後、後ろから突き飛ばされ、龍次の足下に無様に手をついた。顔を上げたところで顎を蹴られた。

後ろで半ば身を隠すようにしていたかえを、龍次はおれの女といっていた。楠にかえをあてがったとも……。

蹴られてひっくり返ったとき、龍次が大脇指を抜き、真っ向から振りおろしてきた。

そのあとのことはよく憶えていない。目をつぶってしまったからだ。金《かね》がぶつかる甲高い音につづいて、たてつづけに鉄砲を撃つ音がした。目を閉じたまま、松林の間を抜け、浜に出た。後ろをふり返る余裕などなく、駆けに駆けた。かえがどうなったのかもわからなかった。

「そんなに見られると恥ずかしいじゃないのよ」

目の前の妓がしなを作る。

多吉は素早く張見世を見渡した。前に一度ついた妓は多吉とそれほど歳が違わなかった。きりりとした顔立ちをよく憶えている。しかし、客がついているのか見当たらない。

「すまん。これから人と会う約束がある。早く終わらせて帰りにきっと寄る」

「そんなぁ」

すまん、申し訳ないとくり返しつつ足早に大戸屋の前を離れた。小鷂という名前を思いだしたのは、土蔵相模と呼ばれる旅籠に着いたあとのことだった。

品川宿まで戻ったときには夕間暮れになっていた。誠之進は大戸屋に目をやったが、張見世をのぞこうともしなかった。

小鷂——きわは夏の終わり頃から張見世に並ばなくなっている。大戸屋の主人に訊ねてもはかばかしい返事は得られず、そうかといって誰にでも相談できることではない。たった一人をのぞいて……。

口入れ稼業藤兵衛宅の前を通りかかったとき、中から徳が出てきた。足を止める。徳は生まれも育ちも品川宿、母親はかつて食売女《めしうりおんな》という遊女をしていた。

唯一、きわのことを相談できた相手だ。徳がどこか思いつめた顔をしてそっと近寄る。

「これからちょいとよろしゅうございますか」

うなずいた。ふり返った徳が小上がりに置かれた長火鉢を前にしてあぐらをかいている藤兵衛に小さく頭を下げる。うなずき返した藤兵衛が誠之進に目を向けた。お互いに目礼を交わした。

「では、こちらへ」

そういうと徳は藤兵衛宅の裏にある路地に入った。辻駕籠が待っていて、二人の駕籠かきが立っていた。どちらも顔見知りだ。

「乗ってください」

徳にうながされ、駕籠に入った。わきにしゃがんだ徳が手拭いを差しだす。

「これで目隠しをお願いします」

手を出さず、徳を見返した。

「小鶴……、きわの望みにございます」

「あいわかった」

手拭いを受けとった誠之進は閉じた目の上から手拭いをあて、頭の後ろで結んだ。

二

闇の中、突然響いた爆《は》ぜる音に多吉は目を見開いた。一寸ほどの細い付け木の先にまばゆい光が吹きだし、黄色の炎になるとにんまりした伊牟田の顔が浮かびあがる。硫黄の匂いが鼻を突いた。

「マッチという」

多吉のとなりで膝をそろえて座っていた小島が目をぱちくりさせて訊いた。

「南蛮渡来ですか」

「そう」

伊牟田がマッチを手近の行灯《あんどん》に持っていき、灯芯に火を移す。行灯の覆いを下ろし、マッチを口元に持ってくると唇をすぼめて吹き消した。

多吉も目をしばたたいた。音とともに噴きだした炎がまぶたの裏に紫色の跡となっている。

三人は品川宿の旅籠、土蔵相模の一室にいた。

「横浜の唐物屋がくれた」先っぽが黒く焦げた付け木をしげしげと眺めて伊牟田がつぶやく。「昔はこげなからくりばよう好かんかったが、世の中、変わる。儂も変わる」

小島が唸って腕組みし、伊牟田が懐から小さな印籠を取りだした。真鍮《しんちゅう》で作られており、小さな龍が彫ってあった。印籠の蓋を開け、焦げた付け木を入れてもう一本取りだした。中にはあと五、六本入っている。

さきほど一本を抜いた伊牟田が行灯を吹き消し、次いで火を点けてみせた。手にしていたのは付け木だけだ。

伊牟田の手元をじっと見ていた小島がふたたび訊ねた。

「どのようにして火を点けられましたか」

「付け木の先に黒い粒がついておる。そいつを爪で弾くだけで火が点く」

「それだけで……。火打ち石も種火もないのに」

「放火《つけび》には重宝しそうだ」

十日ほど前、京三条の料亭で目にした光景が浮かんだ。玄関脇で控えていた多吉の前に伊牟田が割腹のいい偉丈夫とともに現れた。

『江都《こうと》ばさんざんにいじくって、チンガラにしもっそ』

何をいっているのかさっぱりわからなかった。あとで伊牟田が教えてくれたのだが、偉丈夫は大島吉之助という薩摩藩の侍大将で、チンガラとは木っ端微塵《こっぱみじん》くらいの意味だという。江戸市中に火を放つのにマッチを使うのだろう。

京の料亭には伊牟田のほか、大島、もう一人の薩人、それに小島もいた。多吉は大島たちのお付きといっしょに控えの間で待つよういわれていたのである。

どのような話があったのかはわからない。憶えているのは、小島が顔を紅潮させ、両目に異様な光を宿していたことだ。

小島とは三年前、九十九里から逃げ、筑波山の麓まで行ったときに出会っている。疲労と空腹で朦朧《もうろう》としていた多吉は小島たちの一行に助けられる恰好であった。

握り飯を頬張り、生まれて初めて酒も飲んだ多吉は真忠組の顚末を語った。そのときはまだ小島が何者かも知らなかったというのに喋りだすと止められなかった。楠という名は知らないが、三浦は古くからの知り合いだと答えた小島だったが、話しおえると多吉の二の腕を叩き、愉快そうに大笑して、今度こそ本物の世直しをしようといった。

そのとき、小島四郎と名乗った。聞けば、水戸の天狗党とともに筑波山の挙兵に参加したのだが、幕府を倒し、天狗党が天下をとって世直しをするはずだったのが、いざ身を投じてみると、党の幹部が主導権争いばかりに血道を上げており、馬鹿馬鹿しくなって飛びだしてきた直後だという。

自分は江戸の生まれだがと前置きした上で小島が語った。

『親父は下総の出でね。村役人をやれるほどの大百姓だった。だけど田舎でいくら田んぼを持ってたってしようがねえ。旗本相手に金貸しをやってたんだが、どうにも返せない奴ばかりだった。ついには借金のカタとしてそやつから武士の身分を買い、それでも足りなくて屋敷までいただいた』

屋敷は赤坂にあり、小島はそこで生まれたという。四男ながら長兄が早世し、残り二人の兄も養子に出されたため、家督を継ぐことになった。父親が惜しげもなく金を遣い、小島はいくつもの塾や道場に通い、終いには自ら国学、兵学の塾を開くまでになった。

国学で水戸藩の影響を強く受けた小島は、やがて本を読み、竹刀を振りまわすだけの暮らしに飽き足らなくなり、行動を起こした。学んだ国学の祖平田篤胤《あつたね》が出羽（今の山形県）の出身だったので、まずは東北を旅した。東北各地を回ったあと、常陸の国に入り、国学を身につけた人々と深く交流するようになった。それがきっかけで世直しに奔走することになる。

しかし、筑波山で挫折、絶望し、やはり京を目指さなくてはと考えるようになった。京では世直しに燃える者たちが志士を名乗り、国事大改造に取り組んでいた。

京で巡りあったのが伊牟田であり、小島を伊牟田に紹介したのが多吉だった。

真鍮の印籠を懐に収めた伊牟田が小島、多吉を交互に見ておごそかに告げる。

「いよいよ藩邸の用意も調った。ご両所には明日から入ってもらう」伊牟田が小島に目を向ける。「今、何人ほど集まっておる？」

小島がにやりとし、小鼻を膨らませて答えた。

「百は超えております」

だが、伊牟田の眉間には深いしわが刻まれた。

「足らんな。せめて五百はいないと」

「五百？」

「倍の千でもまだ足らぬくらいだ」伊牟田が身を乗りだす。「よいか。天璋院《てんしょういん》様を御護りする兵だぞ。千が二千でもいいのだ」

きらきら目を輝かせる伊牟田を見ながら、なぜか多吉はチンガラといった大島の太い声を思いだしていた。


鮫次と出会ってから八年になる。たちの悪い酔っ払いで、大暴れしていると知らせに来たのがきわだ。真夜中、誠之進は法禅寺裏の長屋で薄っぺらな夜具にくるまっていた。

『たいへん、たいへん』

声は甲高く、今から思えばまだ子供こどもしていた。そしてまずはたいへん、たいへんとくり返すのが決まりだった。声のする方に目をやると闇の中、手にした提灯の光にきわの顔が浮かびあがっていた。

あのころは旅籠大戸屋で下働きをしていた。まだ十三だったが、親に売られてきて五年が経ち、小生意気にいっぱしの口を利いたものだ。幼さが残っている顔立ちながら鼻筋が通り、目元はきりりと涼しかった。

ある日の午下《ひるさ》がり、きわが長屋につづく路地の入口で誠之進を待ち受けていたことがあった。上目遣いに睨み、少しばかり唇を尖らせていた。板頭をしていた汀という妓からの言付けを届けに来たときだ。

『これ、汀から』

いつもなら汀さんか、汀姐《ねえ》さんだが、そのときは呼び捨てだった。後にも先にもそのとき一回限りだったのでよく憶えている。

言付けを届けに長屋まで来たのだが、誠之進は不在で代わりに武家の上品な婦人がいた。兄嫁だったのだが、きわの機嫌を損ねるには十分だったらしい。客が来ていると告げ、誠之進を突き飛ばすようにして路地を駆けだしていった。

その年の暮れのことだ。

大戸屋の前を通りすぎながら妓たちの端に座っているきわを見つけた。いつかはその日が来る。わかってはいた。そのために上州の田舎から出てきたのだ。顔から首、襟からのぞく胸元まで白粉をこってり塗り、真紅のお仕着せ姿だった。

妓たちは品川宿を極楽と称した。苦界だの地獄だのといってしまえば、わが身が辛《つら》くなる。極楽というのは妓たちの意地に過ぎない。同じ地獄でもろくにものも食えない田舎にいるよりは多少はましというだけで、もちろん極楽とはとてもいえなかった。

八歳で品川に来て、五年後に張見世に並び、そうして八年が経った。

見世に並ぶようになったあと、きわは三度姿を消している。最初は遊女あがりで女衒をしていた女にそそのかされ、横浜に逃げた。足抜けだが、未遂に終わった。連れもどしたのはほかならぬ誠之進であった。

二度目は三年ほど前。鳥家に入った。梅毒《かさ》を患った妓は張見世を離れ、養生する。そして治れば、ふたたび戻ってくるのだ。一度罹れば、二度目は罹りにくくなるといわれる。きわは戻ってきて、以前にも増して客を取るようになり、いずれ大戸屋で一番の売れっ子——板頭を張るとまでいわれるようになった。

もともときりりとした顔立ちだったが、十八、九の頃には妖艶とも見える美人になっていた。

そして三度目がこの夏の終わりだ。

ひゅう……、ひゅう……、ひゅう……。

板間に端座した誠之進はかすかな息の音を聞いていた。手拭いの目隠しは外していない。駕籠を降りるときも上がり框に足をかけ、板間に入ったときも徳に手を引かれ、細かな指示に従っていた。目隠しはそのまま、お座りくださいといわれたときも素直に従った。

部屋に入った刹那、鼻を突いたのは異臭だ。どこかに腐った魚のはらわたが置いてあるような臭いだ。咽にえぐみを感じさせながらも躰《からだ》の奥深いところをざわつかせる不思議があった。

閉めきっているのだろう。寒風が吹き抜ける季節ながら部屋にはむっとする熱がこもっている。火鉢があるわけではなさそうだ。

目の前に誰か——おそらくはきわ——が寝ているのはすぐにわかった。息の音に耳を澄ませていたが、誰も何もいわない。すぐ後ろに控えているはずの徳をふり返って訊いた。

「もう目隠しを取ってもよいか」

「いや」

声は目の前の低いところから聞こえた。やはりきわだ。向きなおった。

「どうか、そのままで。ごめんなさい。あたしの最期の化粧なんで」

「あいわかった」

鳥家に違いなかった。

誠之進は両手を膝の上に置いた。ふたたび息の音に耳を澄ませる。やがてきわがいった。

「手を……」

右手を差しだす。きわが両手で包みこんだ。はっとした。手のひらがかさかさに乾いている。そして熱い。

真夜中、大戸屋で揉め事が起こるときわが呼びに来た。急いで、急いでとくり返しながら片手で提灯を差しだし、もう一方の手で誠之進の手を引いた。いつもひんやりと感じられたものだ。

きわが誠之進の手を握ってくる。握りかえしたとたん、胸が詰まった。きわの手は小さく、肉が落ちて骨が軋みそうだったからだ。

「目隠しのこと……、本当にごめんなさい」

声が涙に溺《おぼ》れているとわかった。誠之進はこみあげてくるものを奥歯を食いしばって押しとどめようとした。だが、手拭いの下の目は濡《ぬ》れた。

「気にするな。その声を聞けば、きわだとわかる」

「あたしはこ……」

「きわだよ」素早くさえぎった。「初めて会ったときも、今も、お前はきわだ」

圧し殺した嗚咽が漏れたかと思うと右手が引きよせられる。握り返すとひょいときわの躰が持ちあがるのが感じられた。それほどまでに痩せ、軽くなっているのだ。とっさに左手を伸ばし、背を支えた。

きわが誠之進の胸に手をあて遠ざけようとしたが、力は弱い。かまわず抱き寄せた。きわの頭が顎の下に入ってくる。髷は結っていない。地肌を感じられるほどに毛が抜けている。

そして肩も背も二の腕もすっかり肉が落ち、骨を直に感じるほどだ。

「ああ」

きわが嘆息を漏らす。吐息が立ちのぼってくる。部屋に充《み》ち満ちている熱と臭気の正体がわかった。

「ようやく抱いてもらった」

初めて会った頃の声のような気がした。

きわが品川宿を逃げだし、横浜の異人館へ行ったときだ。横目付手代藤代とともに横浜に行ったのは、きわを追ってのことだった。

そこで東行こと、高杉晋作と出会っている。高杉は品川宿で大戸屋に泊まり、きわが相手をしている。きわと酒を飲み、興が乗ると道中三味線を弾いて歌った。小ぶりで分解した棹《さお》を胴に入れ、持ち運べるところから道中三味線と呼ばれる。

きわは密《ひそ》かに道中様と呼んでいた。誠之進はきわが横浜へ逐電したのは、高杉を追ってのことに違いないと思っていた。

ところが、高杉に相対したときにいわれた。

『今まで何度か品川でいっしょに酒を飲んだが、この女人は駄目だ』

異人館には火が回り、周囲は騒然としているというのに高杉は落ちつき払っていた。

『この人には思い人がいてね。とても儂など入りこめないよ』

そういって誠之進を見て、にっと笑ったものだ。高杉のいっていることなどまるで理解できなかった。

どれほどの間、きわを抱いていたのか誠之進には見当も付かなかった。きわは誠之進の腕の中でじっとしている。かすかな呼吸と体温だけで生きていることがわかるくらいだ。

やがて徳が背後からいった。

「どうやら眠ったようにございます。今日のところはこれで」

誠之進はきわの躰をそっと横たえた。

二日後、徳が長屋へやって来て、今朝早くきわが息を引き取ったと告げた。


差しだした提灯がぼんやり照らす地面を見つめて、多吉は急いでいた。深川は永代寺、富岡八幡宮の門前仲町を通る堀割沿いで幕府非公認の私娼窟《ししょうくつ》が集まっている土地である。もっとも江戸市中で公認されている遊郭は吉原だけしかなく、あとはすべて私娼窟、いわゆる岡場所だった。

岡場所のうちでも深川だけは別格で高額だったが、しゃれた料亭が並び、また、どの店に行くにも縦横に走る堀割を通じて猪牙《ちょき》で乗りつけることができた。便利さが人を呼び、人が集まれば、落ちる金も多くなる。繁華な場所となり、金を持っている客が行き来するようになる。

それだけに……。

突然、提灯の小さな光の中にくたびれた草履をつっかけた爪先が現れた。爪は垢と埃《ほこり》が詰まって真っ黒になっている。ほつれた袴の裾までが見えたが、多吉は一歩も動かず、相手も動かなかった。

小金を懐に浮かれた客たちをカモにしようという辻斬りが出没しているのだ。

「ごめんなさいまし」

この日、多吉は金のかかった商人風の身なりをしていた。右へ避《よ》けようとする。爪先が動き、多吉の前を塞ぐ。提灯を持ちあげた。腰に差した大小刀、袷の小袖を来ていたが、寒空の下、羽織はない。小袖も袴同様ところどころにかぎ裂きがある。

「命までとはいわん。巾着を置いていけ」

「ご無体をおっしゃいます」

相手が踏みだしてくる。多吉は後ずさり、石を踏んで尻餅をついた。思わず提灯を差しあげる。殺げた頬をした青白い顔が浮かびあがる。

そのとき、多吉の背後から声がかかった。

「そいつはおれの連れでね」

痩せた男が目を上げ、闇を透かすように見た。後ろから声をかけてきた男が多吉のわきへ出る。

「そいつの懐をあてにして遊ぼうってんだ。だから盗《と》られるとちと困る」

小島が相手を小馬鹿にしたようにいう。小島は奇態な恰好をしていた。羽織を三枚重ね、着ぶくれしている。

「命までは要らぬといったがな」

痩せた男が踏みだし、小島との間合いをすっと詰めた。左の親指で鯉口を切るや右手を柄に走らせた。

速かった。

だが、小島の動きはさらに速い。わずかに抜きかけた相手の懐に飛びこむや鳩尾《みぞおち》に握り拳を叩きこむ。

「ぐう」

男が声を漏らす。小島は足をからめ、そのまま相手に躰をあずけて押し倒すと柄頭に手をかけ、刀を鞘へと戻した。仰向けになった男に馬乗りになったときには左腕と鳩尾に膝を乗せ、右手は柄頭に置いたままだ。

それから左手だけで器用に羽織を一枚脱いだ。

「なかなかの腕とお見受けした」小島の口調がぐっと丁寧になる。「羽織と支度金三両を進ぜよう」

組み伏せられた男は目を剝き、小島を睨んでいたが、あがこうとはしなかった。いぶかしげに小島を見返しているだけである。

小島が脱いだ羽織を男のわきに置き、その上に小判を三枚置いた。

「貴殿のように腕の立つ御仁に相応しい仕事がある。その気になったら芝の薩州屋敷に相楽総三《さがらそうぞう》を訪ねてまいれ」

薩摩藩上屋敷に入ってから小島は相楽と名乗っている。

三

深川の門前仲町に出没する辻斬りがめっぽう腕が立つという噂を聞きつけ、多吉は相楽に従って捕まえに行った。浪士隊に引き入れるためだ。あの夜、多吉の前に立ちはだかった男は、元庄内藩の勤番で剣術指南役をしていたが、御台所不如意につき、二年ほど前に解雇《めしはなち》となった。ただし、あくまでも本人の弁である。

ほとんどの藩で江戸藩邸の削減、縮小を余儀なくされており、浪々の身をかこつ元勤番は珍しくない。

しかし、噂になった辻斬りなのか結局わからず終いだった。それというのも、あの夜、門前仲町界隈《かいわい》だけで三人も捕まえたからだ。どの男もいずれかの藩の勤番だったといい、二日とおかずして三人ともに薩邸に相楽を訪ねてきた。

深川、本所、浅草、上野、大崎……、腕の立ちそうな浪人がいれば、羽織を重ね着した相楽とともに出かけ、二人、三人と集めてきた。そのほか賭場や酒屋に乗りこんでは喧嘩を吹っかけ、かかってきた者は打ちのめし、大人しい者は口舌でいいくるめた。武家だという者が多かったが、多吉の目から見ても怪しげな連中が多かった。

とにかく頭数がいると相楽がいい、誰彼かまわず屯所に引っぱり込んでいた。

土蔵相模で伊牟田に会った翌日、相楽と多吉は薩邸に入った。伊牟田の手引きで裏門から入るなり相楽が正面にある大きな建物を指さして訊いた。

『あの建物は？』

『糾合所だ。元は江戸の藩校だったが、藩士はことごとく国許に引き上げているから今はほとんど使っていない』

広々とした板張りの剣術道場のほか、いくつもの部屋があった。喜色を浮かべた相楽がいきなり駆けだし、糾合所に飛びこんで言い放った。

『ここを屯所にしましょう』

集めた浪人たちは屯所で起居するようになった。道場に夜具を敷き、雑魚寝である。

一方、薩邸に入った当初、相楽がまず手がけたのは諸国に檄文《げきぶん》を送ることだった。土蔵相模で百人は集められるといっていたが、まんざら嘘ではなかった。相楽の檄に応じて武州、野州、房州、下総、上総、常陸、上州、信州、越後、秋田、出羽そのほかの土地から人士が駆けつけたのである。中には小倉や美濃の脱藩士もいたし、江戸市中でも旗本、御家人、勤番が続々とやって来た。自称もふくめ剣客が多かったが、そのほかにも国学、漢学の学者、医者、歌人などまさに多士済々といえた。

下総に伝わり、今なおさかんな飯篠神刀流《いいざさしんとうりゅう》の達人がたまたま多吉と同い歳であったが、親しく口を利いている間はなかった。昼夜の別なく相楽に従い、あちらこちらと出かけていたためだ。

相楽総三こと小島四郎は父親の溺愛《できあい》によって文武両道の教育を受け、二十歳の頃には門弟百人を超える私塾を開いていたという。だが、二年で飽き、またぞろ父親に五千両もの大金を出させ、遊学の旅に出た。まず奥羽に向かい、秋田でかつての同門を訪ね、その後、順次南下しては諸国の人士たちと交わった。遊学先で心を一つにした者たちが相楽の檄に応じて薩邸に参集してきたらしかった。

だが、伊牟田のいう五百、千という人数にはとても及ばない。そのため相楽は人集めに奔走し、またたく間に浪士隊を二百人、三百人と拡大していったが、人が多くなるほど氏素性、品性の怪しげな輩が増えていった。

『ひと暴れもふた暴れもさせようってんだ』相楽がこめかみを指先でつついてつづける。『これが空っぽの方が使い勝手がいい』

京の料亭を出る際、大島という巨漢のいったチンガラという言葉が多吉の脳裏でぐるぐるめぐっていた。

天璋院篤姫《あつひめ》を警固するために組織された浪士隊だが、玉石混淆《ぎょくせきこんこう》――それも石ころが大半――で、どことなく真忠組に似てきたように感じながらも多吉は忙しさにかまけ、日々流されていった。


「お師匠もお公家の家来から娘をもらったりするもんだからすっかり鼻毛を抜かれちまったたな。まだ宵の口だってぇのに」

となりを歩いている鮫次がぼやくのを聞いて誠之進はひっそり苦笑した。そろそろ子《ね》の刻（午前〇時頃）になろうとしているはずだ。午下がりから上野で画会があり、例によって狂斎は大盃をかたむけながら注文に応じ、次々描きあげていった。

今日の画会では骸骨の評判がよく、三味線を弾いて都々逸《どどいつ》でも唸っていそうな画には何度も注文がついただけでなく、いい値で売れた。おかげで誠之進、鮫次とも狂斎からたっぷり小遣いをもらい、懐が温かい。

狂斎を湯島の自宅に送り、飲み直し、筆直しまで付き添ったところでようやくお役御免となった。

二人は神田明神下辺りを南に向かって歩いていた。神田川縁《べり》まで行けば、夜半でも乗合船か、猪牙を使える。

「誠さんは品川に戻るんだろ」

「ああ」

「おれも行くところがないし、品川まで付き合うよ。お師匠のおともをしてると飲んだ気がしねえ」

「ずいぶん飲んでたように見えたがね」

「お師匠といっしょのときには酔っ払うわけにはいかないからな。これでも酒を殺して飲んでるんだぜ」

たしかに鮫次の足取りはしっかりしていた。

そのとき、左手で男の叫び声が聞こえた。

「火事だ」

足を止めた鮫次が声のした方をうかがう。誠之進も目を向けたが、火の手は見えず、目の前の路地は闇に閉ざされている。

「行ってみようぜ」

鮫次が路地に向かいかける。誠之進は首を振った。

「何にも見えない。暗いばかり……」

いいかけたとたん、一町ばかり先にちらちら炎が見え、半鐘が鳴りだした。

「ほら」

みょうに嬉しそうにいった鮫次が駆けだす。小さく首を振り、誠之進も後を追った。路地に飛びこんだところで、左手の町家から黒い影が飛びだしてくる。

「うへえ」

鮫次が飛び退《の》いた。飛びだしてきた影はよろけ、二人の前で倒れた。誠之進は駆けより、片膝をついた。

影は男だった。元結いが切れ、髷がざんばらになっている。ますます大きくなる火事の炎に照らされた顔を見てぎょっとする。血まみれなのだ。血が目に入ったのか、両目をしっかり閉じている。

「お助けください」

差しのべてくる手を握り、誠之進は男の肩を支えた。

「何があった？」

「強盗……、裏に家内と娘がまだ……」

それだけいうと男ががっくり首を落とした。かすかだが、まだ息はある。誠之進は男が出てきた町家を囲む板塀に入った。

「誠さん」

後ろから鮫次が声をかけてきたが、ふり返らなかった。

このところの江戸市中には、強盗、火付け、追い剝ぎがよく出た。人斬り、人殺しは毎日のように起こっている。裏庭に回りかけた誠之進は家のわきに二人の男が立っているのを見て、足を止めた。

宙を流れていく火の粉に照らされている二人組の様子が異様だった。一人が何かを持った片手を差しあげ、地面に叩きつけた。ぎゅっという短い悲鳴が聞こえた。

「猫なんて殺したところで何になるよ」

見ていたもう一人がいう。

猫かと思った刹那、誠之進は鳩尾に痛みを感じた。やがて痛みは縮んでいき、黒く小さな塊になる。

猫を叩きつけた方が吐きすてる。

「気が晴れる。こいつ、畜生のくせに三度三度尾頭付きを食ってやがる。いつもここの婆《ばば》ぁが自慢してやがった」

「どうせ鰯か、サンマだろうよ」

「おれたちにはどっちもあたらん」

二人はともに血刀を下げていた。おそらく見張り役だろう。いったんは腰の後ろに差したキセル筒を握った誠之進だったが、手を離してしまった。何となく使う気になれなかった。

両手をだらりと下げて近づく。

猫殺しが気づいた。

「誰だ、てめえ」

構わず間合いを詰める。火の粉の数が増し、男たちの顔をまだらに照らしている。どちらもまだ若い。誠之進が何も答えないのに逆上したのか、猫殺しが目を剝き、踏みだすと同時に血刀を頭上へ振りあげた。

すっと身を寄せた誠之進は相手の右手首を握りつぶさんばかりにつかみ、肘打ちを鳩尾に叩きこむ。

「ぐえっ」

湿った音とともに口から黄水が噴きだす。

二人目が諸手突きを仕掛けてくる。誠之進は猫殺しの襟首を離さず、締めあげたまま、体を入れ替えた。

そして突きかけてくる切っ先に向け、突き飛ばす。

猫殺しが絶叫し、刀を放した。突いた方はかっと目を見開き、足をもつれさせるとそのまま後ろに倒れこんだ。猫殺しの胸の真ん中を突き抜けた切っ先が天に向かっている。下敷きになった相方がもがくが、柄頭が腹にでもつかえているのだろう。刀を抜くことも猫殺しの躰を押しのけることもできずにいる。

もがいている二人組をそのままにして、転がっている刀を拾い、誠之進は裏庭に向かった。

女が一人、裏庭で男に組み伏せられていた。舞い散る火の粉の光では路地に飛びだしてきた男の妻なのか、娘なのかはわからない。半裸だ。両肩、両足は剝きだしにされ、誠之進に向けた顔は目を見開いている。首が力なく揺れていた。組み伏せた男が尻を丸出しにして腰を使っているのだ。

周りで三人の男が見ている。

もう一人の女が素っ裸で転がされていた。こちらは首を深く斬られているので、おそらく絶命しているだろう。周囲に帯や着物が散乱していた。

鳩尾あたりに宿っていた黒い塊が昏《くら》い目をした鬼となり、ゆっくり立ちあがると身のうちに充ちてくる。

肚《はら》は煮えたぎっているのに顔は冷たいままだ。

刀を提げ、誠之進は無造作に歩みよった。

男の内の一人が誠之進に気がつき、目を剝いた。誠之進に背を向けていたもう一人が仲間の顔つきが変わったのに気がつき、ふり返りざま抜き撃ちをしかけてきた。だが、抜かせはしなかった。一瞬にして間合いを詰めた誠之進はふり返った男の咽を刺し貫いたのである。

最初に誠之進に気がついた男がくるりと身を翻して逃げようとし、もう一人が手にした刀を振りかぶる。振りかぶった男の胴を深々と斬り払い、逃げようとした男の背を腰から右肩へと斬りあげる。背骨を両断したのが手応えでわかった。

そのとき、半裸の女の上で腰を使っていた男が背をのけぞらせ、うめき声をほとばしらせた。

周囲が昼間のように明るくなった。舞い落ちる火の粉に庭木が燃えあがったのだ。誠之進は手にした刀を見た。物打ちの部分が刃こぼれし、ぼろぼろになっている。

「いやぁ、なかなかのものだ。やっぱり若い娘は……」

果てたばかりの男がようやく周囲を見渡し、三人の仲間が倒れているのに気がついた。家々が燃え、木の爆ぜる音や炎、巻きこむ旋風が強くなっているというのに何とも間抜けなものだ。

ようやく誠之進に気がついた男が眉根をぐっと寄せた。

「控えおろう。おれたちは薩摩藩御用で……」

男が息を嚥《の》んだ。

誠之進がぼろぼろになった血刀を上段に上げたからだ。

「待て、今申した通り我々は……」

裸の尻を丸出しにして力み返ったところで笑止でしかない。誠之進は男の頭上に一撃を振りおとした。

刀身は男の目の間に止まった。引こうにも刃こぼれした物打ちが男の頭蓋に噛みついている。柄から両手を離し、男の胸元を蹴りつける。

男が倒れ、誠之進は女のそばに片膝をついた。顔を家の方に向けた若い女の白い頸筋《くびすじ》が見えた。

そっと触れ、ふっと息を吐いた。脈はなかった。頭を割られた男は屍体《したい》相手に腰を振っていたのだ。

周囲がぱっと明るくなる。二階屋が燃えあがったのだ。

「誠さん」鮫次が声をかけてくる。「逃げよう。火が回ってきやがった」

誠之進は鮫次とともに駆けだした。家のわきにいた二人組のうち、下敷きになった方はまだもがいている。火の粉が降りそそぎ、悲鳴を上げる。炎に照らされた顔が恐怖に歪んだ。

打ち棄《す》てたまま、誠之進は町家をあとにした。


中天にかかる蒼《あお》い月が冴《さ》え冴《ざ》えとしていた。寒さが厳しい。多吉は三田の質屋裏庭に立っていた。薩邸とは目と鼻の先になる。

裏庭には白壁の立派な土蔵があり、分厚い鉄扉が左右に開かれ、中から千両箱や質草とおぼしき品々を入れた長持ちが男たちの手によって次々に運びだされていた。店の表には何台もの荷車が並べられ、積みこまれている。

半刻ほど前、薩摩藩邸に屯集している浪士隊の一団、三十名ほどが寝入っている質屋に押し入り、指揮を執る者——多吉は名も知らなかった——が主に談判した。

『松平修理大夫《しゆりのだいふ》の御用を務めるため、いささかの借用を申し入れたい』

薩摩藩主島津久光の正式な名が松平修理大夫とされている。

談判とはいっても質屋の主に拒む余地はなかった。また、借用とはいいながらも返済のあてもそのつもりもない。主の家族、住み込みの手代や奉公人たちを一室に集め、主には店、母屋の金品を出させ、長男を裏庭に連れてきて土蔵の鉄扉を開けさせた。

土蔵の前には、十七、八の長男と一団の指揮者、そして下総から来た多吉と同年の剣客飯篠某がいた。いっしょに出動するのは今夜が初めてになる。飯篠という姓は修めた流派から取っているだけで、変名に違いなかった。浪士隊では、首領の相楽をはじめ、変名を用いている者が多く、多吉も吉田嘉十郎を名乗っている。生まれ、氏素性など誰も気にせず、詮索されたことなど一度もなかった。

長男は寝間着姿で夜目にもはっきりわかるほど白い顔をしてがたがた震えている。寒さのせいばかりではないだろう。

蔵が空っぽになった頃、母屋から主が引きだされてきた。裸足で裏庭に引きずり下ろされた直後のことである。飯篠が抜く手も見せず大刀を一閃《いっせん》させる。長男が深くうなずいたように多吉には見えた。だが、前のめりになった顔が倒れるのは止まらず、そのまま足下に落ち、鈍い音がした。首のない胴がくずおれたのは、そのあとだ。

「ああ……」

主が声を発し、長男に向かって踏みだしたが、声が途切れた。背後にいた別の浪士が後ろから首の付け根に斬りつけたからだ。主の首は落ちこそしなかったが、だらりと前に倒れた。

直後、母屋の内から鈍い爆発音が聞こえた。目をやると真っ暗だった中に紅蓮《ぐれん》の炎が広がっている。

「引き上げるぞ」

指揮者が声を張り、一同が従うなか、飯篠は悠然と懐紙で刀身を拭っていた。まるで表情のない顔を見て、人を斬るのが今宵が初めてではないのだろうと察しがついた。

多吉はほかの浪士たちに混じって表門に向かう。長刀をかんぬきに差してはいたが、いまだ抜いたこともない。

数日後、多吉は黒い馬に乗った相楽に従って赤坂三分坂《さんぶんざか》に行った。ほかに従者はいない。立派な屋敷に入ったが、多吉は門の内側で待つようにいわれた。しばらくして出てきた相楽が屋敷の使用人に運ばせてきた千両箱を馬の背に振り分けに載せ、上からむしろをかけて縛った。

相楽が先に立って門を出る。馬のくつわを取った多吉がつづいた。屋敷から少し離れたところで相楽がふり返り、鼻をふくらませていう。

「親父殿から二千両せしめてきた。親父殿にしてはしみったれてやがるが、今日のところはこれで勘弁してやることにしたよ」

憤然とした口調を装いながらも自慢が匂う。

「二千でございますか」多吉は感に堪えないといった顔をして相楽を見返す。「さすがは首領の親御様にございます。ぽんと二千……、なまなかにできることではございませんせん」

「二千が二万でもぽんと出す」前に向きなおった相楽がいう。「どっちにしろいずれおれの金なんだ」

それから天を仰いで大笑いした。

ここにも金勘定にうといい輩がいると多吉は肚の底でつぶやいていた。

二千両といえば、たしかに大金に違いない。しかし、横浜で買える最新式の鉄砲は百両から百五十両はする。そのほかに弾薬も最新式の専用でそろえなくてはならない。十挺も買えば、二千両など消えてしまう。

まだ鉄砲はいい。弾薬をそろえ、並べておくだけで済む。しかし、撃ち手は日々飯を食い、糞《くそ》を垂れ、ときには酒も飲む。食と住は薩摩藩持ちだが、酒手は相楽の裁量にまかされている。三百名を超える隊員たちを養うだけでも二千両ではひと月ともたないだろうし、しかも隊員は日に日に増えつづけている。

焼けた石に水滴が降りかかり、じゅっと音を立てて湯気になる様が多吉の脳裏を過《よぎ》っていった。

四

十一月《しもつき》に入ったある日、隊士全員が屯所の剣術道場に集められた。ぎっしり詰めこまれた人数は三百人を超えていそうだが、多吉にははっきりとわからなかった。そもそも今、何名が名を連ねているのか知らなかったし、出動してもその日は戻らない者たちがいたし、一度屯所に顔を出し、支度金を受けとったきり二度と来ない者まであった。

鰯なら逃げないのに——多吉は何度も思った。

浪士隊は役割に応じて数人から数十人の組に分かれており、それぞれ組長が置かれている。そうした組長たちが道場前面にある神棚の下に立ち、隊士たちを座らせ、頭数をかぞえていた。整然と並び、端座しているのは前方の二、三列に過ぎない。あとはあぐらをかいたり、壁にもたれて足を投げだしたり、手枕をかって寝そべっている輩さえいる。

多吉は中ほどの壁際にいて膝をそろえて座っていた。

やがて相楽を先頭に三人が従って道場に入ってきて、隊士たちの前に立った。ざわつきが徐々に静まり、あぐらをかいていた者、壁にもたれていた者、寝そべっていた者たちも膝を正し、やがて組長たちも座った。

前から二列目、多吉とは反対側の壁際に飯篠がいるのに気がついた。

あの日――質屋に赴き、御用のためと称して押借りにおよんだ夜を思いだす。質屋を最後に出たのは多吉だった。表に出てみるとすでに荷車は二台しか残っておらず、最後尾の一台は空だった。あとから思えば、空の荷車が残っていたのがよくなかったのかも知れない。

質屋のとなりに傘屋があった。表の木戸が半分ほど開き、飯篠がのぞきこんでいる。中では店主らしき男が懸命に荷造りをしており、幼い子供を抱いた女房がかたわらに立っている。店主の手元は燭台《しょくだい》に置かれた燈明に照らされていた。

飯篠が木戸を開き、中へ踏みこんだ。店主、女房、抱かれた子供までが飯篠に目を向ける。

『となりの質屋が火事だ』

火事も何も火を点けたのは浪士隊だ。多吉を押しのけるようにして荷車に張りついていた数人が傘屋の中に入っていく。

傲然と顔を上げた飯篠がつづけた。

『早く逃げろ。間もなくここも丸焼けになる。命はないぞ。我らは松平修理大夫の御用を務めておる。民草のお救いこそ天命なのだ。手伝って進ぜよう』

『いえ、そんな勿体《もったい》ない……、お武家様にそのようなことを……』

『遠慮するな』

いうなり飯篠が大刀を抜いた。顔すれすれを通った刃に主が尻餅をつく。女房は声も出せず子供を抱きしめている。その間に男たちが店の真ん中に集められたわずかばかりの家財道具を運びだし、表にとめた空の荷車に積んでいく。

ようやく膝をついた主が飯篠ににじり寄ろうとする。

『ご遠慮、無用』

にやりとした飯篠が刀を揮い、天井からぶら下がっている何十本もの傘を次々に切り落としていった。荷物を運びだした後の土間にばらばらになった傘が積みあがる。傘屋一家が呆然と見守る中、刀を収めた飯篠は燈明皿を持ち、積み重なった傘の破片の上に放り投げた。

宙に散った油に火が点き、周囲がぱっと明るくなったかと思うと傘の上に降りそそいだ。

『ああ』

主が声を漏らしたが、飯篠はかまわず傘屋を出てきた。持ちだされた荷物は店の前に放りだされ、角に鉄を張った木箱のみが荷車に載せられていた。ちらりと目をやってうなずいた飯篠が先に立って歩きだす。

傘屋から少し離れたところで、多吉は主と女房が悲鳴を上げ、子供が泣きだすのを背中に聞いた。

浪士隊には内規があり、隊士全員が暗記していた。

まず襲うべき相手、御用を申しつける相手としては三つに限定されていた。

一つ、幕府を佐《たす》くる者
一つ、浪士を妨げる者
一つ、唐物商いをする者

唐物商いをする者には、異人が持ちこんだ物品を市中で売る者と異人の御用聞きとなって諸物を買い上げ、異人商館に持ちこむ者の双方が含まれ、いずれも攘夷の義挙を邪魔立てすると認め、誅戮《ちゅうりく》を加えるべしとしていた。また、行動にあたっては決して一人では動かず、三人以上が一組となった上、必ず長の指揮に従う旨が定められていた。

幕府を佐くる者のうちには、幕府御用達の物資を扱う商人も含まれていた。しかし、小さな傘屋が幕府御用達だったのか。木箱は屯所に入る前に壊された。中から出てきたのは、金貨、銀貨、銅銭あわせて二両ほどでしかなく、舌打ちした飯篠が隊に献上するまでもないとしてその場に居合わせた連中で分けた。いち早くその場を離れた多吉は受けとらなかったが、傘屋を襲った罪から逃れられるものではない。

傘屋の前に襲った質屋にしても金品あわせて五千両ほどになったが、幕府御用を務めていたのか判然としない。傘屋の一件を隊に報告した者はなく、また報告されたとしても五千両の収穫の前では誰も気にしなかっただろう。

「それでは、今後の方針についてご説明申しあげる」

相楽が声を張り、多吉は飯篠から目を逸らし、前方に注目した。

「さて、我らは松平修理大夫殿のご厚意によって義挙の準備を整え、またかねてより隊内において議を尽くしてきたが、いよいよ蹶起のときが来た。これまでにも奸商どもに誅戮を加えてきたが、とうてい我らが義挙を成し遂げるものとはいえない。また、攘夷とは申せ、異人どもの一人や二人斬ったところで何ほどのこともない。やはり諸悪の根源を断たねばならない」

静まりかえっていた道場がざわめいた。だが、多吉は肚の底でつぶやかずにはいられなかった。

　これのどこが義挙か……。

　耳の底には傘屋夫婦の悲鳴がこびりついている。

　相楽が一段と声を張った。

「我らは徳川家《とくせんけ》を倒す」

　おおという声が隊士たちの間から湧きあがる。道場がざわめきに充ちても動ずることなく相楽は右手を前に出し、四本の指を立てた。

「我が隊は四手に分かれ、三隊が江戸より出《い》でて外から囲み、残る一隊が市中の攪乱《かくらん》をはかる。これをもって幕府をうち倒す」

　道場が静まり、相楽の声が朗々と響きわたる。

「一つ、野州で挙兵し、江戸から北国への口元を押さえる。一つ、甲府城を攻め落とし、甲州、信州への連絡を絶つ。一つ、相州に進出、東海道を封鎖する。その上で隊の主力は江戸市中で暴れまわり、火の海とする」

　相楽の後ろに控えている三人がそれぞれ野州隊、甲州隊、相州隊の長だと紹介された。

　薩州屋敷に入る前日、土蔵相模において伊牟田が五百でも千でも足らぬといったのを思いだした。三方に派遣される隊は、それぞれの地に根拠を作り、新たに隊員を増やして包囲陣とするのだろう。

その伊牟田の姿をしばらく見ていない。

多吉は思わずにいられなかった。

はて、おれはどうしたものだろうか――。


慶応三年も師走に入り、江戸市中はいよいよ騒然としてきた。しかし、品川宿をそぞろ歩く武家や町人たちにとってはどこ吹く風、張見世をのぞいて歩く様子にさほど変わりはなかった。だが、よく見てみれば、誰の目も異様にぎらぎらしており、妓を物色する姿はどこか切羽詰まっていて、まるで今宵が最後と思いつめているようでもあった。

ある日、誠之進の長屋に治平の又甥小弥太が久しぶりにやって来て、磐城平藩下屋敷へ来るようにという手紙を届けた。

安藤鶴翁が永蟄居《えいちっきょ》を命じられて五年になる。その間も南の厠での会合はつづいており、門番ともすっかり顔なじみになっていた。しかし、その日はいつもと様子が違っていた。

鶴翁に相対しているのは誠之進だけだった。

我ながら不思議だったのは、かつての藩主が相手というのに誠之進は心穏やかでまるで父にでも向かっているような心持ちでいられたことだ。問われるまま、品川宿の様子を答えた。

うなずきながら聞いていた鶴翁がいう。

「色の道は万古不変よの」

はっとした。鶴翁が怪訝そうに眉根を寄せる。

「いかがいたした」

「いつぞや狂斎師も同じことをいわれておりました」

「そうか」鶴翁がにやりとする。「狂斎は息災か」

「はっ」

またしばらくの間、四方山話《よもやまばなし》がつづき、そのうちいつぞや上野で催された狂斎の画会の帰りに神田明神下で強盗に行き会った話をしていた。話の半ばあたりから鶴翁が腕を組み、目を伏せ、畳の一点をじっと見つめるようになった。

「ご不快にございましょう。これまでに……」

「講談師みたいな思わせぶりを申すな。顚末まで話せ」

「はっ」

一礼し、誠之進は見張り役を打ち棄てて町家をあとにしたことまで包みかくさず話した。話しおえたあとも鶴翁は目を伏せたまま、しばらくの間黙りこんでいた。

あのとき屍体にまたがっていた男が薩摩藩主の名前を出した。真偽のほどはわからない。強盗どもはたいてい薩摩の御用盗を名乗った。

中にはもっとひどい噂もあった。夜更けに薩摩御用を名乗る一団に襲われ、一切合切を奪われた商家に、翌朝吟味のためにやって来た幕府の町方同心こそ昨夜の強盗の頭分だったというのである。旗本、御家人の次、三男、あるいは嫡男までも夜な夜な強盗を働いているという話は誠之進もしばしば耳にしていた。

市中の警備は町廻りといい、庄内藩とその配下の新徴組、新整組、幕府直参の別手組、撒兵組などが担っていた。火急の事態が起こったときには、弓組、鉄砲組などに火付盗賊改方が申しつけられるのだが、今回はまるで名を聞かない。

それほどまでに幕府の力は落ちて……。

「司」

呼びかけられ、誠之進は顔を上げた。鶴翁がまっすぐにのぞきこんでいた。背筋に緊張が走る。

「はっ」

「そちは薩摩が江戸市中をどうする心算だと考えおるか」

「攪乱するつもりにございましょう。大樹公のお膝元なれば」

「大樹公か」鶴翁がふっと笑う。「今や慶喜めが大樹公だな、たしかに」

誠之進は思わず歯を食いしばった。将軍が呼び捨てにされるのをいまだかつて耳にしたことなどなかった。

「島津は大島とやらを使って江戸を丸焼けにするかね」

またも何も答えられずにいると鶴翁が首を振った。

「それはない」

きっぱりいう鶴翁を見つめたまま、誠之進は目をしばたたいた。

「いくら島津が長州や土佐と語らって攻め上げてこようと所詮雑魚の集まりに過ぎぬ。奴らにはないものが二つある。わかるか」

「いえ」

「金と人だ」

金というのは何となくわかった。いくら薩摩藩が七十万石を超える大藩とはいえ、将軍家の所領は七百万石を超える。

しかし、人は……。

実際、江戸市中の警固でさえ、直参では足りず庄内藩頼りではないか。

「乱のあとは治だ。大権現様は乱のあとを見据え、二度と戦が起こらないよう策を講じられた。わが家には秘中の家伝があってな。当主のみが見られる。儂も死の床にあった父より初めて明かされた」

誠之進は生唾を嚥んだ。

権現様こと徳川家康が江戸に開府したとき、老中は酒井忠世《ただよ》、土井利勝、そして安藤重信の三人であった。重信こそ鶴翁の祖先である。対馬守であった頃、鶴翁は井伊直弼に引き立てられ、若年寄、老中と幕閣の重責を担うようになっていったが、さかのぼれば、家格としては井伊家よりも上位になる。

家康、秀忠、家光の三代がかりで幕藩体制が確立され、以後、二百数十年にわたって泰平の世がつづいた。

「家伝の中には権現様が先をいかように見通されていたかもことこまかに記されておった。陣中において、ともに酒を酌みながら、権現様が何と仰せられたか、御先祖様は書き残しておられた。ご子息についても一人ひとり評されたのだが、別して威公には心を許されなかった」

威公とは、水戸藩初代藩主徳川頼房の諡《おくりな》だ。初代の水戸藩主ながら家康存命中は幼少であることを理由に駿府城に幽閉されて育てられ、水戸に足を踏みいれるのは家康の没後である。さらに徳川姓を許されたときには三十三歳となっていた。

「水戸殿は冷や飯を食わされつづけてきた。その積年の恨みを晴らすべく動いたのが烈公だった」

烈公は水戸藩前藩主徳川斉昭であり、井伊大老にとって不倶戴天《ふぐたいてん》の敵といえた。鶴翁は対馬守時代、水戸との折衝役を命じられていた。そして井伊大老の死後、幕府と水戸藩との関係修復に力を尽くした。

「島津は徳川家《とくせんけ》の内輪もめに乗じて、内側から割れるよう画策しおった。いくら西国の大藩とはいえ、真っ向から徳川家に立ち向かう力はない。だから骨肉の争いに爪を突きたて、引き裂いた」

誠之進は身じろぎもできずに鶴翁を見返していた。

「そこまではできる。だが、この大江戸を回していくだけの器量はない。すべては人、隅々に配置された諸役の者どもの働きなくして江戸は治められぬ。金、人、そして江戸を丸ごと掌中にするためには、慶喜めを朝敵にして殺すしかあるまい。では、朝敵とするためにはどうするか」

鶴翁がわずかに身を乗りだす。

「慶喜に先に撃たせることだ。さすれば、薩摩には撃ち返す大義名分が成る。御用盗が市中を掻き回しておるのは、先に撃たせるためなのだ」

「大樹公はそんな姑息な手に乗りましょうか」

「慶喜一人ならば逃げて落ち延びることもできよう。しかし、旗本だけでも八千旗、それに御家人がいて、今は市中に庄内藩が入っておる。さて、どこまで我慢できるかの」

「南の厠か」

つぶやいた兄――津坂兵庫助がふっと笑った。口元に笑みを残したまま、誠之進の目をのぞきこんでくる。

「永蟄居の身なれば、家来に会うこともまかりならんというわけだ」

「そのように聞きましたが」

人を小馬鹿にしたような兄の笑みが気に入らず誠之進はぶっきらぼうに答えた。

「つくづくお前はおめでたくできておる」

「どういうことでございましょう」

「信民《のぶたみ》公が逝去されたとき、いくつだった?」

「五歳とお聞きしてますが」

安藤対馬守信正が隠居し、家督を継いだのは嫡男信民だったが、そのとき、わずかに四歳。生まれつき病弱で一年ほどで没してしまい、信濃岩村田藩から藩主の三男信勇《のぶたけ》を養子として迎え、家督を継がせて第七代藩主としている。信勇の母親が磐城平藩第四代藩主の娘であるため、血筋でも第六代の信民とは従兄弟になる。

「そう。そして今の殿が家督を継がれたときは、元服したばかりの十四だった。余所《よそ》から来た上、まだお若かった。誰が藩の切り盛りをするのか」

「国許にも江戸にもご家老がいらっしゃいましょう」

誠之進の言葉に兄は首を振る。

「大殿は稀代の切れ者だ。黙っていられるはずがない」

大殿が鶴翁を指すのは間違いない。

「しかし……」

「皆、南の厠へ用を足しに行くのさ」

兄が誠之進をさえぎっていう。

「それでは兄上も……」

またしても兄が首を振る。

「儂はただの納戸役、殿の御側へ行く用などない」

安藤対馬守が隠居したあと、兄も側用人の職を解かれ、納戸役に回された。小頭ですらなく、大幅な降格だが、さして気にする様子も見せなかった。第六代藩主以降、側用人は江戸詰家老が兼任している。

兄は変わったと誠之進は思った。仕事一辺倒の堅物だと思っていたのだが、側用人を辞してからはくだけた一面を見せるようになった。年齢のせいもあるだろうが、風貌もどことなく父に似てきたような気がする。

鶴翁の屋敷を辞したとき、門の外で治平が待っていて、兄の屋敷へ来るようにと伝えた。誠之進はためらった。鶴翁邸を訪ねるときには町人体なのだ。だが、治平は半ば手を引くようにして引っぱってきた。何のことはない。納戸役になってから兄は下屋敷内、鶴翁の屋敷とは目と鼻の先に屋敷を与えられていたのである。

さすがに玄関から入るのは遠慮して裏口へ回った。そこでも驚かされた。水屋の板張りの床に正座し、手をついて迎えたのは兄の妻しのだったからだ。さらにしのに案内されたのは居間であり、こたつにあたりながらの兄弟水入らず、久しぶりの対面となった。すべて今までには考えられない。不思議がっていると弟があまりに不出来なので勉学に精進しなくてはならなかったとやられた。こたつに入るやすぐにしのが手ずから酒と肴を運んできた。

「丸に十文字は江戸を灰にするつもりはない、か」

兄がしみじみといい、猪口を空ける。丸に十文字を入れれば、薩摩藩の旗印になる。誠之進は銚子を取って差しだした。兄の猪口を充たしたところでちょうど空になる。兄は妻を呼んで酒を命じた。

銚子が運ばれると今度は兄が誠之進に注ぎながらいった。

「先月朔日《ついたち》に薩州と土州が共謀して八千人もの兵で江戸城を攻めるという噂があった」

江戸城近辺に放火して騒ぎを起こし、それに乗じて西の丸に乱入、天璋院と静寛院《せいかんいんの》宮《みや》を甲府に移し、朝廷に対し、すみやかに攘夷の実行を求めるよう請願させようという。

天璋院は薩摩島津家から十三代将軍徳川家定《いえさだ》に嫁いだ篤姫であり、静寛院宮は十四代将軍家茂に降嫁した和宮である。

「そのようなことが……」

絶句する誠之進に向かって、兄が首を振る。

「噂だよ、噂。だが、捨て置くわけにもいかん。それで御公儀は五十余藩の江戸詰家老を呼びつけて警固の兵を差しだすように命じた」

五十余家のうちには信州松代藩真田家、備後福山藩阿部家など十万石を超えるところもあれば、五万石、一万石の藩まであったという。しかし、十一月になっても江戸城周辺は静かなままだった。

「だが、守りを緩めるわけにはいかなかった。強盗、火付け、人斬りが跋扈しておったからな。その辺りはお前の方がよくわかっているだろうが」

誠之進が品川宿に住んでいるのは、そうした市井の動きに目を配り、耳を澄ますためなのだ。

「たしかにいろいろございましたな」

誠之進は苦い酒を飲みほした。

兄弟差し向かいの酒宴は深更までつづき、これまた信じられないことだが、二人してこたつに足を突っ込んだまま、眠ってしまったのである。

翌朝——といってもまだ夜が明けきらぬうち、兄に肩を揺すられ、誠之進は目を開けた。のぞきこんでいる兄の深刻な表情に眠気が吹き飛ぶ。

起きあがった誠之進に兄が告げた。

「江戸城《おしろ》の二の丸が炎上しておる」

時に慶応三年十二月二十三日の明け方であった。

五

ちょうど二日前の未明、多吉は伊牟田に命じられ、江戸城の北、一ツ橋北詰の真下に猪牙をひそませていた。

師走も半ばを過ぎる頃から多吉は浪士隊から外され、かつてのように夜となく昼となく伊牟田を乗せた猪牙を漕ぐ役に戻されていた。質屋を襲い、行きがけの駄賃のように傘屋に火を点けて以来、浪士隊に世直しを期待できなくなっていたので文字通り渡りに舟ではあった。

伊牟田が一人で乗りこむこともあれば、数人がいっしょのときもあった。人ではなく、荷を積むこともあった。厳重に筵《むしろ》でくるまれた荷は薩摩屋敷から運びだされたとおぼしかった。運びこんだ先は品川沖に錨泊している帆柱が四本もある異国の船である。元はイギリス船だが、今は薩摩藩の持ち船となり、翔鳳丸《しょうおうまる》と名づけられていると伊牟田が教えてくれた。荷運びは日に一度か二度あり、入間川河岸と品川沖との往復はすでに十数度に及んでいる。

だが、二日前は違った。闇に乗じて江戸城の堀に空の猪牙を入れ、一ツ橋の下で待てといわれたのだ。多吉は緊張し、生きた心地もなく、猪牙に伏せて待っていた。伊牟田がほかに二人の男とともにやって来たのはまだ暗いうちだ。すぐに出し、神田橋の下を通って越前福井藩の上屋敷——通りかかったときに伊牟田が教えてくれた——の角を右に曲がって常盤橋をくぐり、左に入った。あとは隅田川《おおかわ》に出て、流れに乗って下り、入間川の河口からさかのぼって河岸につけた。

　猪牙から降りた伊牟田が上がってこいというので岸に上がった。伊牟田が黙って指さす方を見た多吉は大きく目を見開いた。暁暗の中、もくもく立ちのぼる黒い煙が見え、根元には盛大な炎がゆらめいていたのだ。

　伊牟田がにやりとする。

『二の丸だ。こいつで火を点けた』

　いつぞや見せてくれたマッチの入った小さな印籠をつまんで小さく振る。

　伊牟田たちは薩摩藩から嫁入りした天璋院のお付きに手引きされ、江戸城三の丸に入ったという。

『ろくに見張りもなくて拍子抜けだったな。それでもちょうど三の丸から二の丸へ入ったときに見張りに出くわしてね』

　ぎょっとして伊牟田に目を向ける。

『我らを手引きした者が落ちつき払って夜遅くまでご苦労と声をかけたら、奴《やつこ》さん、かしこまって恐れ入りますと来たもんだ』

難なく二の丸に入った伊牟田たちは広間の畳を切り裂いて丸めた布団を詰めこみ、マッチで火を点けた。小さな火を吹き、ぶすぶす煙をあげはじめたところで炭団《たどん》を置いてさらに布団を被せると侵入したときの逆順で二の丸、三の丸と抜け、堂々と一ツ橋門から出てきて多吉の待つ猪牙までやって来たという。

櫓を漕いでいた多吉は気づかなかったが、伊牟田たちは夜空に火の粉が舞いあがるのを見ていたらしい。

昨夜、多吉は翔鳳丸に呼ばれ、伊牟田を乗せて入間川まで来た。降りる際、伊牟田には人目に立たぬように待てといわれていたので、岸への登り口の手前、西應寺橋の下に猪牙をつなぎ、寝そべって筵を被っていた。姿を隠す意味もあったが、夜明け前後の寒さをしのぐためでもある。

やがて闇が薄れはじめ、周囲が群青に染まって川面《かわも》が見分けられるようになってきたが、あたりは静まりかえったままだ。多吉としては愚直に筵の下でじっとしているしかない。

耳を澄ませ、筵の間から薩邸につづく岸を見つめているうちにふっと気が遠くなる。舟縁を打つ水音がまた眠気を誘った。はっと目を見開いては気が遠くなるのをくり返していたうち眠りこんでしまったらしい。

立てつづけに響きわたった何かの爆ぜるような音に多吉は目を開いた。すっかり明るくなっている。音は薩邸の方から聞こえていた。

思わず躰を起こした多吉だったが、はっと気づいてすぐに伏せ、筵をぎゅっと首の周りに巻きつけた。顔だけは上げ、岸を見つめている。

爆ぜる音はつづいていた。

ほどなく岸を駆けてくる姿が見えてきた。伊牟田だ。筵をはねのけた多吉は舫《もや》いを解き、櫓に取りつくと大きく水を搔いた。猪牙が流れに逆らって前進する。伊牟田は一人だけであった。

ようやく船着き場に達しようとするとき、伊牟田が駆けおりてくる。不思議なことに満面の笑みを浮かべている。

そして石段の途中で跳び、猪牙に乗りうつるなり叫ぶようにいった。

「やったぞ。奴らの方から手を出してきた」

「何ごとでございますか」

「こっちの思惑通りにことはなった」伊牟田が顎をしゃくる。「もうここに用はない。品川へ……、船へやってくれ」

「はい」

多吉は懸命に櫓を使い、猪牙の舳先《へさき》を回した。品川で船といえば、翔鳳丸に他ならない。

猪牙の中央にどっかと腰を下ろした伊牟田が背後をふり返る。歯を剝きだしにしていかにも嬉しそうな笑みを浮かべている。

『チンガラにしもっそ』

大島の声がまたしても多吉の脳裏を過っていく。

そのとき、多吉はすぐ先の橋の下から猪牙が一艘滑り出てくるのに気がついた。


「クソッ、おっ始めやがった」

猪牙の艫《とも》で鮫次がうめくようにいう。

誠之進は前方――薩邸の方を睨んでいた。

この日、慶応三年十二月二十五日早朝、幕府方が薩邸に討ち入ることは、昨夜のうちに知らされていた。兄が治平を通じ、小弥太を品川へ走らせたのだ。

二日前、何者かが江戸城に侵入し、二の丸に火を放っていた。下手人を突きとめるところまではいたっていなかったが、天璋院の付き人である薩人が内から手引きしたとしか考えられなかった。

また、薩摩の御用盗を名乗る輩が跳梁《ちょうりょう》するようになってから幕府の放った密偵たちが、盗賊が三田の薩邸に戻っていくのを確かめている。

さらに二の丸が炎上した日の夜、薩邸にほど近い寄席に鉄砲が撃ちこまれる事件が起こっていた。くだんの寄席は、市中警固にあたる庄内藩藩士の次、三男で編成された鉄砲隊が屯所として利用していたのである。しかも庄内藩兵の屯所に鉄砲を撃ちかけられるのは昨夜が初めてではなく、また薩邸に近いところからいよいよ薩摩の仕業に違いないと庄内藩士たちはいきり立っていた。

そして昨日、幕府はついに重い腰を上げ、庄内藩に対し、命を下した。

薩邸へ赴き、出入りしている不逞浪士の引き渡しを求めよ、と。

しかし、庄内藩は寄席への銃撃があった直後に単独で行動を起こせば、私怨と受けとられかねないとして他藩へも出動命令を下すよう嘆願した。私怨による戦い、つまり私闘は幕府が厳しく禁じている。庄内藩の言い分を認めた幕府は羽州《うしゆう》上山《かみのやま》藩、武州《ぶしゆう》岩槻《いわつき》藩、越前鯖江《えちぜんさばえ》藩にも出兵を命じ、かねてより市中警固に当たっている五十余藩に対してもそれぞれの持ち場に配する兵の数を倍増させた。

しかし、討ち入りは翌朝、つまり今日の未明とされた。あまりに性急に過ぎた。とても間に合わないと庄内藩以外の三藩は悲鳴を上げたものの庄内藩の動きは止められなかった。

単独でも実行すると息巻いたのである。

二十五日未明、庄内藩が薩邸にくり出した士卒、鉄砲組、大砲組あわせて五百名、上山藩が三百名をそろえたものの、鯖江藩はようやく百名、岩槻藩にいたっては五十名を出すのが精一杯で総勢千名には届かなかった。

また、薩邸を囲む陣形にしても北、東、西を固めながら南だけは開け、高輪、品川方面へは逃げられるようにしておいた。何しろ増上寺を挟んで江戸城がある。追いつめられた薩摩藩が不逞浪士ともども窮鼠《きゅうそ》猫を嚙むのたとえ通り必死の反撃に出た場合に甚大な被害が生じる恐れがある。

千名に足らぬとはいえ、四藩の兵士たちが三方を囲み、さらに市中各所には警固役を張りつけているので薩邸から逃げだした者を散り散りにし、個々に殲滅《せんめつ》する策をとることにしたのだった。

夜明けとともに庄内藩が薩邸正面に達し、交渉役が薩摩藩留守居役との談判に入った。不逞浪士を出せと迫り、薩摩側はそのような者はおらぬと突っぱねた。しばらく談判がつづいたが、庄内藩側がもはやこれまでと打ち切りを宣し、門を出ようとした。それを薩摩の留守居役が追い、二人が通用口から出たところで事件が勃発した。

出てきた自藩の交渉役の顔色を見て、門前を固めていた庄内藩の士卒、兵たちは決裂と判断した。そして交渉役を追って顔を出した薩摩藩留守居役を問答無用と槍で突き殺してしまったのである。

こうして戦端は開かれ、庄内、上山両藩の鉄砲隊、大砲隊が攻撃を開始した。誠之進と鮫次が耳にした虚空に殷々《いんいん》と響きわたる砲声はこのときのものだ。

　二人は隅田川から入間川に入って二つ目の橋の下に舫った猪牙に身を潜めていた。

　鮫次の方にも師走に入って動きがあったためだ。和田浦の姉から手紙が届き、九十九里での騒動以来ふっつり姿を消していた多吉が江戸に行っているらしいというのである。例によって多吉の母親が鮫次の実家に押しかけ、探して欲しいと懇願した。多吉からの便りに江戸の様子が書かれていたという。

　手紙を受けとった鮫次が品川に誠之進を訪ねて来て事情を話し、とりあえず品川湊の海人仲間に聞いてみると告げた。船頭や回船問屋にあたるうち、鮫次は品川沖に錨泊している薩摩藩所有の異国船に連日荷が運びこまれており、伝馬の中に猪牙が混じっているという話を聞きつけた。川船の猪牙が沖の異国船と湊を行き来しているのが目についたようだ。

　薩摩船を見張っていた鮫次が猪牙を見つけたのはつい三日前のことだ。櫓を操っているのが多吉のように見えたが、沖と湊に分かれていては確かめることもままならなかった。鮫次は誠之進が住む長屋に寄り、顚末を話していった。

　兄からの報せで幕府が薩邸討ち入りを実行することを知った誠之進は、報せを持って来た小弥太を湯島の狂斎邸へ走らせ、鮫次に品川へ来るように伝えた。

　連日、薩摩船に荷が運ばれていたのは、おそらく幕府が攻めこんでくる日が近いことを察していたからだ。おそらく薩邸はすでに空っぽであろう。また、誠之進は兄からの詳細な手紙で薩邸の南がわざと開いてあることを知っていた。そこには裏門があり、入間川へと路地がつづいている。

鮫次が入間川河口近くの船宿で猪牙を借り、二人はやって来ていたのである。そして夜が明け、周囲が明るくなってきたところで一つ先の橋の下に猪牙がつながれているのに気がついた。

多吉かも知れないと思いつつ誠之進、鮫次ともに勘が外れて欲しいと二人ともに願っていた。

空《むな》しかった。

砲声が響きわたると同時に前方の猪牙に人影が立ち、すぐに伏せたものの岸を駆けてくる男の姿を見て、ふたたび立ちあがった。次いで舫いを解き、すべり出たのである。

鮫次が櫓に取りつき、誠之進は舫いを解いた。昨夜のうちに研秀に行き、大小刀を取ってきている。キセル筒も腰の後ろに挟んでいたが、次々に響きわたる砲声の前ではいずれも大して役には立たないだろうと思われた。

前方の猪牙が河岸に着け、薩邸の方から走ってきた男が飛びうつる。次いで猪牙が回頭し、猪牙の真ん中に座りこんでいるのが伊牟田、櫓を使っているのが多吉だとわかった。

「あの野郎……」

鮫次がうめく。

二艘の猪牙は見る見るうちに接近した。

「誠さん」

声をかけられ、誠之進はふり返った。

「櫓を頼む」

そういうなり鮫次はかがんだ。二人は狭い猪牙の上で体を入れかえ、誠之進は櫓腕を持った。鮫次ほどではないが、品川宿に来てから何度も舟遊びをしているので櫓を扱うことはできた。

鮫次が船底に放りだしてあった棹に手をかける。猪牙が岸に近づき過ぎたときにぶつからないよう使うもので六尺ほどの長さがある。

猪牙がすれ違う寸前、棹を手にした鮫次が立ちあがり、左足を踏みだすと同時に放った。棹はまっすぐに飛び、櫓を握っていた多吉の胸にあたる。

わっと声を上げた多吉がもんどり打って川に落ちた。

「銛《もり》うちは兄貴よりおれの方が筋がよかった」

そういいながら手早く着物を脱ぎ、下帯一つになった鮫次は冷たい川の中へ身を躍らせる。

すれ違う猪牙の上で伊牟田が立ちあがり、櫓に取りつくのが見えた。鮫次は多吉に向かって抜き手を切っている。

誠之進は櫓を使い、猪牙の頭を鮫次が泳いでいった方に向けた。


明けて慶応四年戊辰《つちのえたつ》も三月《やよい》となり、江戸市中各所の桜も盛りを過ぎていた。午下がり、誠之進は法禅寺裏の長屋で窓辺に置いた文机に向かい、頬杖《ほおづえ》をついて師走から年初にかけての出来事をつらつら思いかえしていた。

周囲には反古が散らばっている。花鳥を描いてみても気が乗らず、改めて円を描いてみたが、狂斎の手本にはほど遠かった。

昨晩秋、将軍徳川慶喜が朝廷に対し、大政奉還の願いを出し、年末に勅許がくだされたと兄から聞いたのは、年が明けてほどなくしてからだ。

『放りだしてやれば、将軍家のありがたみが身に染むだろうと思《おぼ》し召したようだが、あにはからんや、だ』

二の丸が炎上し、薩邸討ち入りがあったのは、大政奉還から十日後である。

薩摩があくまでも強気に出たのは、すでに慶喜が将軍ではなかったからだ。兄が庄内藩の知り合いから聞いたところでは、薩邸での押し問答では、あくまでも幕命を申し立てる庄内藩に対し、薩摩側がすでに慶喜は将軍職に非《あら》ずとして幕命の根拠を問《と》い糺《ただ》してきたという。

討ち入り前日、屯所を銃撃された庄内藩士には憤怒《ふんぬ》が渦巻いていた。建て前上私闘ではないとするため、他藩と合同することとしたが、やはり私闘には違いない。庄内藩にしてみれば、屁理屈をいうな、問答無用というところだったろう。

一方、正月には京で戦端が開かれた。後世にいう鳥羽伏見の戦いがはじまったのである。

徳川家討伐の勅命が薩摩、長州そのほかにくだったのがきっかけだ。そのとき、ひたすら朝敵とされることを恐れた慶喜は滞在していた大坂城を出て、船で江戸へ帰って来てしまった。供をしたのはごく近臣のみで、京において薩摩、長州に対峙していた親藩諸家は置いてけぼりを食らった恰好となった。

慶応四年の正月、二月、三月と京と幕閣中枢においては、朝廷への恭順派と薩長に対する徹底抗戦派とが争い、嵐が吹き荒れていたのだが、江戸市中はいまだ平穏、品川宿でもさすがに数は減ったとはいえ、遊客がそぞろ歩いていた。

十一年にもなるのか――誠之進は胸のうちでつぶやく。

文机の前の障子は開けはなってあったが、見えるのは法禅寺裏庭の木々でしかない。強い陽射しを受け、日々濃くなる葉の緑も心はずませることはなかった。

亡父の命を受け、品川宿へやって来たのは安政四年、それから十一年の歳月が流れ、宿場の顔ぶれもずいぶんと変わっていた。大戸屋の食売女たちにも毎年新顔が入っている。かつて板頭をしていた汀は商家の妻となり、三人の子を産んだと聞いた。小女の頃から馴染《なじ》んだきわが死んでからでさえ一年になる。

品川を去る潮時かと思うこともあったが、さりとて次に行くところも為すべきことも浮かばない。

薩邸討ち入りのあった朝、入間川で二艘の猪牙がすれ違った刹那、鮫次が棹を放って多吉を撃《う》ち墜《お》とした。直後、川に飛びこみ、水中にあった多吉を助けあげ、猪牙で品川まで運んだ。とりあえず口入れ稼業橘屋藤兵衛のところに担ぎこみ、養生をさせたのだが、和田浦に帰せば、またぞろ家を出るかも知れない。結局、藤兵衛に預かってもらうことにした。

一度だけ、誠之進は多吉に会っている。憑《つ》き物《もの》が落ちたようにすっきりとした顔をしていた。

『いくら赤心があろうと銭勘定のできない者に世直しなどできません。画に描いた餅ですよ』

淡々といった多吉の言葉が印象に残っている。聞きながら肚の底でつぶやいていた。

おれは画に描いた餅を食って生きてるがね……。

自分だけではなく、鮫次、そして狂斎にしても同じだ。もっとも狂斎だけは餅を描いた画で食っているのかと思いなおした。

午下がりにぼんやりしているときわがやって来て、大戸屋に来てくれといったものだと思いかけたとき、入口の障子戸の向こうから声がした。

「ごめんくださいまし」

治平だ。

「いるよ」

答えた誠之進は立ちあがり、框から三和土へ片足を下ろして障子戸を開けた。少しばかり持ちあげ、力をこめないと開かない。半分ほど開けると表に立つ治平が小さく頭を下げた。

「お邪魔してよろしゅうございますか」

「今日はずいぶん馬鹿丁寧だな。よろしゅうございますよ」

ふざけて応じると治平がすっとわきに避けた。すぐ後ろに兄嫁のしのが立っていた。しのはもう何年も前に一度長屋に来ている。

「ごめんくださいませ」

とりあえず板間でしのと向かいあう。治平は三和土に立ったまま、中に入ろうとはしなかった。

「兄上に何かございましたか」

「はい」しのがうなずく。「主人と、そして大殿に」

誠之進は背を伸ばした。大殿は鶴翁にほかならない。

しのがつづける。

「大殿におかれましては、永蟄居が解かれました」

「そうですか」

遅いくらいだと思いつつ、穏やかに答えた。永蟄居を命じた幕府が消滅してすでに三《み》月《つき》になる。

「つきましては、殿は国許へお帰りになることになり、主人にも供をするよう命じられました」

誠之進は絶句し、目をぱちくりさせた。確かに磐城平藩の元藩主ではある。だが、鶴翁は江戸藩邸に生まれ、老中に就くまでの間、ほとんどを江戸で過ごし、永蟄居を命じられてからも江戸郊外の下屋敷で謹慎していた。江戸詰側用人だった兄に至っては、今まで一度も国許に足を踏みいれたことがない。それは誠之進にしても同じだ。

「いつ発たれるのですか」

「昨日、発ちました」そういってしのは襟元に挟んだ手紙を誠之進の前に置いた。「主人からでございます」

「拝見します」

誠之進は手紙を広げた。読みすすめるほどに驚愕《きようがく》に打たれる。そこには誠之進にも国許へ来るように書かれてあったのだ。

読みおえ、元のように折りたたむ。顔を上げ、しのを見た。

「姉上も平へ赴かれますか」

しかし、しのは目を伏せたまま、首を振った。

「主人が来てはならぬといわれました。しばらく深川の実家に戻っておれ、と」

しのは深川にある茶屋の娘で、何度か足を運ぶうちに兄の方が惚れた。ぜひ妻にと所望し、親類の武家の養女として婚姻した。誠之進とは同い年である。

誠之進はうなって腕組みした。

「江戸はこれからどうなるかわかりませんよ。薩摩が押しよせてくるかも知れない。深川にいらっしゃるならせめて治平を……」

入口に目をやって誠之進は首をかしげた。ついさっきまで三和土に立っていた治平の姿がない。

建て付けの悪い障子戸を、どのようにして音を立てずに開け閉めしたのか。

しのに目を戻した誠之進は生唾を嚥んだ。

わずかに顔をうつむけたしのが上目遣いに誠之進をのぞきこんでいる。目は深刻な光を帯びながら紅に塗《まみ》れた唇がわずかに開いて……。

煎じ詰めれば倒幕運動とは、冷や飯食いと揶揄されつづけた次、三男の長男に対する叛乱《はんらん》であったかも知れない。凄《すさ》まじい兄弟喧嘩は、倒幕のみならず諸藩のお家騒動にも多々見られた。

ところが、御一新といわれた明治維新を経て、長子相続は法制化され、存続される。できもしない攘夷を迫って倒幕、回天を果たしながらこれぞ新時代とばかりに欧米化を進めた手口に酷似している。

さて、前代未聞の鬼手、史上最大の政略結婚だった皇女和宮の将軍家茂への御降嫁に際しては、朝廷、幕府、諸藩の思惑が複雑に交錯し、全国津々浦々で血が流れ、城が焼かれた。

唯一の救いは、歳が近く、若かった和宮と家茂の仲が睦《むつ》まじかったと今に伝えられていることである。

解　説

末國善己

二〇一八年は、明治維新から一五〇年目の節目の年だった。

明治維新一五〇年に向けた関連施策を推進した日本政府は、その意義を「明治150年をきっかけとして、明治以降の歩みを次世代に遺《のこ》すことや、明治の精神に学び、日本の強みを再認識することは、大変重要なことです」（引用は、首相官邸ホームページ）と説明。慶応から明治に改元された十月二十三日（旧暦では九月八日）、維新の立役者となった長州藩士の末裔《まつえい》である首相も列席し、政府の記念式典が憲政記念館で開かれたが、五十年前の明治百年記念式典が日本武道館に一万人を集めて開催されたことを思えば、盛り上がりに欠けたのは否めない。まさに〝明治は遠くなりにけり〟といえる。

ただ歴史時代小説に目を向けてみると、賊軍とされた側から戊辰《ぼしん》戦争を捉えた平谷美《ひらやよし》樹《き》『鍬ヶ崎《くわがさき》心中』と『柳は萌《も》ゆる』、日本人の横暴からアイヌを守ろうとした松浦武四《まつうらたけし》郎《ろう》の型破りな人生をユーモラスに描く河治和香《かわじわか》『がいなもん　松浦武四郎一代』、故郷の奈良を守るため中央政府に立ち向かった今村勤三《いまむらきんぞう》に着目した植松三十里《うえまつみどり》『大和維新』

など幕末維新ものの名作が続々と刊行されたが、日本の近代化は果たして正しかったのかを問う作品が多かったところに、明治を礼賛する政府への批判もうかがえる。

二〇一八年四月にスタートした〈隠密絵師事件帖〉シリーズも、幕末に老中を務めた磐城平《いわきたいら》藩藩主の安藤対馬守《つしまのかみ》（信正）に仕える津坂《つさか》家に生まれた誠之進《せいのしん》を主人公にして、明治維新は清新な志の若者が旧弊な幕府を倒したとの歴史観に一石を投じている。

武家の二男であり、他家に養子に行くか、手に職をつけて独立するかしなければ、仕事がなく結婚もできない、いわゆる〝冷や飯食い〟だった誠之進は、絵師を目指すも鳴かず飛ばず。そんな誠之進は、隠居したものの、かつては磐城平藩主の安藤対馬守の江戸詰め御側用人《おそばようにん》を務めた父・東海《とうかい》に、尊皇攘夷の機運が高まる西国雄藩の藩士が江戸へ入る時に通る品川で暮らし、「不逞《ふてい》の輩」の動向を報告するよう命じられる。

品川で売れない絵師兼旅籠《はたご》の用心棒をしながら隠密となった誠之進は、名研ぎ師の秀峰《しゅうほう》の三男・秀三《しゅうざ》が作った特殊なキセル筒を武器に、天才絵師の河鍋狂斎《かわなべきようさい》（後の暁斎）と「大蛸《おおだこ》」の異名を持つ弟子の鮫次《さめじ》の協力を得ながら、難事件を追うことになる。

誠之進が、安藤対馬守のリアルな肖像画を描いた絵師を追って遠く長州藩へ潜入する第一弾『隠密絵師事件帖』、品川の長屋でひとだまが目撃され、「狐憑《きつねつ》き」との噂《うわさ》も出始めていた品川の遊女が、密室状態の旅籠から姿を消すなどの奇怪な事件が、巨大な陰謀に繋《つな》がっていく第二弾『ひとだま』と続いたシリーズは、大老の井伊直弼《いいなおすけ》が尊皇攘夷派を中心とする政敵を一掃するために進めた安政の大獄、その直弼が暗殺された桜田門外の変といった史実をからめることで、幕末史を従来とは違った角度で切り取る歴史小説の風格も持ち合わせていた。

直弼亡き後に幕政を支えていた安藤対馬守が襲撃された坂下門外の変、公武一和のために行われた仁孝《にんこう》天皇の娘で、孝明《こうめい》天皇の異母妹・和宮《かずのみや》と徳川十四代将軍家茂《いえもち》との結婚、そして徳川十五代将軍の慶喜《よしのぶ》が朝廷に政権を返した大政奉還へと至る激動の時代を舞台にした本書『赤心』は、狂斎との才能の違いに苦しみながらも絵の修行を続ける誠之進が、主家と津坂家、さらに房総半島南部の安房《あわ》にある鮫次の実家で持ち上がった騒動に直面していくシリーズ第三弾である。絵師の葛藤を描く芸術家小説、家族の問題に迫る人情もの、倒幕の大義名分を手に入れるために進められた謀略を掘り起こす歴史・政治ドラマなど、あらゆる要素がスケールアップしており、物語のターニングポイントといっても過言ではない。

ある日、誠之進は、猪牙舟《ちょきぶね》から降りた五人の男の前に、鮫次が立ちはだかるのを目にする。鮫次は、猪牙舟の船頭をしている弟（父の後妻の連れ子）の多吉に用があるという。鮫次が五人と争いになりそうになった時、誠之進が割って入る。男たちの中には、駐日アメリカ総領事館に勤務していたヘンリー・ヒュースケンを刺殺したグループの一人、伊牟田尚平《いむだしょうへい》もいた。伊牟田は、西郷隆盛《さいごうたかもり》の命を受け江戸で幕府を挑発する工作に従事した実在の薩摩脱藩浪士で、ヒュースケン暗殺を実行したのも史実である。

父の東海に呼び出された誠之進は、関東取締出役（いわゆる八州廻《まわ》り）の手代・黒木《くろき》清五郎《せいごろう》を紹介される。黒木によると、伊牟田はヒュースケンを殺した後、房総半島北部の下総《しもうさ》へ逃げ、さらに北へ向かったが行方を見失ったという。父に伊牟田の行方をつかむため多吉の動きを探れと命じられた誠之進は、鮫次と共に安房へ向かう。

かつては鯨獲りの網元をしていた鮫次の一家は大男ばかりだが、血縁関係がない多吉は漁師になるにはひ弱で、子供の頃からいじめられていたらしい。それを見かねた母親は多吉に算術を学ばせたが、算勘が得意になった多吉は、豊漁なのに漁師の給料を低くしていた網元に食ってかかるなどトラブルを起こし始める。漢学なども学ぶようになった多吉は、いつしか流行の尊皇攘夷に興味を持つようになっていったのである。

多吉は算術が使えるがゆえに様々な事件に巻き込まれていくが、これは房総半島で算学が独自の発展を遂げていた事実を踏まえた設定となっている。一九二六年に刊行された千葉県立図書館編『房総算学調査資料』によると、この地域は、村瀬義益《むらせぎえき》、五瀬是《ごらいぜ》勝《しょう》、塚本利正《つかもととしまさ》、岩瀬秀永《いわせひでなが》、伊藤胤晴《いとうたねはる》ら有名な算学者を輩出したとある。というよりも、佐原（現在の千葉県香取市）の豪商だった伊能忠敬《いのうただたか》が、測量術と算術を用いて『大日本沿《だいにほんえん》海輿地全図《かいよちぜんず》』を完成させたことこそが、房総半島での算学隆盛を端的に示している。房総半島で算学が発達したのは、利根川の治水、印旛沼《いんばぬま》の干拓など大型の土木工事が多く、測量などに算学が必要だったこと、物流の拠点にして江戸を支える魚介の産地だったため豪商と豊かな漁師が多く貨幣経済が発達していたことなどが理由と考えられている。

もう一つ幕末の房総半島が特徴的なのは、尊皇攘夷運動に絶大な影響を与えた水戸学の本拠地・水戸藩に近い地理的要因もあって、多くの勤王の志士が出入りしていたことである。作中には、多吉を過激な運動に引き込む浪士として楠音次郎《くすのきおとじろう》、三浦帯刀《みうらたてわき》らが登場するが、楠たちも上総で活動した実在の人物である。

思想と行動を不可分とする知行合一を唱える陽明学を信奉する楠は、やはり陽明学を学び庶民を救うために決起した大塩平八郎《おおしおへいはちろう》に心酔していた。大塩のように、武力を用いて幕府を倒し、困窮する農民、漁民を救おうとしている楠は、同志を集め、豪商を訪れては軍資金を出すよう強談判するようになる。

社会をドラスティックに変える改革運動は、いつの時代も貧しい人たちを飢えさせない、生活を向上させるという「世直し」を大義名分にして始まる。だが運動が過激化して民衆の支持を失ったり、幹部だけが私腹を肥やし下位の同志との間に格差が生じたり、粛清が粛清を生む内ゲバに発展したりすることは歴史が証明している。著者は、理想に共鳴しながらも、その手法と改革実現後のビジョンを描けていない楠たちに疑問を持つ多吉の葛藤、多吉よりもさらに冷静に事態の推移を見守っている誠之進を通して、「世直し」をするという純粋、無垢《むく》な意思である「赤心」が、いつの間にか手段を選ばない、テロを容認するような歪《ゆが》んだ方向に進む普遍的なメカニズムを暴いてみせたのである。

さらに著者は、楠たちが上総で起こした「世直し」を、薩摩の命を受けた伊牟田、相楽総三《さがらそうぞう》らが行った江戸庶民の生死など歯牙《しが》にもかけない非情な工作と重ねることで、維新を「赤心」を持った志士による「世直し」とする解釈にも疑義を突きつけている。

父の東海、兄の兵庫助《ひょうごのすけ》を介して安藤対馬守と接し、その政治姿勢を近くで見てきた誠之進は、天皇の娘を将軍家に嫁がせる前例のない婚姻を押し進めて、攘夷をめぐって対立した幕府と朝廷の融和をはかり（和宮降嫁の裏には、孝明天皇の威を借りて幕府を揺さぶる攘夷派の公家を牽制《けんせい》する目的もあった）、日本と諸外国の金銀交換レート（金一に対し、銀五）によって日本の金が海外に流失したため、それを防止する経済政策を立案するなど、安藤対馬守が日本の利益を守るために働いてきたことを熟知していた。

後半になると多吉の周辺を探っていた誠之進が、薩摩に倒幕の大義名分を与えるため伊牟田、相楽ら浪士が進める謀略の存在に気付き、それを阻止すべく動き出す。

無私の心で日本を守ろうとした安藤対馬守と江戸で暗躍する浪士たちの対比は、薩摩など倒幕派の諸藩が抱いていたのは「赤心」ではなく、幕府を倒して自分たちが政権を握るという〝野心〟であり、開国による混乱で生活苦にあえぐ民衆を救う視点などなかった事実までを浮かび上がらせていく。これに加えて著者は、幕末に全国の藩で尊皇攘夷派と佐幕派が争ったのも、藩政の主導権をめぐるお家騒動に過ぎず、尊皇攘夷を声高に叫んで幕府を倒した薩摩、長州の下級武士が、明治に入るや否や欧化主義に転じ、欧米から最新の技術、文化を取り入れて〝変節〟したなどシニカルな分析を加えている。史実と矛盾なく虚構を織り込む卓越した手腕を用いて、光が当たりにくい史実までを浮き彫りにしているだけに、独自の歴史観には圧倒的なリアリティと説得力がある。

改革という言葉には、多吉が引き込まれてしまったように、停滞した社会をよりよくしてくれるという甘美なイメージがある。だが「世直し」の美名を隠れ蓑《みの》にして、楠たちが強引に金を集め、伊牟田たちが倒幕派の利益のためだけに動いたように、現代でも改革は、政治家の人気取り（いい換えれば選挙対策）、あるいは担当省庁の勢力とポストを拡大するために立案されることは珍しくない。少子高齢化対策、教育への支援、働き方改革による労働時間の削減、企業に働きかけての給与アップなど、現在の政府は矢継ぎ早に改革案を出しているが、それは本当に国民の役に立っているのか、天下り団体に中抜きされていないか、かけたコスト分のリターンはあるのかなどは、なかなか議論されない。倒幕派による「世直し」の欺瞞《ぎまん》に気付きながらも、歴史の大きなうねりには抗《く》えなかった誠之進の忸怩《じくじ》たる想《おも》いを汲み取りながら進む本書は、改革という美辞麗句を前に思考停止をするのではなく、目の前の改革案はスローガンだけではないか、以前の制度と比べ本当に優れているかなど、その本質を見極める重要性を教えてくれるのである。すべてが終わった後に多吉が呟《つぶや》いた一言には、本書が問題提起した内容が凝縮されており、強く印象に残る。
本書は、大政奉還がなされるも、薩摩、長州などに徳川家討伐の勅命がくだったところで幕を下ろしている。この後、戊辰戦争が激化し、江戸では彰義隊が上野に籠り、佐幕派を追って進軍を続ける薩長軍は、東北、蝦夷地《えぞち》の箱館で旧幕府軍と戦闘を繰り広げる。混迷を深める明治維新直後を、誠之進がどのように迎えるのか。第四弾を楽しみに待ちたい。

（すえくに・よしみ　文芸評論家）

本書は、集英社文庫のために書き下ろされた作品です。

本文デザイン／高橋健二（テラエンジン）

集英社文庫

赤《せき》心《しん》 隠密絵師事件帖《おんみつえしじけんちょう》

2019年2月25日 第1刷 定価はカバーに表示してあります。

著 者 池《いけ》 寒魚《かんぎょ》

発行者 徳永 真

発行所 株式会社 集英社
東京都千代田区一ツ橋2-5-10 〒101-8050
電話 【編集部】03-3230-6095
【読者係】03-3230-6080
【販売部】03-3230-6393(書店専用)

印 刷 中央精版印刷株式会社 株式会社美松堂

製 本 中央精版印刷株式会社

フォーマットデザイン アリヤマデザインストア マークデザイン 居山浩二

ISBN978-4-08-745846-6 C0193